ars vivendi
Krimi

Susanne Reiche, Jahrgang 1962, hat eine erwachsene Tochter und wohnt mit ihrem Lebensgefährten, Hund Jasper und drei Katzen im Nürnberger Stadtteil Wetzendorf. Schon früh entdeckte die gebürtige Nürnbergerin ihre Leidenschaft für Bücher. Nach Abitur und Gärtnerlehre studierte sie in Erlangen Biologie und war vierzehn Jahre lang beim Nürnberger Umweltamt im Bereich Umweltplanung tätig. 2014 gewann sie mit ihrer Geschichte »Der Tod des Baulöwen« den Publikumspreis des Fränkischen Krimipreises, 2016 erschien ihr erster Krimi »Fränkisches Chili«, 2017 folgte »Fränkisches Sushi«. www.susanne-reiche.de

Susanne Reiche

Fränkische Tapas

Kriminalroman

ars vivendi

Originalausgabe

Erste Auflage November 2018

www.arsvivendi.com

Lektorat: Stephan Naguschewski
Umschlaggestaltung: FYFF, Nürnberg
Motivauswahl: ars vivendi
Coverfoto: © Hanne Beinhofer
Druck: CPI books GmbH, Leck
Gedruckt auf holzfreiem Werkdruckpapier
der Papierfabrik Arctic Paper

MIX
Papier aus verantwortungsvollen Quellen
FSC www.fsc.org
FSC® C083411

Printed in Germany

ISBN 978-3-86913-986-9

Fränkische Tapas

Donnerstag, 8. Februar

Karola Kampe schlug die langen Beine übereinander und wippte nachdenklich mit dem Fuß – ihr fehlte noch eine zündende Idee fürs Abendessen. Sie war am Nachmittag schon auf dem Weg in die Feinkostabteilung bei Karstadt gewesen, als irgendetwas sie abgelenkt hatte – das cremefarbene Hirschleder-Handtäschchen von *Max Mara* vielleicht oder die atemberaubend günstigen *Swarovski*-Ohrringe –, jedenfalls hatte sie am Ende alles Mögliche gekauft, nur eben kein Essen; und der Kühlschrank zu Hause war definitiv leer. Gut, groß aufzukochen brauchte sie heute nicht, Thomas war mal wieder auf Geschäftsreise und Moritz ertränkte sowieso alles in Ketchup, was man ihm auf den Teller legte ... Sie würde einfach eine Tiefkühlpizza machen, beschloss Karola und war mit diesem Entschluss fünf Sekunden lang zufrieden – bis ihr einfiel, dass sie sich eigentlich eine gesunde Ernährung aus biologisch und regional erzeugten sowie fair gehandelten Produkten auf die Fahne geschrieben hatte und eine Tiefkühlpizza wohl keinem dieser Kriterien entsprach. Sie hörte auf, mit dem Fuß zu wippen, und runzelte die Stirn. War es wirklich schon so weit, dass sie wegen einer Pizza ein schlechtes Gewissen bekam? Freilich stand sie gewissermaßen unter Beobachtung, seit sie für die Grünen im Nürnberger Stadtrat saß – *du kannst doch nicht, du solltest besser*, legten ihr die netteren Fraktionskollegen nahe; einige weniger nette diffamierten sie, je nach Temperament mit oder ohne vorgehaltene Hand, als Schande für die Partei. Aber sicher nicht, weil sie hin und wieder Junkfood aß, sondern – tja. Warum eigentlich? Womöglich war es blanker Neid: Sie war mit einem erfolgreichen Geschäftsmann liiert, wohnte in einem schicken Loft im Pegnitzgrund und gab ihre Aufwandsentschädigung größtenteils für Mode und Schmuck aus – das schickte sich offensichtlich nicht für eine Grüne. Karola schnaubte und schüttelte den Kopf: Als schlössen sich ein gewisser Lebensstandard und die richtige politische Einstellung von vornherein aus!

»Frau Kampe?«, fragte der Baureferent. »Sie schütteln den Kopf? Gibt es von Ihrer Seite Einwände?«

Karola sah auf, ihr wurde heiß und kalt. Sie hatte nicht die geringste Ahnung, worum es im Stadtplanungsausschuss in der letzten halben Stunde gegangen war. »Einwände? Äh – nein«, behauptete sie. Einerseits hätte sie vermutlich Einwände haben sollen, als Grüne; andererseits wollte sie sich keinesfalls die Blöße völliger Unkenntnis geben. Ihr Plan war gewesen, den Festmeter Sitzungsunterlagen, zumindest aber die Tagesordnung, beim Mittagessen in der Rathauskantine zu überfliegen, aber das hatte nicht hingehauen. Eine der eisernen Jungfern aus Moritz' Kindergarten hatte sie auf dem Handy angerufen und ihr das Ohr vollgejammert: Der Junge leide an defizitärer Aufmerksamkeit, niedriger Frustrationstoleranz und zielloser Aggression. Das war natürlich Schwachsinn. Ja, Moritz war ein lebhaftes, körperbetontes Kind – er war ein JUNGE! –, und ja, er hatte seinen eigenen Kopf. Sollte sie etwa einen Duckmäuser großziehen, nur damit Schwester Herta – die nicht nur so hieß wie eine Fleischwurst, sondern auch ähnlich viel Humor besaß – entspannte Arbeitstage hatte? Schwester Fleischwurst war auf diesem Ohr jedoch taub gewesen, und ihre Verstocktheit hatte Karola ebenso genervt wie die Tatsache, dass man sie so unverfroren bei der Arbeit störte. Gendermäßig war das nicht korrekt, fand sie. Warum sollten immer die Mütter zuständig sein, wenn es Probleme gab? Schließlich war es Thomas gewesen, der auf diesem erzkatholischen Kindergarten beharrt hatte.

Der Baureferent bat um Abstimmung.

Karola biss sich auf die Lippen und zögerte, hob dann aber zustimmend die Hand. Erst keine Einwände zu haben und dann dagegen zu sein, das hätte ja wohl einen peinlich unprofessionellen Eindruck gemacht.

»Dann sind wir ausnahmsweise einstimmig«, stellte der Baureferent erfreut fest. »Vielen Dank und Ihnen allen einen schönen Abend!«

Während die Kollegen zusammenpackten, knabberte Karola an ihrer Unterlippe und blätterte in der Ausschussvorlage. Was zur Hölle hatte sie da eben mitbeschlossen? Von der Sache her machte es sicher keinen Unterschied – die Große Koalition im Nürnberger Stadtrat beschloss, was immer sie wollte; ob eine Grüne dafür oder dagegen war, interessierte letztlich nur den Protokollführer –, aber sie fürchtete eine ermüdende Debatte in ihrer eigenen Fraktion. Die Plätze in den Ausschüssen waren hart umkämpft, und ihre Neider schliefen nicht. Sicher war in der letzten Fraktionssitzung über diesen Bebauungsplan gesprochen worden, aber sie konnte sich beim besten Willen nicht mehr daran erinnern.

Tja, dumm gelaufen.

Karola sah von ihren Unterlagen auf und bemerkte, dass alle anderen schon gegangen waren. Normalerweise bildeten sich nach einer Sitzung Grüppchen, in denen man sich noch eine Weile austauschte – *netzwerken* hieß das, und es war wichtig. Wer Karriere machen wollte, musste Kontakte knüpfen und im Gespräch bleiben, und sie *wollte* Karriere machen, nicht zuletzt, um Thomas zu beweisen, dass sie das Zeug dazu hatte. Ein paar Wochen nach ihrer Wahl in den Stadtrat hatte er einige seiner Kollegen zum Essen ins Loft eingeladen, und einer der grauen, steinern langweiligen Herren hatte ihr höflich zu ihrem neuen Amt gratuliert. *Ja, meine Lebensgefährtin rettet jetzt die Welt*, hatte Thomas süffisant erklärt. *Ich unterstütze das natürlich, obwohl mich die zusätzliche Kinderbetreuung ein paar Cent mehr kostet, als sie mit ihrem neuen Hobby verdient.* Karola bekam noch immer einen dicken Hals, wenn sie daran dachte. Hielt er ihr politisches Engagement für ein Hausfrauenhobby, dem sie allein dank seiner Großzügigkeit nachgehen konnte? Aber sie wollte es ihm schon zeigen: Sie würde netzwerken und Karriere machen!

Dann jetzt aber flott, dachte sie angesichts des leeren Sitzungssaals und stopfte die Unterlagen mit sanfter Gewalt in ihr Aktenmäppchen – das schicke Accessoire passte perfekt zu ihren Stiefeletten aus italienischem Kalbsleder, bot aber leider wenig Platz. Sie klemmte sich die Mappe unter den Arm und stöckelte zur Garderobe, schlüpfte in ihren orchideenroten Kaschmirmantel und spähte in den Rathausflur. Nichts. Niemand. Ein Blick auf ihr Handy: Es war halb fünf. Wenn sie Moritz nicht pünktlich abholte, würde Schwester Fleischwurst ihr persönlich einen Platz in der Hölle reservieren – sie musste sich beeilen.

Das Stakkato ihrer Absätze hallte von den kahlen Wänden wider: *klack klack, klack klack*. Sie mochte dieses Geräusch: Es klang selbstsicher und kompetent, es klang sexy, es klang nach Karriere – mit den veganen Gesundheitsschuhen ihrer grünen Neider ließ sich ein solcher Effekt nicht erzielen. Dumm nur, dass niemand mehr da war, den sie damit beeindrucken konnte.

Draußen auf dem Fünferplatz dämmerte es schon. Dicke

Schneeflocken wirbelten im Licht der Straßenlaternen, weit und breit war kein Stadtrat mehr zu sehen. Der Tag ist im Eimer, netzwerkmäßig, dachte Karola, schlug den Mantelkragen hoch und machte sich auf den Weg ins Parkhaus am Hauptmarkt.

Parkhäuser waren definitiv ein Männerding, fand Karola. Thomas hatte nie Probleme, sein Auto zu finden: Parkdeck 3A, dritte Reihe links, vierter Stellplatz; aber ihr Gehirn funktionierte irgendwie anders. Eigentlich konnte sie links und rechts schon unterscheiden, aber wenn man sich erst mal um hundertachtzig Grad gedreht hatte, um sich umzusehen, dann stand das Auto eben nicht mehr links, sondern rechts – so war es doch; und wenn man sich morgens zwecks Orientierung den roten Hyundai auf dem Nachbarstellplatz gemerkt hatte, war der am Abend schon weggefahren. Ein Parkhaus war ein Labyrinth, und daran änderte auch Thomas' phantasieloser Hinweis nichts, dass er außer ihr niemanden kannte, der seinen Dauerstellplatz nach vier Jahren immer noch suchen musste.

Sie stieg die Treppe hinauf und betrat das Parkdeck. Eine der Neonlampen an der Decke flackerte und sirrte dabei nervtötend, und nach einer Weile ging das Licht ganz aus. Sie fluchte und tastete in der Aktenmappe nach ihrem Smartphone, als sie etwas hörte: ein schnarrendes, schleifendes Rascheln, das irgendwo vor ihr aufloderte, einen Wimpernschlag andauerte und dann jäh erlosch.

In der Stille danach konnte Karola ihr Herz schlagen hören. Endlich fand sie ihr Handy und schaltete die Taschenlampen-App ein, ließ den schmalen Lichtkegel einmal im Kreis wandern: Betonboden, Stützpfeiler und parkende Autos tauchten auf und verschwanden wieder in der Finsternis.

»Hallo?«, rief sie zaghaft.

Es gab keine Antwort.

Sie lauschte noch einen Moment, dann ging sie weiter. Die Schatten zwischen den eng geparkten Autos zuckten zurück, wenn das Licht sie streifte, warteten, bis sie vorbeigegangen war, und schlossen sich dann wieder zu einer schwarzen Wand. Das Klacken ihrer Absätze klang nicht mehr nach Karriere, sondern nach Pfeifen im dunklen Wald. War sie schon in der richtigen Reihe? War sie überhaupt auf dem richtigen Parkdeck? Sie atmete erleichtert auf, als sie den roten Hyundai entdeckte, dessen Besitzer heute wohl länger als üblich arbeiten musste. Und richtig, rechts daneben stand ihr Wagen: die Einkaufstüten auf der Rückbank, Moritz' Kindersitz ... Geschafft, dachte Karola. Gleich würde sie im Auto sitzen und vorsichtshalber die Türen verriegeln; und nach einem Abstecher zum Kindergarten würde sie nach Hause fahren und mit Moritz zusammen eine schöne, fettige Tiefkühlpizza essen.

Und dann würde sie diesen bescheuerten Tag einfach abhaken.

Montag, 19. Februar: *Sonst Exitus*

Kriminalhauptkommissar Kastner hatte schon die Heizung heruntergedreht und seinen Mantel angezogen, um nach einem recht ereignislosen Tag im Nürnberger Polizeipräsidium Feierabend zu machen, als die Sekretärin des Dezernatsleiters an seine Bürotür klopfte und ihm mitteilte, dass der Chef ihn sofort zu sehen wünsche.

»Karola Kampe«, erklärte Carsten Wismeth, kaum dass Kastner sein Büro betreten hatte, »siebenundzwanzig Jahre jung, Mutter eines fünfjährigen Sohnes und seit 2014 für die Grünen im Nürnberger Stadtrat. Sie wurde zuletzt am 8. Februar gesehen, bei einer Sitzung des Stadtplanungsausschusses. Einen Tag später hat ihr Lebensgefährte sie als vermisst gemeldet.«

Kastner setzte sich unaufgefordert auf einen der Besucherstühle und betrachtete das Foto, das sein Chef ihm hinhielt. Eine recht hübsche Frau, schlank, blond, professionell lächelnd – er erinnerte sich dunkel, dass die Nürnberger Presse vor einiger Zeit über das Verschwinden der jungen Stadträtin berichtet hatte. Ein Vermisstenfall fiel normalerweise nicht in seine Zuständigkeit, deshalb fragte er: »Gibt es denn Hinweise auf ein Verbrechen?«

»Ich fürchte, ja.« Wismeth legte die Stirn in Falten und schob einen Computerausdruck über den Tisch. *Kein Polizei!!!*, las Kastner, *500.000 Lösegelder sonst Exitus!! Ruf Sie an.* Offensichtlich waren dem Schreiber gegen Ende des Textes die Ausrufezeichen ausgegangen.

Wismeth strich sich über den kahlen Schädel. »Ich brauche wohl nicht extra zu erwähnen, dass diese Sache Oberbürgermeister Lamy extrem beunruhigt – ich habe ihm schnelle Ergebnisse und ein äußerst diskretes Vorgehen unsererseits versprochen. Sie verstehen?«

»Aber natürlich«, versicherte Kastner. Seinem Chef zu erklären, dass ein *äußerst diskretes Vorgehen* nur selten zur Klärung eines Verbrechens führte, hatte er schon lange aufgegeben. Er tippte mit dem Finger auf die Kopie der Lösegeldforderung. »Ist Frau Kampes Familie denn wohlhabend?«

Wismeth wiegte den Kopf hin und her wie eine Kobra zum Klang der Flöte. »Eher nicht«, erklärte er schließlich. »Aber ihr Lebensgefährte, Thomas Mayerfeldt, ist ein hohes Tier bei der Häusler Gruppe. Das sagt Ihnen was, oder?«

»Häusler – ist das die Putzfirma?«, fragte Kastner. »Blaue Schrift auf weißem Grund, das ›H‹ von Häusler wie ein Häuschen geformt?«

Wismeth lächelte väterlich. »Sie sollten gelegentlich den Wirtschaftsteil Ihrer Frühstückszeitung lesen, Kastner«, riet er. »Häusler hat zwar mal als Nürnberger Familienunternehmen im Bereich Gebäudereinigung angefangen, ist aber inzwischen eine international tätige GmbH mit über zehntausend Mitarbeitern. Und das Portfolio wurde beträchtlich erweitert: Gebäudemanagement, Catering, Servicedienstleistungen ...«

»Eine unternehmerische Erfolgsgeschichte also«, fasste Kastner zusammen, den die Details der Häuslerschen Firmengeschichte im Moment eher nicht interessierten. »Wann wurde die Lösegeldforderung denn übergeben?«

»Tja«, sagte sein Chef und massierte sich den Nasenrücken zwischen Daumen und Zeigefinger. »Mayerfeldt hat sie heute Morgen in seinem Briefkasten gefunden.«

»Oh.« Kastner rechnete nach. »Da hat es aber jemand nicht besonders eilig.«

Wismeth seufzte. »Künzelmann und seine Technik-Jungs haben eine Fangschaltung eingerichtet, aber bisher hat sich niemand gemeldet. Schweigen im Walde. Um das mit der Diskretion für Sie ein bisschen anschaulicher zu machen, Kastner: Bisher wissen nur wir, Mayerfeldt und Frau Kampes Eltern von dieser Lösegeldforderung; und der OBM natürlich. Das sollte auch so bleiben.«

Kastner nickte zustimmend.

»Ich habe Felix Wernreuther zu Ihrer Unterstützung abgestellt«, fuhr Wismeth fort. »Der recherchiert schon mal Karola Kampes Umfeld und hat bis morgen sicher erste Ergebnisse. Legt sich ganz schön ins Zeug, der Mann, was? Wie ich höre, absolviert er im Sommer die modulare Schulung für den höheren Dienst?«

»So ist es«, sagte Kastner und verkniff sich ein Seufzen – Wernreuther ging ihm manchmal gehörig auf die Nerven. »Claudia Wolfschmidt hat sich übrigens auch dafür angemeldet«, ergänzte er.

»Jaja«, sagte Wismeth und begann, seinen Schreibtisch aufzuräumen.

»Claudia wird eine hervorragende Kommissarin werden«, fuhr Kastner fort. »Sie denkt logisch, ist engagiert, mutig ...«

»Sie ist vor allem alleinerziehende Mutter zweier schulpflichtiger Kinder«, fiel sein Chef ihm ins Wort. »Kastner, Sie wissen, dass ich große Stücke auf die Wolfschmidt halte, aber das mit dem höheren Dienst ist eine Schnapsidee. Glauben Sie ernsthaft, sie kriegt hier eine Stelle als Kommissarin? Kinder werden krank, sie wollen abends etwas essen ... Es gibt *zwölf* Wochen Schulferien!«

»... und sie arbeitet sehr teamorientiert«, schloss Kastner unbeirrt. »Könnte sie mich und Wernreuther nicht im Kampe-Fall ein bisschen unterstützen?«

»Im Kampe-Fall?« Wismeth schüttelte den Kopf. »Nein, das geht nicht. Der Streifendienstleiter hat die Wolfschmidt auf eine Einbruchserie angesetzt.«

»Hm«, machte Kastner. »Eine Einbruchserie ...«

Wismeth stand auf und zog seinen Mantel an.

»Würde der OBM nicht erwarten, dass wir unsere besten Kräfte zusammenziehen, um die entführte Stadträtin zu finden?«, startete Kastner einen letzten Versuch.

Wismeth verzog genervt den Mund und griff nach seiner Aktenmappe. »Ich weiß wirklich nicht, wie ich das dem Streifendienstleiter erklären soll«, murrte er schließlich, was Kastner als positive Antwort nahm.

***

»*Kein Polizei? 500.000 Lösegelder sonst Exitus?*« Mirjam goss sich ein Glas Beaujolais ein und schüttelte den Kopf. »Deutsch ist ja eine schwere Sprache, und das Verbrechen wird zunehmend international, wie man hört, aber da verarscht euch einer, oder? Prost, übrigens.«

»Prost, Hase.« Kastner hob den Bierkrug und stieß mit seiner Lebensgefährtin an. Sie saßen in der Küche ihrer Zweieinhalbzimmerwohnung in der Nürnberger Südstadt, einem Raum von überschaubarer Größe mit Fenster zum Hinterhof und Blümchentapete. Der hölzerne Küchentisch, den ein Permanent-Make-up aus Messerscharten, Kippenbrandflecken und Rotweinglasrändern zum Zeitzeugen ihres gemeinsamen Lebens machte, wurde an diesem Abend nur notdürftig von einem flackernden Kerzenstummel beleuchtet: Die Glühbirne der Küchenlampe hatte vor drei, vier Tagen den Geist aufgegeben, und bisher hatte niemand sie ausgetauscht. Kastner war der stillschweigenden Ansicht, dies fiele in Mirjams Zuständigkeit, da sie schließlich nur halbtags arbeitete und mehr Zeit in der Küche verbrachte als er. Mirjam schien das jedoch, ebenso stillschweigend, anders zu sehen: Seit es kein elektrisches Licht mehr gab, kochte sie einfach kein Abendessen mehr. Kastner belegte sich also notgedrungen eine Scheibe muffigen Schwarzbrotes mit Schinken und Gurke und sagte: »Dass eine Lösegeldforderung erst elf Tage nach der Entführung eingeht, ist jedenfalls ungewöhnlich.«

»Hm«, machte Mirjam. Sie zündete sich eine Zigarette an und blies nachdenklich den Rauch aus, der im trüben Schein der Kerze bis zur kaputten Deckenlampe aufstieg, wo er vorwurfsvoll verharrte. »Aber zu holen gibt's da schon was, oder? Beim Chef der Häusler Gruppe?«

»Womöglich«, sagte Kastner. »Obwohl Mayerfeldt nicht der Chef, sondern Mitglied des Vorstandes ist. Die Häusler Gruppe ist eine GmbH.«

»Hm«, machte Mirjam wieder und stippte ein Flöckchen Asche ab. »Arm sind die jedenfalls nicht, was man so hört. Ein stylishes Loft im Pegnitzgrund, dicke Autos ... Karola Kampe hat 'ne steile Karriere hingelegt: von der Schulabbrecherin zum erfolgreichen Model, vom Model zu Mayerfeldts Lebensgefährtin und dann vom heimischen Herd auf Anhieb in den Stadtrat. Und als es um den Platz im Stadtplanungsausschuss ging, ist sie elegant an einigen grünen Urgesteinen vorbeigestöckelt, obwohl sie von Stadtplanung ungefähr so viel Ahnung hat wie ein Nougattrüffel von Astrophysik.«

»Was du alles weißt«, wunderte sich Kastner rhetorisch – Mirjam arbeitete in der Stadtverwaltung beim Service öffentlicher Raum, kurz SÖR genannt, und bekam über den Flurfunk einiges aus Verwaltung und Politik mit.

»Dass die Kampe ausgerechnet für die Grünen kandidiert, hat einige gewundert«, fuhr Mirjam fort. »Mit einem solchen Hintergrund macht man ja normalerweise Karriere bei den Konservativen. Aber gut – sie ist jung, sie ist eine Frau, da tut man sich bei den Grünen vermutlich leichter als in der Union, wo sich auf den vorderen Listenplätzen eine Legion älterer Herren mit leichenstarrer Ideologie drängelt.«

Karola

Es war stockdunkel, irgendwo tropfte Wasser. Pling, pling, pling. Karola weinte, ohne zu wissen, warum. In ihrem Kopf pochte ein dumpfer Schmerz, Kälte kroch in ihre Knochen. Ihr Körper war taub, kalt wie Stein.

Gedanken schwammen vorbei wie Fische, glitzernd und glatt, nicht zu greifen.

Dienstag, 20. Februar: *Trautes Heim*

»Die Kampe hat am 8. Februar an einer planmäßigen Sitzung des Stadtplanungsausschusses im Alten Rathaus teilgenommen, danach hat sie niemand mehr gesehen«, referierte Felix Wernreuther und schielte dabei in die Akte der Vermisstenstelle. »Thomas Mayerfeldt, ihr Lebensgefährte, war an diesem Tag geschäftlich in Berlin, und, äh – also am frühen Abend hat ihn eine Erzieherin angerufen, weil Kampe den gemeinsamen Sohn nicht vom Kindergarten abgeholt hat. Mayerfeldt hat vergeblich versucht, seine Lebensgefährtin telefonisch zu erreichen, und schließlich ihre Mutter gebeten, den Jungen abzuholen. Am nächsten Tag ist Mayerfeldt nach Nürnberg zurückgefahren; abends um sieben ist er hier vorstellig geworden und hat die Vermisstenanzeige aufgegeben. Die Kollegen haben Kampes Auto im Parkhaus am Hauptmarkt gefunden, wo sie es vermutlich vor der Sitzung abgestellt hat.« Wernreuther tippte auf die Akte. »So steht's hier, unterschrieben von Polizeimeisterin Hirschel höchstpersönlich.«

»Er ist erst am Freitag zurückgefahren?«, wunderte sich Kastner. »Und hat dann noch bis zum Abend gewartet, ehe er zur Polizei gegangen ist?«

Der junge Streifenbeamte zuckte die Achseln. »Na ja, am Freitagvormittag war die Vorstandssitzung, wegen der er extra nach Berlin gefahren ist. Und man denkt ja nicht gleich das Schlimmste, wenn die Frau mal nicht pünktlich nach Hause kommt.«

»Die Frau ist eine Mutter«, erinnerte Kastner. »Man vergisst doch nicht, sein Kind vom Kindergarten abzuholen, so wie man mal vergisst, die Haustür abzuschließen!«

»So was kommt öfter vor, als du denkst«, behauptete Wernreuther. »Ein Bekannter von mir arbeitet beim Jugendamt, der erzählt mir manchmal Sachen ...«

»Haben die Kollegen von der Vermisstenstelle versucht, Frau Kampes Mobiltelefon zu orten?«, unterbrach Kastner, ehe Wernreuther in den Anekdotenmodus schalten konnte.

Wernreuther runzelte die Stirn und blätterte in der Akte. »Ähm, ja. Aber ohne Erfolg. Kein Signal.«

»Das heißt, jemand hat den Akku rausgenommen – oder das Handy zerstört«, überlegte Kastner laut. »Womöglich der Entführer?«

»Aber mit der Lösegeldforderung hat er sich dann Zeit gelassen«, erklärte Wernreuther nach einem weiteren Blick in die Akte. Er fuhr mit dem Zeigefinger eine Zeile entlang und las vor: »Standard-Druckerpapier DIN A4, Tintenstrahldrucker, Text in Arial 14, einmal zusammengefaltet, ohne Kuvert und Poststempel, nicht adressiert, keine Fingerabdrücke ... Das ist doch ein Fake. Ich meine, welcher Kidnapper druckt denn eine Lösegeldforderung aus und trägt die dann elf Tage mit sich rum, bis er mal zufällig in die Gegend kommt, um sie persönlich in den Briefkasten zu werfen? Sämtliche Regionalblättchen haben über Kampes Verschwinden berichtet, da wird halt irgendein Trittbrettfahrer die Gelegenheit beim Schopf ergriffen haben.«

»Das wäre möglich«, gab Kastner zu. »Ist Mayerfeldt überprüft worden?«

»Mayerfeldt? Überprüft?«, wiederholte Wernreuther gedehnt und schob die Akte der Vermisstenstelle von links nach rechts. »Er hatte von Donnerstag auf Freitag ein Zimmer in einem Berliner Hotel gebucht, wenn es das ist, was du wissen willst.«

»Hat er eingecheckt? Hat ihn jemand an beiden Tagen

gesehen? Wann haben Mayerfeldt und Karola Kampe zuletzt miteinander telefoniert, über was haben sie gesprochen? Ist Mayerfeldt an seiner Lebensgefährtin irgendetwas Ungewöhnliches aufgefallen?«

Wernreuther zuckte die Achseln.

»Hm«, machte Kastner. »Felix, Wismeth hatte dich doch gebeten, Karola Kampes Umfeld zu recherchieren. Was ist dabei rausgekommen?«

Wernreuther hob beide Hände bis zum Kinn, kippte die Handflächen nach außen und ließ sie wieder fallen. »Na, ich hab mir von der Hirschel die Vermisstenakte rauskramen lassen«, erklärte er dazu.

»Danke«, sagte Kastner und griff nach der Akte. »Ich les mir das hier mal in Ruhe durch und melde mich dann wieder bei dir.«

Wernreuther nickte jovial und platzierte schwungvoll die Polizeimütze auf seinem Kopf, ehe er aufstand. Er war ein Mann, der sich gut in Uniform machte, wie Mirjam zu sagen pflegte – was, aus ihrem Mund, eher kein Kompliment war, aber in der Sache zutraf: Wernreuther war mittelgroß und durchtrainiert, trug sein hellblondes Haar militärisch kurz und hatte stahlblaue Augen. An der Tür drehte er sich noch einmal um. »Äh«, sagte er, »warum ermitteln wir da jetzt eigentlich? Nur wegen dieser Parodie einer Lösegeldforderung? Vermutlich sitzt die Kampe just in diesem Moment mit ihrem Latin Lover in einer italienischen Bar und trinkt einen Espresso. Versteh mich nicht falsch, Kastner, aber ich habe auch so genug zu tun – ich bin da gerade einer dreisten Einbrecherbande auf den Fersen.«

Kastner nickte. »Freilich, Felix«, sagte er. »Vertrau mir. Ich werde dich nur dann von der Arbeit abhalten, wenn es ohne dich gar nicht geht.«

Wernreuther legte den Kopf schief und dachte eine Weile darüber nach, dann lächelte er zufrieden und tippte sich zum Abschied zackig an die Mütze.

***

Kastner drehte die Heizung hoch, schaltete sein Telefon auf Mailbox und las Karola Kampes Vermisstenakte von vorne bis hinten durch. Der einzige Lichtblick waren genaue Angaben zu der Kleidung, die die junge Frau am 8. Februar getragen hatte – eine CSU-Stadträtin mit einem Faible für Mode hatte jedes Kleidungsstück sowie die Stiefel und die Aktenmappe detailliert beschrieben. Ansonsten hatten sich die Kollegen von der Vermisstenstelle bei ihren Nachforschungen nicht überschlagen; Karola Kampe war schließlich erwachsen, und Hinweise auf eine Selbstgefährdung oder ein Verbrechen hatten sie nicht gesehen – bis gestern. *Kein Polizei!!! 500.000 Lösegelder sonst Exitus!! Ruf Sie an.* Kastner drehte den Computerausdruck hin und her. Wernreuther hatte recht: Ein Lösegelderpresser hätte sich früher gemeldet, er hätte Mayerfeldt angerufen und Druck gemacht.

Kastner suchte in der Akte nach Mayerfeldts Geschäftsnummer und griff zum Telefon. Nach einigem Hin und Her wurde er von einer Sekretärin weiterverbunden.

»Mayerfeldt.«

»Kriminalhauptkommissar Kastner vom Dezernat 1, Polizeipräsidium Mittelfranken«, sagte Kastner. »Guten Tag, Herr Mayerfeldt. Ich bearbeite die mutmaßliche Entführung Ihrer Lebensgefährtin – können wir uns treffen?«

Eine Weile herrschte Schweigen, dann raschelten Papiere und Mayerfeldt sprach mit vorgehaltener Hand ein paar Sätze mit jemand anderem. Schließlich sagte er: »Natürlich.

Vielleicht in der Mittagspause, irgendwo in der Innenstadt? Oder soll ich ins Präsidium kommen? Ich habe allerdings nur eine halbe Stunde …«

»Danke, aber ich würde Sie lieber zu Hause besuchen«, erwiderte Kastner, der sich gern ein Bild von Karola Kampes Lebensumständen verschaffen wollte.

»Hm«, machte sein Gesprächspartner und raschelte wieder mit Papieren. Dann seufzte er. »Na gut, ich komme ja hier zurzeit eh zu nichts, weil ich meinen Sohn schon um siebzehn Uhr vom Kindergarten abholen muss – Sie haben meine Adresse?«

»Ja, die Adresse steht in der Akte.« Kastner widerstand der Versuchung, ein wenig mit der Vermisstenakte zu rascheln, um an Wichtigkeit mit Mayerfeldt gleichzuziehen. »Also heute Abend, um achtzehn Uhr? Dann haben Sie vorher noch etwas Zeit für Ihren Sohn?«

»Ja. Jaja, das ist okay.« Mayerfeldt legte auf.

Kastner legte ebenfalls auf. Eine Weile trommelte er mit den Fingerkuppen auf den Schreibtisch, dann machte er sich auf den Weg ins Großraumbüro.

***

»Das steht alles in der Akte«, behauptete Polizeimeisterin Ulrike Hirschel, ohne von der Tastatur aufzusehen, die sie mit flinken Fingern bearbeitete.

»Freilich«, sagte Kastner. »Aber Sie haben doch persönlich mit Thomas Mayerfeldt gesprochen – welchen Eindruck hat er denn auf Sie gemacht?«

Polizeimeisterin Hirschel schrieb einen längeren Satz zu Ende, las ihn noch einmal durch, änderte ein Wort und setzte dann demonstrativ seufzend einen Punkt, ehe sie die

Arme vor der Brust verschränkte und Kastner von unten herauf ansah. »Der Mann hat eine Vermisstenanzeige aufgegeben«, sagte sie und betonte die Silben, als würde sie mit einem Dreijährigen sprechen, »und ich habe sie aufgenommen.«

»Hm. War er besorgt? Aufgeregt?«

Polizeimeisterin Hirschel zuckte die Achseln. »Er hat bezweifelt, dass sich seine Lebensgefährtin einen Spontanurlaub gönnt. Und er ruft alle drei Tage an und fragt nach Neuigkeiten – ganz der treusorgende Gatte also.«

Na, es geht doch, dachte Kastner. »Der Versuch, Frau Kampes Handy zu orten, war ja leider erfolglos ... Haben Sie oder die Kollegen noch weitere Recherchen angestellt?«

»Was genau haben Sie an *Das steht alles in der Akte* eigentlich nicht verstanden?«, erkundigte sich Frau Hirschel.

»Also hat niemand mit Karola Kampes Freunden und Verwandten gesprochen, mit ihren Kollegen aus dem Stadtrat? Niemand hat sich ihre Handyverbindungen angesehen, ihre Kontodaten und E-Mails überprüft, ihr Navigationsgerät ausgewertet?«

Polizeimeisterin Hirschel kniff die Augen zusammen. »Ich weiß ja nicht, wie das bei Ihnen ist, aber wir unteren Ebenen haben mit erheblichem Personalmangel zu kämpfen und werden dazu angehalten, keine Steuergelder für überflüssige Ermittlungen zu verschwenden.«

»Das würde ich dann als *Nein* verstehen«, fasste Kastner zusammen und fügte hinzu: »Es haben ja einige Tageszeitungen über Frau Kampes Verschwinden berichtet – hat es vielleicht Hinweise aus der Bevölkerung gegeben?«

»Bei mir sind jedenfalls keine angekommen«, erklärte Ulrike Hirschel schmallippig und widmete sich wieder ihrem Text.

***

Im Polizeipräsidium gab es auf jedem Stockwerk eine kleine Teeküche. Carsten Wismeth nannte das fensterlose Zimmerchen den *Sozialraum* oder, neudeutsch, *Communication-Center*, was etwas hochtrabend klang, im Prinzip aber richtig war – Kastner traf hier häufig Kollegen und noch häufiger Kolleginnen, die Kommunikationsbedarf bezüglich seines Engagements beim Ausräumen der Spülmaschine oder Befüllen der alten Filterkaffeemaschine hatten. Im Moment war jedoch niemand zu sehen, und in einer der schwarzen Thermoskannen schwappte noch ein Schluck Kaffee. Kastner fahndete in dem skurrilen Privattassensammelsurium der Kollegen nach seiner Blümchentasse und schenkte sich ein.

Zurück in seinem Büro zog er die Schuhe aus, legte die Füße auf den Schreibtisch und recherchierte im Internet über Karola Kampe und ihren Lebensgefährten. Wie es das Arrangement Geschäftsmann–Model vermuten ließ, war er älter als sie, allerdings nicht wesentlich – sechs Jahre, das ging in Kastners Augen gerade noch an. Mayerfeldt hatte BWL studiert und anschließend bei Häusler flott Karriere gemacht, seit zwei Jahren saß er auf einem lukrativen Vorstandsposten. Das Foto auf der Häusler-Homepage zeigte ihn im Halbprofil – dunkles, akkurat gescheiteltes Haar, braune Augen, fleischige Nase, kantiges Kinn, das smarte Lächeln eines gut gelaunten Haifischs. Außer diesen beruflichen Informationen hatte Mayerfeldt dem World Wide Web nichts anvertraut. Karola Kampe war wesentlich freigiebiger: Sie hatte eine Homepage und einen Facebook-Account, postete Fotos bei Instagram, twitterte regelmäßig und war in verschiedenen Foren aktiv. Kastner klickte sich zunächst durch eine Serie von gephotoshopten Modelfotos, die sie in Unterwäsche, Sportsachen oder Abendkleidern zeigten und unter anderem in Paris, Mailand und Sankt Petersburg entstanden waren. *Strahlender Sunshine auf La Gomera!*, schrieb sie zu einem der Fotos, *tolles Shooting, super Crew! I ♥ my Job!* Auf ihrer Homepage appellierte Karola direkt ans Volk und sparte auch dabei nicht an Ausrufezeichen: *Wir alle sind aufgefordert, etwas für eine bessere Welt zu tun! Engagiert euch, werdet ehrenamtlich tätig, bringt euch politisch ein!* In einem Lokalpolitikforum spannte Frau Kampe den Bogen von *Verstopfte Klos, bröckelnder Putz – Nürnbergs Schulen brauchen mehr Geld!* (5 Likes, ein Kommentar: *Wahnsinn, dass das nach all den Jahren mal jemandem auffällt*) über *Drei Jahre Stillstand beim Quelle-Areal – vielleicht doch abreißen?* (0 Likes, 2 Kommentare: *Die Quelle ist ein Industriedenkmal, Schätzchen, drum steht sie unter Denkmalschutz!* und *Freilich, weg mit dem alten Scheiß und mutig nach vorne gedacht! Kaiserburg, Sebalduskirche, Fachwerkhäuser – alles marode und sauteuer im Unterhalt, dabei in bester Lage für zeitgemäße Projekte wie Hotels und Einkaufszentren*) bis hin zu *Erst wenn der letzte Baum gerodet, der letzte Fluss vergiftet, der letzte Fisch gefangen ist …* (22 Likes, 25 Kommentare, von: *Danke für das schöne, poetische Bild, Karola!* bis zu der Antwort darauf: *Das ist ein Zitat, du Schwachmat, die angebliche Weissagung der Cree, und mir fällt dazu ein anderes Zitat ein: Getretener Quark wird breit, nicht stark*). In einem Modeforum trat Karola Kampe für *mehr Mut zu Personality* und *gegen Magermodels* ein, über ein Tierschutzforum kritisierte sie die Welpen-Mafia und Schlachtviehtransporte. Auch hier gab es viele zynische Kommentare *(Die armen Rindviecher werden über die Au-*

tobahn gekarrt, weil Leute wie du am Sonntag einen Braten essen wollen – schon mal darüber nachgedacht? Also für mich heißt Personality, auf den ganzen Modewahnsinn komplett zu scheißen).

Kastner war sich unsicher, was er davon halten sollte. War Karola nun eine engagierte Frau, die sich prinzipiell für die richtigen Dinge einsetzte und im Haifischbecken Internet nur deshalb mit Sarkasmus konfrontiert wurde, weil sie vielleicht ein bisschen naiv war? Oder war sie eine kühle Strategin, die bewusst politische Worthülsen drosch, weil schlechte Publicity allemal besser war als keine Publicity?

Über ihr Privatleben gab Karola nur schlichte Fakten preis: ein Lebensgefährte, ein Kind, ein Hund. Keine heimeligen Familienfotos, keine Instrumentalisierung des putzigen Haustiers ... Das sprach immerhin für sie, fand Kastner. Zum Abschluss seiner Recherche sah er sich noch zwei, drei Unterwäschemodelfotos auf Instagram an, dann fuhr er den PC herunter und griff nach seinem Mantel.

Es war an der Zeit, sich mit dem Haifischbecken Realität auseinanderzusetzen.

***

Vom Polizeipräsidium am Jakobsplatz aus folgte Kastner dem schmalen Trampelpfad, der durch kniehohen Neuschnee zum U-Bahn-Eingang Weißer Turm führte. Der Winter hatte mit Regen begonnen und sich über grüne Weihnachten zu einem frühlingshaften Januar vorgearbeitet – tapfere Schneeglöckchen hatten ihre Köpfe aus dem Schlamm erhoben, mutige Menschen waren mittags ohne Jacke aus dem Haus gegangen, und morgens und abends hatten in den Grünanlagen zuversichtliche Amseln gezwitschert, die es wegen des Klimawandels nicht mehr für nötig erachteten, in den Süden zu fliegen. Darauf schien der Winter nur gewartet zu haben, um es allen mal wieder richtig zu zeigen: Anfang Februar hatte es zu schneien begonnen. Was die hektische Großstadt tagsüber wegschmolz, rieselte über Nacht wieder herunter, aus grauen, tief hängenden Wolken. Resignation und Lichtmangel-Depressionen griffen um sich, und der städtische Winterdienst schien von der Entwicklung einmal mehr kalt erwischt zu werden: Es gebe Lieferschwierigkeiten beim Streusalz, hieß es, und wegen des überdurchschnittlich hohen Krankenstandes könne es zu Engpässen bei der Straßenräumung kommen.

Genauso kam es dann auch.

Der Winter hat sein Imageproblem nur wegen seines schlechten Timings, dachte Kastner. Er benimmt sich, als gingen ihn Adventszeit und Weihnachtsferien nichts an, als mache er sich nichts aus schlittenfahrenden Kindern und Laternenzügen, aus Weihnachtsmärkten und Glühwein. Er wartet geduldig, bis die Tage länger werden und die Menschen in ihren Autowerkstätten anrufen, um sich Sommerreifen aufziehen zu lassen, und dann schlägt er zu.

Nicht einmal unter der Erde lief der Verkehr reibungslos: Wegen einer technischen Störung musste Kastner zwanzig Minuten auf die nächste U-Bahn warten. Die Rolltreppe spuckte stetig weitere Menschen in dicken Wintermänteln auf den Bahnsteig, die alle schlecht gelaunt, erkältet und in großer Eile zu sein schienen. Als der Zug endlich kam, setzte sich das Heer potenzieller Fahrgäste wie ein Mann in Bewegung. »Bitte nicht einsteigen, der Zug ist voll. Der nächste Zug kommt in wenigen Minuten«, appellierte eine Lautsprecherdurchsage, aber jeder fand, daran könne sich ja sein Nachbar halten. Kastner wurde von den Nachdrängenden in den Zug gequetscht, wo die Leute, die schon ein paar Haltestellen vorher eingestiegen waren, die Neuankömmlinge und ihre tropfenden Regenschirme feindselig anstarrten. Kastner legte die Arme eng an den Körper und bemühte sich, flach zu atmen. Er wollte sich keinen grippalen Infekt einfangen, gerade jetzt, wo er einen neuen Fall hatte.

An der Haltestelle Bauernfeindstraße stieg er aus und spazierte zwischen den in Reihen gebauten, zwei- bis dreistöckigen Bürgerhäusern hindurch bis zur sogenannten Burg, dem historischen Zentrum der ehemaligen Eisenbahnersiedlung am Rangierbahnhof. Gleich um die Ecke, in einer sehr ruhigen Nebenstraße, wohnten Karola Kampes Eltern in einer Erdgeschosswohnung. Kastner drückte auf die Klingel und rief sich in Erinnerung, was Polizeimeisterin Hirschel in ihrer Akte über die beiden vermerkt hatte: *Rudolf Kampe, seit einem Jahr im Ruhestand, früher Inhaber eines Elektrogeschäfts mit drei Angestellten; Ulla Kampe, Hausfrau, erteilt Gymnasiasten private Nachhilfe in Mathe und Physik.*

***

»Rudi? Da ist jemand von der Polizei – wegen Karola!«, rief Ulla Kampe über die Schulter nach hinten. Ein blonder Kurzhaarschnitt mit dezenten grauen Strähnen betonte tiefblaue Augen und hohe Wangenknochen. Obwohl sie eine geblümte Kittelschürze und Haushaltshandschuhe trug, denen Seifenschaum anhaftete, wirkte sie alles andere als altbacken.

»Kommen Sie herein«, bat sie. »Ich war nur grad beim Fensterputzen, aber – bitte!«

»Danke«, sagte Kastner, trat sich die Schuhe ab und folgte ihr in den schmalen, langen Flur.

Ulla Kampe zog die Handschuhe aus und führte ihn in ein kleines Wohnzimmer mit sonnengelb getünchten Wänden. Eine Armada pink blühender Orchideen vor dem Fenster ersetzte die Gardinen. »Das ist mein Mann Rudi.«

Herr Kampe hatte offensichtlich ein Vormittagsschläfchen gehalten; er lag, in eine blaukarierte Wolldecke gewickelt, auf einem Liegesessel mit Fußstütze. Er schälte sich aus der Decke und reichte sie seiner Frau, die sie ausschüttelte und ordentlich zusammenlegte. »Kampe«, sagte Kampe und stellte die Rückenlehne des Sessels hoch. Ohne die Wolldecke erwies er sich als untadelig gekleidet – er trug eine graue Anzughose, ein blütenweißes Hemd und sogar eine Krawatte. Er war älter als seine Frau oder hatte sich zumindest weniger gut gehalten: Durch eine quer über den Schädel gekämmte graue Haarsträhne schimmerte fleckige Kopfhaut, seine rotgeäderten Bäckchen stützten sich auf dem gestärkten Hemdkragen ab. »Und Sie sind Herr …?«

»Kastner«, sagte Kastner und schüttelte die Hand, die Kampe ihm hinhielt, ohne ein Aufstehen auch nur anzudeuten. »Ich ermittle im Fall Ihrer Tochter.«

»Ach«, sagte Kampe bissig. »Da wird jetzt mal ermittelt? Bisher hatte ich den Eindruck, die Polizei findet nichts dabei, wenn sich Menschen von heute auf morgen in Luft auflösen!« Er war nicht größer als eins achtundsechzig und von schmächtiger Statur, aber sein Ton ließ auf ein ausgeprägtes Selbstbewusstsein schließen.

Kastner lächelte entschuldigend und redete die Kollegen von der Vermisstenstelle mit den Standardfloskeln heraus: Erwachsene Frau, zunächst kein Hinweis auf ein Verbrechen …

»Bitte setzen Sie sich, Herr Kastner«, sagte Frau Kampe, als er damit fertig war, und wies auf einen runden Glastisch, um den vier Korbstühle standen. »Wollen Sie etwas trinken? Ich hab vorhin Kaffee aufgesetzt.«

»Für mich bitte mit Milch und Zucker, Ulla«, sagte ihr Mann, »*einen* Löffel Zucker; und zwar einen Teelöffel, keinen Esslöffel.« An Kastner gewandt fügte er hinzu: »Wir sind seit achtundzwanzig Jahren verheiratet, aber wie ich meinen Kaffee trinke, hat meine Frau noch immer nicht raus. Was soll man davon halten, frage ich Sie? Dummheit kann es eigentlich nicht sein, denn Ulla hat acht Semester Physik studiert, bevor ich sie geheiratet habe. Was also? Lieblosigkeit? Trotz?«

Ein peinliches Schweigen entstand. Ulla Kampe legte die Wolldecke weg, setzte sich auf einen der Korbstühle und verschränkte die Arme vor der Brust.

»Hm, ich will Ihnen wirklich keine Umstände machen«, sagte Kastner schließlich verlegen und nahm ebenfalls Platz. »Ich habe nur ein paar Fragen – zum familiären Umfeld Ihrer Tochter, zu ihren Gewohnheiten und ...«

»Was soll das denn bringen?«, warf Kampe unwirsch ein. »Karola ist entführt worden, dachte ich. Jemand hat spitzgekriegt, dass Thomas ganz gut verdient, und jetzt will er ein Stück vom Kuchen abhaben. Warum machen Sie nicht eine Fangschaltung oder so was?«

»Wir haben eine Fangschaltung eingerichtet, Herr Kampe«, erklärte Kastner. »Aber bisher hat sich der Entführer nicht gemeldet, also müssen wir woanders ansetzen. In der Regel spähen Entführer die Lebensumstände ihrer potenziellen Opfer aus, bevor sie zuschlagen – der finanzielle Hintergrund, tägliche Routinen ... Manchmal nehmen sie unter einem Vorwand Kontakt mit engen Bezugspersonen ihrer Opfer auf, geben sich als alte Schulfreunde oder Handwerker aus …«

»Bei uns waren keine Handwerker«, fiel Kampe ihm ins Wort. »Nur der Schornsteinfeger, aber der kommt schon seit Jahren zu uns. Stimmt doch, Ulla?«

Ulla Kampe verdrehte die Augen, sagte aber brav: »Ja, Rudi, das stimmt.«

»Sag ich doch«, sagte Kampe von seinem Thron aus.

»Ich kann Ihnen eine Liste schreiben«, schlug Frau Kampe vor, »mit den Namen und Telefonnummern von Karolas Freunden. Würde Ihnen das helfen?«

»Ja, sehr. Danke.« Kastner überreichte Ulla Kampe eine Karte mit seinen Kontaktdaten und bat sie, ihm die Liste per E-Mail zu schicken. Dann zog er sein schwarzes Notizbuch aus der Manteltasche. »So, und nun würde ich gern etwas über Ihre Tochter erfahren. Was für ein Mensch ist sie? Wo liegen ihre Stärken und Schwächen? Was macht sie in ihrer Freizeit?«

»Viel Freizeit hat sie ja nicht«, sagte Frau Kampe. »Diese ehrenamtliche Stadtratsarbeit ist ganz schön aufwendig – ständig irgendwelche Sitzungen, und dazu die vielen Unterlagen, die man lesen muss. Und abends dann einkaufen und kochen und sich um Moritz kümmern. Aber Karola ist tüchtig. Sie ist fleißig und hat Biss, so war sie schon als Kind. Und sie ist sehr kreativ …«

»Na, das würde ich anders ausdrücken«, polterte Kampe dazwischen. »Karola ist stur und dabei ziemlich chaotisch. *Kreativ* – du meinst, sie hat dauernd neue Ideen, ohne an einer mal länger dranzubleiben.«

»Aha«, sagte Kastner und machte sich eine Notiz.

»Und dann dieses ganze Modelgehabe«, fuhr Kampe fort, »das hat bei ihr ja schon mit elf angefangen. Mit elf!

Da wollte sie mit Lippenstift und Wimperntusche zum Kindergeburtstag ihrer Freundin marschieren!«

»Aber das muss man verstehen«, sagte Ulla Kampe. »Karo hat es in der Grundschule nicht leicht gehabt – die anderen Kinder haben sie gehänselt, weil sie ein bisschen pummelig war. Sie wollte halt auch einmal zu den Schönen und Beliebten ...«

»Ha!«, lachte Kampe freudlos. »Fakt ist, dass sie sich mit fünfzehn die Nase operieren lassen wollte und am liebsten mein halbes Monatseinkommen für Klamotten ausgegeben hätte.«

Seine Frau schüttelte den Kopf. »Das mit der Nase war doch nur eine pubertäre Idee, Rudi. Und als junge Frau kleidet man sich halt gerne ein bisschen schick, das war bei mir in dem Alter nicht anders. Mit siebzehn hat Karo dann schon den ersten Vertrag mit einer Modelagentur in der Tasche gehabt, und ...«

»... die Schule dafür geschmissen«, ergänzte ihr Mann. »Ein halbes Jahr vor dem Abitur!«

Kastner räusperte sich. »Wenn ich richtig informiert bin, war Ihre Tochter als Model recht erfolgreich?«, warf er ein. »Sie hat für bekannte Marken gearbeitet und ganz gut verdient?«

»Bis sie sich von Thomas hat schwängern lassen.« Kampe lachte grimmig. »Das mein ich damit, dass sie nicht bei einer Sache bleiben konnte!«

»Das ist ungerecht, Rudi!« Ulla Kampe schüttelte den Kopf und wandte sich an Kastner. »Wer einer jungen Frau in den Zwanzigern vorwirft, dass sie eine Familie gründen will, hat doch etwas Grundlegendes nicht verstanden, oder?«

Kastner hielt es für klüger, sich in diesem explosiven Umfeld einer Meinungsäußerung zu enthalten. »Ist die

Beziehung zwischen Ihrer Tochter und Thomas Mayerfeldt harmonisch?«, fragte er.

Ulla Kampe lächelte zaghaft: »Moritz ist so ein süßer, lebhafter Kerl, mein Mann ist ganz vernarrt in ihn – das stimmt doch, Rudi, gell? Er geht gern mit dem Kleinen in den Tiergarten oder zu dem Spielplatz hinten in der Siedlung ...«

»Jaja«, nickte Kampe. »Aber dass Karola ihn so oft bei uns abstellt, ist nicht in Ordnung.«

»Abstellt? Oft?«, wiederholte seine Frau ungläubig. »Seit Moritz in den Kindergarten geht, ist er höchstens noch ein-, zweimal die Woche hier! Karola ist eben wieder berufstätig, da freut sich doch jede junge Mutter über ein bisschen Unterstützung.«

Kampe schnaubte. »*Berufstätig*? Du meinst, sie hat schon wieder etwas Neues angefangen, anstatt sich um die Familie zu kümmern, die eine junge Frau in den Zwanzigern angeblich unbedingt haben muss – oder habe ich da jetzt wieder etwas Grundlegendes nicht verstanden?«

»Das ist alles sehr interessant«, unterbrach Kastner den Meinungsaustausch der Eheleute, »aber ich habe eigentlich nach etwas anderem gefragt: Ist Ihre Tochter mit Thomas Mayerfeldt glücklich? Oder gibt es gelegentlich Streit? Vielleicht – Affären?«

»Also ich denke, sie ist ganz zufrieden«, sagte Karolas Mutter. »Manchmal beklagt sie sich, weil Thomas sie so wenig unterstützt – aber das ist ja leider irgendwie normal. Von Affären weiß ich nichts.«

»Warum haben die beiden nicht geheiratet?«, hakte Kastner nach und fühlte sich dabei latent spießig. Mirjam und er waren schließlich auch nicht verheiratet. Gut, sie hatten auch keine Kinder.

»Das macht man ja heutzutage nicht mehr so«, sagte Ulla Kampe verlegen.

»Aus gutem Grund«, ergänzte ihr Mann. »Eine Scheidung kostet Geld, und raten Sie mal, wen. Wer als Mann heutzutage noch heiratet, muss doch bescheuert sein! Sex kann man ja neuerdings auch ohne Trauschein haben – eine der wenigen positiven Errungenschaften der Emanzipation, wenn man mich fragt. Und dank der Pille werden Frauen nur noch schwanger, wenn sie es darauf anlegen, und damit ist man als Mann ja wohl aus der moralischen Verantwortung und lebenslangen Knechtschaft endlich entlassen. Wenn ich noch mal jung wär, würde ich auch nicht mehr ...«

»Mein Mann hat völlig recht«, unterbrach ihn Ulla Kampe und stand auf. »Wenn ich noch mal jung wär, würde ich auch nicht mehr heiraten, vor allem nicht ihn. Sie entschuldigen mich, Herr Kastner, ich muss noch ein paar Fenster putzen – Rudi hat unsere Putzfrau entlassen, weil ich ihn, alles in allem, etwas billiger komme. Sonst hätte er sich vermutlich für die Putzfrau entschieden.«

Kampe seufzte, während seine Frau aus dem Zimmer ging. »Da sehen Sie's«, sagte er. »Dreißig Jahre lang hab ich mich abgearbeitet und Ulla ein sorgloses Leben ermöglicht, ein entspanntes Hausfrauen- und Mutterdasein. Und was ist der Dank? Schlechter Kaffee, ungerechte Vorwürfe und frigide Verweigerung der ehelichen Pflicht. Und ständig fällt sie mir ins Wort ... Sind Sie verheiratet?«

»Äh – nein«, sagte Kastner.

»Glückwunsch«, sagte Kampe.

***

Thomas Mayerfeldt wohnte in Schniegling, in einem ehemaligen Fabrikgebäude unweit des Pegnitzgrunds. Von außen sah man Backstein, im Treppenhaus etwas, das Mirjam *Industrial Style* genannt hätte – rohe, nur teilweise verputzte Wände, offen verlegte Rohre, Betontreppen mit Geländern aus Stahlseilen. Kastner fand seine Zweieinhalbzimmerwohnung in der quirligen Südstadt recht gemütlich und völlig ausreichend für ein kinderloses Paar, während Mirjam sie auch nach vielen Jahren des Zusammenlebens immer noch als *Übergangslösung* bezeichnete – was Kastner lieblos vorkam, fast, als würde man einen Freund beleidigen, nur weil seine Kleidung etwas abgetragen war. Mirjam las jeden Samstag die Vermietungsanzeigen der *Nürnberger Nachrichten* und kaufte sich gelegentlich Zeitschriften, in denen Hochglanzfotos durchgestylter und naturwidrig aufgeräumter Wohnungen abgebildet waren. *Schau mal, Kastner, das ist hübsch*, sagte sie dann, und er erwiderte: *Da kann man doch nicht wohnen, Hase, das sind Ausstellungsräume für zeitgenössische Kunst und Design. Stell dir mal meine Cordsamt-Hausschlappen da drin vor, dann verliert das sofort jeden Charme.* Worauf sich in der Regel, von Kastner nicht ganz unbeabsichtigt, eine Diskussion über seine löchrigen Hausschuhe anschloss, die Mirjam weit vom ursprünglichen Thema abbrachte.

Kastner – kein sportlicher Typ, eher ein Genussmensch – kam in seinem Wintermantel ins Schwitzen, während er die Treppe in den zweiten Stock hinaufstieg. Oben erwarteten ihn ein kläffender Dackel und ein abgehetzt wirkender Mittdreißiger, der mit dem geschniegelten Haifisch auf der Häusler-Homepage wenig gemein hatte. Mayerfeldts Frisur hing auf Halbacht, er trug eine Jogginghose und ein orangefarbenes Sweatshirt, dem frische Essensreste anhafteten.

»Mein Sohn«, sagte er entschuldigend, als er Kastners Blick bemerkte. »Seit seine Mutter verschwunden ist, führt er sich wieder auf wie ein Kleinkind. Klappe, Theo! Pfui! Aus!«

Der Dackel trollte sich beleidigt.

»Theo ist auch total durch den Wind, seit Karola – na ja. Bitte, kommen Sie rein«, sagte Mayerfeldt.

Kastner betrat die moderne Interpretation einer geräumigen Steinzeithöhle – offene Feuerstelle, mit Kuhfellen belegte Fußböden, hohe Decken. Lediglich ein Regal und eine XXL-Ledercouch gliederten den großen Raum, den Kochbereich dominierte ein freistehender, acht Meter langer Küchentresen aus Granit, auf dem benutzte Teller und eine halb volle Flasche Ketchup standen. Es roch durchdringend nach angebrannten Fischstäbchen.

Der Dackel sprang auf die Couch und legte seufzend die Schnauze auf die Vorderpfoten, Mayerfeldt wischte sein Shirt notdürftig mit einem Spülschwämmchen sauber und schimpfte dabei leise vor sich hin. »Bitte nehmen Sie Platz«, sagte er dann und wies auf einen ovalen Holztisch hinter dem Granittresen, um den acht quietschbunte Stühle standen. Die Sitzmöbel wiesen nur zwei Gemeinsamkeiten auf: Sie bestanden aus Kunststoff und Edelstahl, und sie sahen verdächtig nach *Form vor Funktion* aus.

Kastner entschied sich für einen orangefarbenen Schalensitz, bereute es aber sofort: Die harte Kante der Rückenlehne bohrte sich schmerzhaft in seine Wirbelsäule.

Mayerfeldt sank in eine grüne Wanne mit sechs spinnendünnen Beinen. »Oh, Entschuldigung«, sagte er dann und rappelte sich wieder auf. »Kann ich Ihnen etwas anbieten?«

»Ich will Ihnen keine Umstände machen«, sagte Kastner. »Aber einen Schluck Wasser würde ich nicht ablehnen. Danke.«

Mayerfeldt förderte unter dem Granittresen eine Flasche und ein Glas zutage. »Bitte«, sagte er und schenkte Kastner ein, ehe er für sich selbst ein Dunkles mit Bügelverschluss aus einem drei Meter hohen Edelstahl-Monolithen holte. »Sie entschuldigen«, sagte er, »aber ich brauch jetzt ein Bier. Mein Leben ist zurzeit die reine Hölle – es ist mit einem Vorstandsposten nur schwer zu vereinbaren, um halb fünf den Stift fallen zu lassen, aber Schwester Herta kennt da kein Pardon. Und dann muss der Hund noch raus, mein Sohn hat Hunger …«

»Wo ist Ihr Sohn denn jetzt?«, erkundigte sich Kastner und nippte an dem nicht nur stillen, sondern auch lauwarmen Wasser.

»Oben«, sagte Mayerfeldt zerstreut und deutete auf eine eng geschraubte Wendeltreppe, die Kastner bisher entgangen war. »Schaut sich zum fünften Mal diese Woche *Das Dschungelbuch* an, das stellt ihn, Gott sei Dank, für eine Weile ruhig. Er ist ein sehr lebhaftes Kind. Zweimal die Woche holt ihn Karos Mutter vom Kindergarten ab, aber das ist nur ein Tropfen auf den heißen Stein. Wenn Karo also nicht bald wieder auftaucht, muss ich nach einer anderen Lösung suchen.«

»Eine andere Lösung?«, fragte Kastner irritiert.

Mayerfeldt ließ den Bügelverschluss der Bierflasche ploppen und zuckte die Achseln. »Ich hab einen Katalog mit hübschen Philippinas, da such ich mir dann eine aus. Die werden mit je einem Set Reizwäsche und Haushaltsschürze geliefert, und wenn man unzufrieden ist, kann man sie zurückgeben.«

Kastner nahm an, dass das ein Witz sein sollte, und bemühte sich um ein Lächeln. Es fiel wohl etwas gequält aus, denn Mayerfeldt fühlte sich bemüßigt hinzuzufügen: »Ein kleiner Scherz unter Männern, Herr Kastner. Aber im Ernst: Wenn Sie Karola nicht bald finden, muss ich jemanden für den Haushalt einstellen. In der Firma gibt es Überlegungen, den Vorstand mit Externen zu besetzen – das wäre für mich und meine Kollegen der Super-GAU. Wir müssen jetzt mehr denn je vollen Einsatz zeigen, beweisen, dass unser Know-how unersetzlich ist. Alle an einem Strang ziehen, Sie verstehen? Ich kann da nicht einfach ausscheren, mit der Begründung, ich müsse meinen Sohn aus dem Kindergarten abholen.«

»Das ist sicher keine einfache Situation«, sagte Kastner. Angesichts der Tatsache, dass Karola Kampe womöglich Opfer eines Verbrechens geworden war, fand er Mayerfeldts Humor und seine Egozentrik gleichermaßen befremdlich. »Um auf Ihre Lebensgefährtin zurückzukommen«, fuhr er fort: »Was, glauben Sie, ist mit ihr geschehen?«

Mayerfeldt runzelte die Stirn und stellte seine Bierflasche so hart auf den Tisch, dass oben der Schaum herauslief. »Woher soll *ich* das denn wissen? Sie ist jedenfalls weg, und in meinem Briefkasten lag eine verdammte Lösegeldforderung!«

»Fünfhunderttausend Euro sind sehr viel Geld«, stellte Kastner fest. »Könnten Sie diese Summe aufbringen?«

»Schön wär's«, sagte Mayerfeldt und wischte mit der Handfläche halbherzig über den Bierschaum. »Hören Sie, ich habe nicht im Lotto gewonnen, ich verdiene mein Geld mit ehrlicher Arbeit. Der Großteil meiner Ersparnisse steckt in diesem Loft; und bis der Kredit abbezahlt ist, gehört das der Bank. Wie jemand auf die Idee kommt, ich hätte eine halbe Million übrig, ist mir völlig schleierhaft.«

»Ich verstehe«, sagte Kastner. »Was ist mit Frau Kampes Eltern?«

»Sie meinen in finanzieller Hinsicht?«, fragte Mayerfeldt und lächelte abschätzig. »Na, da ist nicht viel zu holen. Die haben vielleicht achtzigtausend auf der Bank, und das muss bis zum Friedhof reichen. Rudi kann aus gesundheitlichen Gründen nicht mehr arbeiten, und für eine ordentliche Altersvorsorge hat sein Elektrolädchen wohl nicht genug abgeworfen.«

»Ich verstehe«, sagte Kastner wieder. »Herr Mayerfeldt, Sie haben die Lösegeldforderung gestern Morgen in Ihrem Briefkasten gefunden – sind Sie sicher, dass nicht zuvor schon jemand versucht hat, Kontakt mit Ihnen aufzunehmen?«

Mayerfeldt sah ihn fragend an.

»Anrufe mit unterdrückter Nummer, bei denen sich dann niemand gemeldet hat? Vielleicht an Ihrem Arbeitsplatz? E-Mails mit unbekanntem Absender, die Sie ungelesen gelöscht haben?«

»Nicht, dass ich wüsste«, sagte Mayerfeldt.

»Gut«, sagte Kastner, obwohl er gerade diesen Umstand eigentlich äußerst beunruhigend fand. »Etwas anderes: Gab es zwischen Ihnen und Ihrer Lebensgefährtin Probleme?«

»Probleme?«, wiederholte Mayerfeldt, als hätte er das Wort noch nie gehört.

»Meinungsverschiedenheiten, Streit ...«, führte Kastner aus.

Mayerfeldt schüttelte den Kopf. »Das hat mich diese Person im Präsidium schon gefragt – als wäre es denkbar, dass Karola von heute auf morgen hinschmeißt, nur weil ich mich mal drüber beschwert hab, dass kein Bier im Kühlschrank ist. Das ist doch Schwachsinn!«

»Diese Fragen sind reine Routine«, beschwichtigte Kastner. »Wir müssen das nur alles abklären.«

»Jaja, nun haben wir's ja geklärt«, seufzte Mayerfeldt. »Ich hätte übrigens auch mal eine Frage: Was hat die Polizei denn bisher unternommen, um Karola zu finden? Verfolgen Sie irgendeine Spur?«

»Wir ermitteln in alle Richtungen«, zitierte Kastner aus dem *Tatort*-Gemeinplatz-Fundus. »Aber Sie haben *meine* Frage noch nicht beantwortet: Haben Sie sich in letzter Zeit mit Frau Kampe gestritten?«

»Wir streiten äußerst selten«, winkte Mayerfeldt ab. »Karola ist harmoniebedürftig; wenn ihr was nicht passt, schmollt sie höchstens vor sich hin – was ich übrigens viel nerviger finde als ein reinigendes Gewitter. Außerdem war ich gar nicht hier, als sie verschwunden ist; ich war auf einer Geschäftsreise in Berlin. Das hab ich alles schon ...«

»Natürlich«, sagte Kastner. »Ist Ihnen sonst etwas Ungewöhnliches aufgefallen? War Ihre Lebensgefährtin besorgt, wurde sie belästigt, hatte sie Ärger mit irgendjemandem? Im beruflichen Umfeld, vielleicht?«

Mayerfeldt kniff die Augen zusammen. »Sie meinen dieses neue Hobby von ihr, mit dem sie sich wichtig gemacht hat?«

»Ich meine ihre Arbeit im Stadtrat.«

Mayerfeldt lachte freudlos. »*Arbeit*? Jetzt passen Sie mal auf, Herr Kastner: Karolas Schwangerschaft war nicht geplant – jedenfalls nicht von mir –, aber sie wollte das Kind unbedingt, und ich hab mich breitschlagen lassen. Sie wollte einen Hund, ich hab ihr einen geschenkt. Ich habe dieses Loft gekauft, weil sie es so cool fand; ich habe die Möbel bezahlt, die Karola bei angesagten Designern bestellt hat. Neben den Raten für das Loft finanziere ich Essen und Getränke, drei Autos, Telefon und Internet, den Tierarzt, den Kindergarten und Karolas Krankenversicherung. Karolas sogenannte Aufwandsentschädigung reicht nicht einmal für ihre Schuhe und Handtaschen – sie hat einen sehr exklusiven Geschmack. Sie macht diesen ehrenamtlichen Politkram ausschließlich zu ihrem persönlichen Vergnügen.«

»Sie halten also nichts davon, dass sich Ihre Lebensgefährtin politisch engagiert?«

»Nein, ich halte nichts davon«, gab Mayerfeldt unumwunden zu. »Wenn ich abends nach Hause komme – von einer richtigen, gut bezahlten Arbeit, wohlgemerkt! –, dann ist der Kühlschrank leer und in allen Ecken tanzen die Staubmäuse. Während ich mein wohlverdientes Feierabendbier trinke, soll ich mir ihren Stadtratstratsch anhören; und am Wochenende soll ich dann einkaufen gehen, den Hund ausführen, mit Moritz spielen – ja, ich soll sogar meine Hemden selber bügeln! Das ist ein bisschen viel verlangt von einem Mann, der seine Familie ernährt, finden Sie nicht?«

»Hm«, machte Kastner diplomatisch. »Das klingt aber schon nach einer Meinungsverschiedenheit, finde ich.«

»Aha«, sagte Mayerfeldt. »Und? Denken Sie, dass Karola ihr Zuhause, ihre Familie und ihre Freunde deshalb verlassen hat, ohne jemandem Bescheid zu geben? Wegen Meinungsverschiedenheiten, wie sie in jeder Beziehung tausendfach vorkommen? In meinem Briefkasten lag eine Lösegeldforderung! Glauben Sie, dass Karola sie selber geschrieben hat?«

Ein durchaus interessanter Gedanke, nach allem, was er bisher gehört hatte, fand Kastner. »Was war das denn für ein Stadtratstratsch, über den Ihre Lebensgefährtin mit Ihnen sprechen wollte?«, erkundigte er sich.

Mayerfeldt seufzte und unternahm einen vergeblichen Versuch, seine Frisur in Ordnung zu bringen. »Was weiß ich«, sagte er. »Anscheinend hat sich Karola in ihrer eigenen

Partei keinen Respekt verschaffen können – und das will etwas heißen, in einem Haufen weltfremder Ökospinner, finden Sie nicht? Für die Details hab ich mich nicht besonders interessiert.«

»Hm«, machte Kastner. »Herr Mayerfeldt, das Auto Ihrer Lebensgefährtin war im Parkhaus am Hauptmarkt geparkt – fährt sie immer mit dem Auto in die Stadt?«

»Ja«, sagte Mayerfeldt. »Sie hat da einen Dauerstellplatz, der mich jeden Monat zweihundert Euro kostet.«

»Das heißt, Frau Kampes Wagen steht immer an derselben Stelle, wenn sie im Rathaus zu tun hat?«

Mayerfeldt nickte, und Kastner machte sich eine Notiz. »Wo ist der Wagen jetzt? Steht er noch dort?«

»Äh, nein. Nein, den hab ich vor ein paar Tagen abgeholt, der steht jetzt unten in meiner Garage.«

Kastner nippte wieder an dem lauwarmen Wasser und verkniff sich eine Rüge. Er konnte es Mayerfeldt kaum zum Vorwurf machen, dass die Vermisstenstelle geschlampt hatte. »Ist Ihnen an dem Wagen irgendetwas aufgefallen? Kratzer, Flecken, Unordnung im Innenraum? War das Auto abgeschlossen, war Benzin im Tank, ist es sofort angesprungen?«

Mayerfeldt zuckte die Achseln. »Alles normal, würde ich sagen. Abgesperrt, ja. Auf der Rückbank standen ein paar Einkaufstüten.«

»Wir müssen den Wagen erkennungsdienstlich untersuchen«, erklärte Kastner. »Ich möchte Sie bitten, ihn bis dahin nicht zu benutzen. Sagen Sie – besitzt Ihre Lebensgefährtin einen Computer? Wenn ja, würden wir ihn gern überprüfen.«

»Sie hat einen Laptop«, erklärte Mayerfeldt, »den dürfen Sie gern mitnehmen, wenn Sie wollen.«

»Papa! Papa! Dschungelbuch ist aus«, krähte eine helle Stimme von oben. Kurz darauf polterte ein kleiner, blonder Junge in halsbrecherischem Tempo die Wendeltreppe herunter.

»Mein Sohn Moritz«, seufzte Mayerfeldt. »Die Zeit der Stille ist vorüber.«

Moritz drehte eine Runde um das deckenhohe Regal und zwei um die XXL-Ledercouch und röhrte dabei wie ein Formel-1-Bolide. Der Dackel verkroch sich unter den Küchentresen. Als der Junge Kastner bemerkte, blieb er wie angewurzelt stehen und starrte ihn an.

»Das ist Kommissar Kastner von der Polizei«, erklärte Mayerfeldt seinem Sohn.

»Hallo, Moritz«, sagte Kastner. »Freut mich, dich kennenzulernen.«

»Hm«, antwortete Moritz. Dann lief er zu seinem Vater und zerrte an dessen Sweatshirt. »Papa! Papa, mir ist so schlecht«, jammerte er. »Von den Fischstäbchen!«

»Wohl eher von der Flasche Ketchup, die du draufgekippt hast«, sagte Mayerfeldt.

»Nein, von den Fischstäbchen. Die waren verbrannt«, beharrte Moritz.

»Geh lieber auf die Toilette, wenn dir schlecht ist«, riet Mayerfeldt. »Und dann putz dir die Zähne und mach dich bettfertig. Ich komm gleich zu dir, aber zuerst möchte ich noch ein paar Worte mit Herrn Kastner ...«

»Ich will aber nicht ins Bett! Ich bin gar nicht müde!«

»Kümmern Sie sich ruhig um Ihren Sohn, Herr Mayerfeldt«, sagte Kastner. »Es ist ja schon spät. Wir können uns ein anderes Mal weiter unterhalten.«

»Mama soll kommen!«, verlangte Moritz. »Bei Mama darf ich abends noch eine CD!«

»Mama ist aber nicht da«, erklärte Mayerfeldt und versuchte vergeblich, sich aus dem Griff des Jungen zu befreien. Moritz stimmte ein ohrenbetäubendes Geheul an und stampfte wütend mit den Füßen. Dann verschluckte er sich, würgte guttural und spie einen Schwall halbverdaute Fischstäbchen auf das Sweatshirt seines Vaters.

»Na toll«, sagte Mayerfeldt und starrte angewidert auf das Erbrochene. »Tja, Herr Kastner, ich fürchte, Sie müssen mich jetzt wirklich entschuldigen. Ich hole Ihnen noch schnell den Laptop.« Er stand auf, zog umstandslos sein dreckiges Shirt aus und zielte damit auf das aus dem Granittresen ausgesparte Spülbecken. Das Shirt landete daneben und rutschte auf den Boden, wo sich das Erbrochene flächig verteilte.

»Daneben!«, krähte Moritz, plötzlich wieder bestens gelaunt, und klatschte in die Hände. »Haha, guck mal, Papa, der Theo frisst meine Kotze!«

»Herr Kastner«, sagte Mayerfeldt zum Abschied mit ernster Miene und nacktem Oberkörper, »bringen Sie mir bitte Karola zurück. Ich kann sonst für nichts garantieren – das hier ist der Stoff, aus dem blutige Familiendramen genäht sind.«

***

»Mir kommen die Tränen«, kommentierte Mirjam Kastners Bericht über sein Gespräch mit Mayerfeldt und ergänzte: »Bitte eine Runde Mitleid für den tapferen alleinerziehenden Manager.«

»Na ja«, gestand Kastner, »ich möchte wirklich nicht mit ihm tauschen.« Um seinen eigenen häuslichen Frieden zu pflegen, hatte er auf dem Nachhauseweg ein neues Leuchtmittel für die Küchenlampe und Abendessen vom Asia-Imbiss besorgt, was ihm prompt ein Lächeln und einen Kuss eingebracht hatte.

»Ach, und wieso nicht?«, erkundigte sich Mirjam interessiert. »Weil du lieber in einer zugigen Schuhschachtel wohnst als in einem lichtdurchfluteten Loft mit Pegnitzblick? Weil du deinen Urlaub lieber auf dem Sofa verbringst als in Neuseeland? Weil du lieber mit der Straßenbahn fährst als mit einem 180-PS-SUV? Oder weil du Angst hast, jemand könnte mich entführen und du müsstest für den Rest deines Lebens entweder selber die Spülmaschine ausräumen oder jeden Abend Schinkenbrot essen?«

»Das sind alles gute Gründe«, gab Kastner zu.

Mirjam verdrehte die Augen und schüttelte den Kopf. »Dem ist seine Frau doch völlig egal«, stellte sie fest. »Eine Philippinin mit Reizwäsche unter der Haushaltsschürze! Bei solchen *Scherzen«* – sie zeichnete zwei Anführungszeichen in die Luft – »könnte ich glatt auf den Tisch speien. Genau darum geht's solchen Typen doch: Die Mama soll ihnen bitte möglichst unauffällig die lästige Familienarbeit vom Hals schaffen und sich abends in ein Betthäschen verwandeln, das ihnen aus ehrlicher Liebe und Dankbarkeit die Eier krault. Hallo?! Seine Frau ist seit zwei Wochen verschwunden – ich meine, vielleicht sitzt die gerade lebendig begraben in einer Kiste und der Sauerstoff geht ihr aus? –, und er kriegt die Krise, weil er seinen Sohn schon um fünf vom Kindergarten abholen muss und danach nicht kontemplativ entspannen kann?« Sie hatte sich in Rage geredet, ihre blauen Augen blitzten angriffslustig.

»Du hast völlig recht, Hase«, sagte Kastner, der es am Abend auch gerne etwas gemütlich hatte, begütigend. »Andererseits ist Moritz wirklich ein *sehr* lebhaftes Kind.«

»Ha!«, schnaubte Mirjam und sprang auf. »*Sehr lebhaft!* Das ist ja wohl ein Euphemismus für *schlecht erzogen*. Wenn sich Mayerfeldt in den letzten Jahren gelegentlich um seinen Junior gekümmert hätte, würde ihm der Fregger jetzt wohl kaum auf der Nase rumtanzen, oder? Aber vermutlich war er der Ansicht, Kindererziehung sei irgendwie so 'ne Frauensache, in die man sich besser nicht einmischt, und jetzt hat es ihn kalt erwischt.« Sie kramte in ihrem Rucksack, zog eine angebrochene Zigarettenpackung heraus und knallte sie auf den Tisch wie ein Bauer die Schafkopfkarten. Wenn sie sich aufregte, vibrierte sie vor kinetischer Energie. »Das Kind kann einem leidtun«, fuhr sie fort. »Seine Mutter ist weg, das muss für so einen kleinen Kerl doch die Hölle sein! Und Mayerfeldt fällt nichts anderes ein, als ihn jeden Abend vor der Glotze zu parken, nur damit er seine Ruhe hat?!« Mirjam lehnte sich an den Küchentresen und zündete sich eine Zigarette an. »Vielleicht ist Karola Kampe ja untergetaucht, um Mayerfeldt mal eine Lektion zu erteilen?«

»Dafür muss man der Typ sein«, gab Kastner zu bedenken. »Denn es trifft ja nicht nur Mayerfeldt, sondern auch und vor allem ihren Sohn. Ihre Eltern, ihre Freunde ...«

»Und sie ist nicht der Typ«, vermutete Mirjam.

»Würde mich wundern«, sagte Kastner. »Mayerfeldt beschreibt sie als harmoniebedürftig, und dass der Mann im *Stressless*-Sessel die Füße hochlegt, während die Gattin Fenster putzt, ist sie aus ihrem Elternhaus gewohnt.«

Mirjam nickte, löschte ihre Kippe unter dem Wasserhahn und warf sie in den Mülleimer. »Na, so ein Dreck«, stellte sie fest. »Was bleibt also übrig?«

»Ich fürchte, nichts Gutes«, sagte Kastner.

Karola träumte von Wärme und Licht, von Farben, von Orten, die sie kannte, und von Menschen, die sie bei ihrem Namen riefen. Aber wann immer sie die Augen aufschlug, war es kalt und dunkel und sie war allein. Die Gesichter aus den Träumen verschwammen, das Gefühl, zu wissen, wer sie war, verblasste, bis nichts mehr davon übrig blieb. Dafür kam der Kopfschmerz zurück, im pochenden Gleichklang mit dem Schlag ihres Herzens.

Sie lag still und lauschte dem Tropfen des Wassers: Pling, pling, pling. Zwischen zwei Tropfen konnte sie langsam bis fünf zählen. Zeit. Zeit, die verging. Aber was bedeutete Zeit, wenn sich nichts veränderte? War sie seit ein paar Minuten hier oder schon seit Wochen? War sie schon immer hier gewesen?

Irgendwann wich die tiefe Finsternis einem düsteren Dämmer, in dem schattenhafte Konturen zu erahnen waren. Ihre eigenen Konturen. Karola starrte ihren Körper an wie einen Fremden, der sich unaufgefordert zu ihr ins Bett gelegt hatte. Der Fremde trug eine Hose, einen dicken Pullover und Wollsocken. Es kostete sie Überwindung, ihm ihren Willen aufzuzwingen; aber schließlich rieb er die Hände aneinander, bewegte die Beine und Füße, bis das Blut kribbelnd in seine Adern schoss. Nach und nach gab er seinen Widerstand auf und tat, was sie wollte: sich aufrichten, sich umsehen.

Der Lichtschimmer kam aus einem schmalen Schacht über ihrem Kopf, und er reichte nicht weiter als bis zum Fußende des Feldbettes, auf dem sie lag. Eine kratzige Wolldecke, ein muffig riechendes Kissen. Beim Aufstehen wurde ihr schwindlig. Der Boden war uneben und kalt, aber weich – ein Teppichboden. Der Raum war zu niedrig, um aufrecht zu stehen, sie musste gebückt gehen, Schritt für Schritt, die Hände abwehrend gegen die Dunkelheit erhoben. Eine Wand, kalt und rau, körnig. Nur eine Wand, sonst nichts. Eine Ecke. Noch eine Wand. Etwas, das vielleicht eine Steckdose war. Karolas Gehirn war unzufrieden mit dem, was ihre Finger ihm mitteilten, es verlangte nach Bildern. Nach Formen, nach Farben ...

Die nächste Wand. Diese Wand war anders, wärmer als die beiden Wände zuvor und weniger rau; und etwa in der Mitte dieser freundlich warmen Wand ertastete Karola eine Tür. Ein Türstock, Türangeln. Keine Klinke. Karola bohrte ihre Fingernägel in den schmalen Spalt zwischen Tür und Türstock und riss sich dabei einen Spreißel ein. Die Tür war aus Holz, schlussfolgerte sie. Dickes, massives Holz, das keinen Millimeter nachgab, als sie daran zog und rüttelte, und auch nicht, als sie sich mit aller Kraft dagegenwarf. Sie war eingesperrt. Warum?

Im oberen Drittel der vierten Wand verlief etwas Glattes, Kaltes, Feuchtes – ein Rohr. Vor der nächsten Ecke bog das Rohr ab und verschwand in der Decke, und hier fielen die Tropfen herunter – pling, pling, pling. Das Wasser sammelte sich in einem Metallgefäß, das auf dem Boden stand – einem Eimer, nein, wohl eher einer großen Schüssel. Karola schöpfte mit den Händen etwas Wasser, roch daran und probierte dann einen Schluck.

Das Wasser war eiskalt und schmeckte ausgezeichnet.

»Muss das sein?«, fragte Wernreuther.

»Ja, das muss sein. Ich erwarte euch beide um neun in meinem Büro.« Kastner wusste nicht, was dem jungen Beamten mehr missfiel – dass er seinen Streifendienst wegen des *popeligen Vermisstenfalls* unterbrechen sollte, oder dass er ihn gebeten hatte, Claudia Wolfschmidt mitzubringen. Wernreuthers anfängliche Schwärmerei für seine attraktive Kollegin war kleinlicher Rivalität gewichen, seit Kastner Claudia dazu überredet hatte, sich ebenfalls für den höheren Dienst zu qualifizieren. Aber auf solche Befindlichkeiten konnte Kastner jetzt keine Rücksicht nehmen – er brauchte jede Unterstützung, die er bekommen konnte. Falls Karola Kampe überhaupt noch lebte, tickte für sie die Uhr.

Als Nächstes rief er Martina Götz, die Chefin des Erkennungsdienstes, an. »Martina? Ich hab was für dich«, sagte er. »Ein Parkhaus und ein Auto. Wir suchen nach Spuren einer gewaltsamen Entführung.«

Martina Götz machte ein Geräusch, als hätte ihr jemand den Finger in den Hals gesteckt. »Bitte nicht schon wieder«, sagte sie. Bei Kastners letztem Fall hatte sie ihm erklärt, warum Parkhäuser bei der Spurensicherung wenig beliebt waren: Es gab zu viele Spuren.

»Tut mir echt leid«, beteuerte Kastner. Er gab Martina die Fakten durch und konnte sich die Bemerkung nicht verkneifen, dass er auf schnelle Ergebnisse hoffte.

»Jaja«, sagte Martina Götz und hängte ein.

***

»Hm«, machte Claudia nachdenklich, nachdem Kastner sie und Wernreuther auf den aktuellen Stand gebracht hatte. »Das klingt nicht, als ob Karola Kampe freiwillig abgetaucht wäre.«

»Ach«, sagte Wernreuther. »Und was genau, von deiner weiblichen Intuition einmal abgesehen, spricht dagegen?«

»Eigentlich alles«, fand Claudia. »Warum sollte sie ihren Lebensgefährten heimlich und von jetzt auf gleich verlassen? Warum sollte sie ihr Kind, ihre Eltern und Freunde gleich mitverlassen? Ihre Stadtratsarbeit und damit ihr einziges Einkommen sausen lassen? Das ergibt überhaupt keinen Sinn.«

»Nur wenn man keine Phantasie hat«, beharrte Wernreuther. »Womöglich hat die Kampe einen aufgegabelt, der bei Schuhen und Handtaschen weniger aufs Kleingeld schaut als Mayerfeldt? Neue Liebe, neues Glück – und alles ganz ohne lästige Altlasten.«

»Hallo?!« Claudia schüttelte den Kopf. »Eine Mutter würde ihr Kind wohl kaum als *lästige Altlast* betrachten.«

»Ist alles schon vorgekommen«, behauptete Wernreuther. »Ich hab da einen Bekannten beim Jugendamt, der erzählt mir manchmal Sachen ...«

Kastner räusperte sich.

»Aber gut«, sagte Wernreuther. »Was ist deine Theorie?«

»Hm.« Claudia pfriemelte ein paar störrische Haarsträhnen unter den Zopfgummi, der ihren dunklen Pferdeschwanz zusammenhielt. »Seit zwei Wochen kein Lebenszeichen – das heißt für mich: Entweder sie ist tot, oder sie wird irgendwo gefangen gehalten ...«

»Also tot sehe ich ein«, unterbrach Wernreuther sie, »aber das mit der Entführung ist Humbug. Da hätte doch inzwischen mal jemand bei Mayerfeldt oder Kampes Eltern angerufen, meinst du nicht? Eigentlich sind Kastner und ich uns einig, dass die Lösegeldforderung ein Fake ist.«

»Art und Zeitpunkt der Kontaktaufnahme sind für eine Lösegelderpressung jedenfalls ungewöhnlich«, sagte Kastner und fügte, weil er sich nicht für einen plumpen männlichen Schulterschluss missbrauchen lassen wollte, hinzu: »Aber das ist Claudia sicher auch schon aufgefallen.«

»Danke«, sagte Claudia. »Darauf will ich hinaus: Die Lösegeldforderung ist das eine, Karola Kampes Verschwinden das andere. Da muss ja kein Zusammenhang bestehen. Vielleicht geht's dem Entführer nicht um Geld, sondern um was ganz anderes – Einschüchterung oder Rache oder Sex? Vielleicht ist sie einem Psychopathen in die Hände gefallen?«

»Ein Psychopath! Wow, das ist ja ganz großes Kino!«, Wernreuther klatschte ironisch Beifall. »Mädel, ich nehm alles zurück, was ich über deine fehlende Phantasie gesagt hab. Also, nach meiner nicht unerheblichen Erfahrung sind kriminelle Psychopathen nicht das drängendste Problem in unserer beschaulichen Metropolregion. Da geht's eher um bodenständige Sachen – Geld, zum Beispiel. Vielleicht hat Mayerfeldt keine Lust mehr gehabt, das Luxusweibchen durchzufüttern?«

»Du meinst, er hat die Mutter seines Sohnes umgebracht?«, fragte Claudia. »Nur weil es ihn nervt, dass sie sich jeden Monat eine neue Handtasche kauft? Und jetzt ist er überrascht, weil das Leben als Alleinerziehender gar nicht mal so lustig ist?«

»Da muss man in die Zukunft denken«, riet Wernreuther seiner Kollegin. »Ein adretter Vorstandsvorsitzender mit Loft im Pegnitzgrund und drei Autos, der wird wohl nicht lange alleinerziehend bleiben. Womöglich hat er schon eine bestimmte Dame im Auge, die seinen Vorstellungen mehr entspricht als Karola Kampe? Es soll ja Frauen geben, die ihre Erfüllung beim Kochen und Putzen finden.«

»Das hättest du wohl gern«, sagte Claudia und tippte sich an die Stirn.

»Das steht hier nicht zur Debatte«, erklärte Wernreuther. »Aber womöglich ist es genau das, was Mayerfeldt gern hätte. Totschlag im Affekt wäre auch eine Variante – böse Worte, eine zugeschlagene Tür, Eskalation ... Dann hat Mayerfeldt die Leiche beseitigt und eine Vermisstenanzeige aufgegeben, und die vorgetäuschte Entführung ist jetzt die Kür, um uns auf eine falsche Fährte zu locken.«

»Alles möglich«, sagte Claudia. »Aber abstrahieren heißt die Luft melken – womit fangen wir also an?«

»Mayerfeldt hat mir Frau Kampes Laptop gegeben«, erklärte Kastner. »Vielleicht findet sich darauf irgendein Anhaltspunkt ...«

»Her mit dem Ding«, sagte Wernreuther, »Technik ist Männersache. Äh – gibt es ein Passwort?«

»Das gilt es herauszufinden«, sagte Kastner. Er hätte den Laptop lieber Claudia gegeben. Sie verstand sich gut mit Holger Lurz, dem wortkargen IT-Experten der Spurensicherung, und sie konnte wichtige Spuren von unwichtigen unterscheiden – ein Talent, das man in Kastners Augen entweder besaß oder nicht besaß.

Wernreuther grinste. »Kein Problem – das Passwort eines Exmodels wird meinen intellektuellen Horizont schon nicht überschreiten, was?«

Claudia verdrehte die Augen.

»Na gut.« Kastner holte den Laptop aus seiner Umhängetasche und schob ihn zu Wernreuther hinüber. »Nimm bitte Holger Lurz mit ins Boot, wenn es Probleme gibt, wir brauchen diese Daten so schnell wie möglich.«

»Schon klar«, behauptete Wernreuther und legte besitzergreifend die Hand auf den Laptop.

»Okay«, sagte Claudia. »Dann beantrage ich eine Auskunft des Netzbetreibers über Karola Kampes Telefonverbindungen und erstelle ein Bewegungsprofil?«

Kastner nickte. »Und überprüf bitte die finanzielle Situation von Kampe und Mayerfeldt.«

Claudia nickte und machte sich eine Notiz.

»Außerdem müssen wir mit Frau Kampes Freunden und Fraktionskollegen reden«, schloss Kastner, »sowie mit allen, die sie am 8. Februar noch gesehen oder mit ihr gesprochen haben. Vielleicht ist ja jemandem etwas aufgefallen.«

***

Daria Bertelt, die stellvertretende Fraktionsvorsitzende der Grünen, empfing Kastner im Fraktionsbüro im Neuen Rathaus.

»Grüß Gott«, sagte sie und hielt ihm eine kurze, kräftige Hand hin, deren Ringfinger ein breiter Platinring schmückte. Sie war Anfang vierzig und trug einen praktischen Kurzhaarschnitt zum sandfarbenen Leinenblazer. »Die ganze Fraktion macht sich große Sorgen um Karola«, erklärte sie. »Und wie furchtbar das alles für ihren kleinen Sohn und ihren Lebensgefährten sein muss!« Sie schüttelte mitfühlend den Kopf und wies dann auf den Besucherstuhl vor einem Schreibtisch, auf dem sich Broschüren, Handzettel und Akten türmten. »Bitte setzen Sie sich.«

Kastner nahm Platz. An den Wänden des Büros standen prall mit Ordnern gefüllte Regale; in einem Nebenzimmer waren zwei junge Frauen damit beschäftigt, Computerausdrucke zu sortieren.

»Der Parteinachwuchs«, erklärte Frau Bertelt, als sie Kastners Blick bemerkte, und schloss die Tür, ehe sie hinter dem Schreibtisch Platz nahm. »Wie kann ich Ihnen helfen?«

»Ich würde mir zunächst gern einen Überblick verschaffen«, sagte Kastner. »Wann und wie ist Frau Kampe denn zu den Grünen gekommen?«

Bertelt musste nicht lange nachdenken. »Sie ist zwei oder drei Wochen vor der letzten Kommunalwahl in die Partei eingetreten – also vor gut vier Jahren. Hermann Rolfes, unser Fraktionsvorsitzender, hat sie mitgebracht. Karola war gut vernetzt und halbwegs prominent – auch außerhalb unserer üblichen Wählerschichten –, und deshalb hat er sie für einen der vorderen Listenplätze vorgeschlagen.«

»Ach? Und damit waren alle einverstanden?«

Daria Bertelt deutete ein Lächeln an. »Wir haben über Hermanns Vorschlag demokratisch abgestimmt und Karola schließlich auf Listenplatz sieben gesetzt. Die Wähler haben sie dann auf Rang drei hochgehäufelt – Hermann hat also recht behalten: Sie ist gut angekommen.«

»Aber sie hat wenig politische Erfahrung mitgebracht«, stellte Kastner in den Raum.

Bertelt zuckte die Achseln. »Bis auf die Referenten sind alle Stadträte ehrenamtlich tätig – die meisten sind ganz normale Bürger, und so ist das mit der Volksvertretung ja auch gedacht.«

»Freilich«, sagte Kastner. »Frau Kampe vertritt die Grünen im Stadtplanungsausschuss – hat sie ein besonderes Interesse an der Stadtplanung? Oder spezielles Fachwissen?«

»Fachkenntnisse sind für die Arbeit in den Ausschüssen sicher von Vorteil«, gab Bertelt zu. »Aber man kann sich in ein Thema auch einarbeiten.«

»Und wie war das bei Frau Kampe?«, hakte Kastner nach.

Bertelt sortierte einige Akten auf ihrem Schreibtisch von links nach rechts. »Eigentlich wollte Karola eher sozialpolitisch arbeiten«, erklärte sie dann, »aber dieser Bereich ist bei uns schon seit mehreren Legislaturperioden in festen Händen. Nach einigem Hin und Her hat Hermann sie dann für den AfS vorgeschlagen – der Sitz war gerade frei geworden.«

»Aha«, sagte Kastner. »Und damit waren auch alle einverstanden?«

»Ihr Interesse an der grünen Kommunalpolitik in allen Ehren, Herr Kastner«, sagte Bertelt, »aber was hat das denn mit Karolas Verschwinden zu tun? Das sind Interna, die Sie im Grunde genommen gar nichts angehen.«

»Also waren *nicht* alle damit einverstanden?«

Bertelt seufzte. »Wir haben den Vorschlag diskutiert, wie sich das in einer Demokratie gehört – durchaus kontrovers diskutiert. Aber am Ende war es Konsens, Karola eine Chance zu geben.«

»Und? Hat sie die Chance genutzt?«

»Sagen wir, sie hat sich Mühe gegeben.«

»Das heißt, Sie waren mit Frau Kampes Arbeit nicht zufrieden?«

Daria Bertelt suchte an der Wand nach der passenden Antwort. »Wir Grünen haben im AfS nur den einen Sitz«, erklärte sie schließlich, »und die GroKo-Stadträte haben naturgemäß kein Interesse an einer offenen Debatte, die haben sich ja vorher schon abgesprochen. Um da Gehör zu finden, muss man die Ellbogen ausfahren – es ist also verständlich, dass sich Karola als Neuling ein wenig, äh, schwergetan hat.«

»Soso«, sagte Kastner. »Aber nach vier Jahren war sie doch kein Neuling mehr?«

Daria Bertelt schwieg diplomatisch.

»Wann und wo haben Sie Frau Kampe zuletzt gesehen?«

»Das war am 8. Februar, hier im Büro.«

»Um welche Uhrzeit?«

»Mittags rum. Halb eins, eins? Karola hat die Praktikantin gebeten, ihr die AfS-Unterlagen noch mal auszudrucken – sie hatte ihre zu Hause vergessen. Karola ist manchmal etwas zerstreut.«

»Ich verstehe«, sagte Kastner und machte sich eine Notiz.

Daria Bertelt kaute auf ihrer Unterlippe herum. »Damit es hier kein Missverständnis gibt«, ergänzte sie, »ich mag Karola, wir alle mögen sie. Aber vielleicht ist Politik einfach nicht so ihr Ding.«

Kastner nickte. »Gibt es in der Fraktion jemanden, mit dem sich Frau Kampe besonders gut versteht? Mit dem sie vielleicht auch privat befreundet ist?«

Frau Bertelt zuckte die Achseln. »Da müssen Sie Hermann fragen. Oder Leonie – Leonie Damel, unsere schulpolitische Sprecherin. Die hat Karola anfangs ein bisschen unter ihre Fittiche genommen.«

***

Hermann Rolfes, Fraktionsvorsitzender und verkehrspolitischer Sprecher der Grünen, schien ein viel beschäftigter Mann zu sein.

»Aber natürlich«, sagte er, nachdem es Kastner endlich gelungen war, ihn unter der Handynummer zu erreichen, die Daria Bertelt ihm gegeben hatte. »Wir sind alle wahnsinnig besorgt um Karola. Gibt's denn etwas Neues?«

»Können wir uns treffen?«, fragte Kastner zurück.

»Aber natürlich«, wiederholte Rolfes. »Äh – ich hab jetzt gerade eine Besprechung und danach einen Pressetermin wegen der Podiumsdiskussion zum Frankenschnellweg ... Morgen Vormittag tagt der Verkehrsausschuss, dann die Infoveranstaltung zum U-Bahn-Ausbau Tiefes Feld ... Wie wäre es mit übermorgen, so zwischen elf und zwölf? Ich kann das Mittagessen ausfallen lassen.«

»Ich habe wirklich nur ein, zwei Fragen«, sagte Kastner. »Und ich bin gerade im Rathaus – können wir uns nicht gleich treffen?«

»Sie meinen *jetzt*?«, fragte Rolfes ungläubig.

»Das wäre ideal«, bestätigte Kastner.

»Nein, das geht auf gar keinen Fall. Ich ... Hören Sie, warum sprechen Sie nicht mit Daria Bertelt, meiner Stellvertreterin? Eigentlich hatte ich mit ihr ausgemacht, dass sie sich heute um Sie kümmert.«

Kastner verkniff sich den Hinweis, dass er kein Grundschüler mit unklarer Betreuungssituation, sondern Kriminalhauptkommissar und leitender Ermittler war. »Mit Frau Bertelt habe ich gerade gesprochen«, erklärte er geduldig. »Und jetzt würde ich gern mit Ihnen sprechen.«

»Ach so.« Rolfes schwieg eine Weile, dann seufzte er. »Na gut, ich kann's versuchen. Mit etwas Glück bleibt vor dem Pressetermin ein Viertelstündchen übrig. So gegen viertel eins, in meinem Büro?«

Kastner stimmte zu und machte sich dann auf die Suche nach Leonie Damel, die, nach Daria Bertelts Auskunft, *irgendwo im dritten Stock irgendeinen Workshop* hatte.

***

Die Wahl zwischen Treppe und Aufzug war für Kastner immer eine heikle Entscheidung. Mit Enge an sich hatte er kein Problem, aber er litt an einer leichten Technophobie. Wenn Zug, Bus oder Straßenbahn eine Panne hatten, konnte man immerhin aussteigen; in einem Aufzug oder Flugzeug gab es diese Möglichkeit nicht. Vor allem Letzteres war ein steter Quell unerquicklicher Debatten mit Mirjam, die von einer Reise nach Neuseeland oder Island träumte. Den Lebenspartner wegen völlig irrationaler Ängste Jahr für Jahr zum Urlaub in deutschen Mittelgebirgen zu zwingen, sei ein Scheidungsgrund, behauptete sie.

Er überschlug also die bis ins dritte Stockwerk zurückzulegenden Höhenmeter und wog sie gegen seine körperliche Fitness ab, ehe er sich schließlich für den Aufzug entschied. Im dritten Stock fand er nach längerer Suche eine Tür, an die mit vergilbtem Tesafilm ein Zettel geheftet war: *Bildung und Inklusion in Europa – Vision und Wirklichkeit.* Er klopfte und zählte bis drei, ehe er die Klinke herunterdrückte und in den Raum spähte.

Eine junge Frau kam ihm entgegen: Jeans, grünes T-Shirt, knallrot gefärbter Irokesenschnitt. »Ja bitte?«, fragte sie.

»Bitte entschuldigen Sie die Störung – sind Sie Frau Damel?«, fragte Kastner zurück und stellte sich vor. »Ich bin wegen Ihrer Fraktionskollegin Karola Kampe hier.«

»Okay«, sagte die junge Frau gedehnt und rief über die Schulter: »Sorry, Leute, ich muss mal kurz weg.« Sie trat auf den Flur und zog zwischen sich und den neugierigen Blicken von etwa zwanzig seriös gekleideten Damen und Herren, die wie Kindergartenkinder beim Morgengruß im Kreis saßen, die Tür zu. »Wir könnten runtergehen«, schlug sie vor. »Dann kann ich bei der Gelegenheit gleich eine rauchen.«

Dagegen hatte Kastner nichts einzuwenden. Nachdem Frau Damel sich einen grünen Parka übergezogen hatte, folgte er ihr ins Erdgeschoss und durch eine Glastür hinaus auf die Stufen, die zum Rathausplatz hinunterführten. Im Sommer saßen hier die Gäste des *Bratwurst-Röslein* bei Sechs auf Kraut und kühlem Bier, aber jetzt parkten nur ein paar Autos vor dem verschneiten Gänsemännchenbrunnen.

Leonie Damel kramte ein Päckchen Tabak aus ihrem Parka und drehte sich in weniger als fünf Sekunden eine Zigarette.

»Gibt's was Neues von Karola?«, fragte sie.

»Ich verschaffe mir gerade einen Überblick«, erklärte Kastner. »Wie gut kennen Sie Frau Kampe denn?«

»Na ja.« Frau Damel stampfte gegen die Kälte mit den Füßen und zündete ihre Kippe an. »Wir senden nicht gerade auf einer Wellenlänge, aber ich hab sie anfangs ein bisschen an die Hand genommen und ihr alles erklärt.«

Kastner nickte aufmunternd.

»Sie hat ja früher mal als Model gearbeitet«, fuhr die junge Frau fort. »Also meins wär's nicht, diese konsumorientierte Scheinwelt der Schönen und Reichen, aber man darf Karola ja deshalb nicht per se für dumm und oberflächlich halten – immerhin hat sie sich für politisches Engagement entschieden, und sie hat sich auch echt reingekniet. Wenn auch mit wechselndem Erfolg.«

»Frau Kampe hat ja eine ziemliche Blitzkarriere hingelegt«, sagte Kastner. »Ist das bei allen in der Partei gut angekommen?«

»Nicht wirklich«, gab Leonie Damel zu und aschte in einen von Kippen überquellenden Aschenbecher ab, der auf der obersten Stufe der Treppe stand. »Unser Vorsitzender hat Karola vor der letzten Wahl aus dem Hut gezogen wie ein Zauberer ein weißes Kaninchen, und damit hat er einige vor den Kopf gestoßen.«

»Wen denn, zum Beispiel?«

»Altgediente und fachlich kompetente Parteifreunde«, sagte Frau Damel diplomatisch. »Leider ist Karola mit dieser Situation nicht sehr geschickt umgegangen.«

»Wie meinen Sie das?«

»Na ja – es wäre doch klug gewesen, mal einen Schritt zurückzutreten, Leute mit Erfahrung um Rat zu fragen und auf zwischenmenschliche Schwingungen zu achten. Aber Karola war regelrecht berauscht von ihrem schnellen Erfolg und hat geglaubt, die Welt habe nur auf sie gewartet. Das hat es für sie nicht einfacher gemacht.«

»Ich verstehe. Frau Damel, haben Sie irgendeine Idee, was mit Frau Kampe passiert sein könnte?«

»Ich? Nein, keine Ahnung. Ich hoffe natürlich, dass es ihr gut geht, aber nach zwei Wochen macht man sich schon auch Sorgen.« Leonie Damel drückte ihre Kippe aus und dachte nach. »Ein paar Spaßvögel haben ja gemunkelt, Karola schämt sich nach ihrem letzten Debakel im Stadtplanungsausschuss dermaßen, dass sie sich einfach nicht mehr ins Rathaus traut ...«

»Was für ein Debakel?«, fragte Kastner interessiert.

»Sie hat einer Bebauung zugestimmt, gegen die wir seit Monaten mobilmachen. Da geht's um eine große Fläche in der Nordstadt mit altem Baumbestand, den die Firma Wollreis für eine überdimensionierte Wohnschachtel plattmachen will. Wir wollten erreichen, dass zumindest ein Teil der Bäume erhalten bleibt – in der Nordstadt besteht nämlich ein Grünflächendefizit. Wir haben Infoabende veranstaltet und einen Anwohnerprotest organisiert ... Warum Karola dieser Planung dann zugestimmt hat, ist mir echt ein

Rätsel. Böse Zungen behaupten, sie habe sich mit der CSU längst auf einen Übertritt geeinigt und deshalb schon mal passend abgestimmt, aber ich glaube das nicht.«

»Ein Parteiwechsel in der laufenden Stadtratsperiode?«, fragte Kastner. »Wäre das denn überhaupt möglich?«

Damel nickte. »Freilich. Das Stadtratsmandat ist ein persönliches Mandat – man kann auch zum politischen Gegner wechseln, ohne es zu verlieren. Für uns wäre das fatal: Ohne Karola wären wir ja nur noch zu fünft und damit den Fraktionsstatus und sämtliche Ausschusssitze los. Aber wie gesagt, ich glaube es nicht. Gerüchte führen im Nürnberger Rathaus ein Eigenleben, sie kriechen aus den staubigen Ecken und verbreiten sich virulent. Die Politik ist ein Medium, in dem sie sich sehr wohlfühlen.«

»Das kann ich mir vorstellen«, sagte Kastner. »Und wann genau war diese Sitzung, bei der Karola Kampe im Sinne der Regierungsmehrheit abgestimmt hat?«

»Na, an dem Tag, an dem sie verschwunden ist. Am 8. Februar.«

***

Nach dem Gespräch mit Leonie Damel studierte Kastner den Aushang im Foyer des Neuen Rathauses und entdeckte auf dem Menüplan der Kantine etwas, das sein Herz höher schlagen ließ: Wiener Schnitzel mit Kartoffelsalat. Leider waren es nur noch fünfzehn Minuten bis zu seiner Verabredung mit Hermann Rolfes.

Sein Magen knurrte empört, als er den *Rathaus-Treff* am Fünferplatz rechts liegen ließ und stattdessen das Alte Rathaus ansteuerte. Der dreiflügelige Sandsteinbau mit der verzierten Fassade und allerlei kupferbedeckten Türmchen auf dem Dach, nach seinem Baumeister Jakob Wolff dem Jüngeren auch Wolff'scher Bau genannt, umschloss einen lichtarmen, trostlos gepflasterten Arkadenhof. Der Große Sitzungssaal lag im Erdgeschoss, und man betrat ihn, wie ein Theater, durch die Garderobe – ein lang gezogener Tresen, Haken an der Wand, Kleiderbügel. Kastner öffnete die Flügeltür und spähte in den menschenleeren Saal, dessen kreisförmig angeordnete Sitzreihen ebenfalls an ein Theater, genauer: an ein Amphitheater, erinnerten. Von rechts fiel trübes Winterlicht durch vier deckenhohe Fenster; an der Stirnseite, unter einer großen Projektionsfläche für Präsentationen, waren die Sitzplätze derjenigen, die hier den Hut aufhatten – diverse Bürgermeister und berufsmäßige Referenten. Über dem Eingang gab es eine erhöhte Zuschauergalerie, von der aus das Volk seinen Vertretern beim Regieren zuschauen durfte – natürlich nur, wenn die in öffentlicher Sitzung tagten, und nicht, wenn wirklich delikate Dinge besprochen wurden.

Kastner betrat den Saal und setzte sich auf einen der blauen Stühle. Hier hatte Karola Kampe also am 8. Februar dem Vortrag des Baureferenten gelauscht, in ihren Unterlagen geblättert, durch das Tischmikrofon eine Frage gestellt ... Vielleicht war ihr Parteiwechsel, der die Grünen den Fraktionsstatus gekostet hätte, bereits geplant gewesen? Vielleicht hatte sie – zerstreut, wie Daria Bertelt es genannt hatte – die Fusseln auf dem Kragen ihres Vordermannes gezählt, anstatt zuzuhören? So oder so, am Ende hatte sie einer Planung zugestimmt, die die Grünen ablehnten. Nach der Sitzung waren die anderen Stadträte einkaufen oder essen gegangen, hatten einen Abstecher ins Fitnessstudio gemacht oder waren gleich nach Hause gefahren, um ihre Frauen oder Männer mit einem Kuss auf die Wange zu begrüßen, mit ihren Kindern zu spielen oder die *Tagesschau* einzuschalten – nur Karola Kampe hatte nichts dergleichen getan. Sie hatte diesen Raum verlassen und war danach spurlos verschwunden.

***

Hermann Rolfes kam fünfzehn Minuten zu spät zu dem vereinbarten Treffen.

»Sie entschuldigen, Herr, äh, Kastner«, sagte er, »aber die Besprechung hat länger gedauert, und ich muss leider auch gleich wieder los – der Pressetermin.« Er klopfte veranschaulichend auf seine Armbanduhr, ehe er Kastner die Rechte zur Begrüßung hinhielt. Er war in den Fünfzigern, maß gut einen Meter neunzig und war gebaut wie ein Kraftsportler am Ende seiner Karriere: muskulös mit einem Hang zur Fettleibigkeit. Auf seinen Wangen zeichneten sich die dunklen Bartschatten eines Mannes ab, der sich zweimal am Tag rasieren musste, seine grauen Augen hatten einen fiebrigen Glanz und lagen in tiefen, dunkel gerandeten Höhlen.

»Es dauert nicht lange«, sagte Kastner. »Und es liegt ja sicher in Ihrem Interesse, dass wir das Schicksal Ihrer Fraktionskollegin aufklären?«

»Jaja, natürlich«, sagte Rolfes und strich sich über das dichte, graumelierte Haar. Er sperrte die Tür seines Büros auf und bat Kastner mit einer Geste herein.

»Seit wann kennen Sie Frau Kampe denn?«, fragte Kastner, während Rolfes einige Papiere aus seiner Aktenmappe kramte und auf den Schreibtisch warf. »Und wie haben Sie sie kennengelernt?«

»Sie hat mich angesprochen. Vor vier Jahren, nach irgendeiner Veranstaltung – einer Podiumsdiskussion, glaube ich.« Rolfes zog eine Akte aus einer der Schreibtischschubladen, blätterte sie durch und steckte sie in seine Aktentasche. In einem kleinen Spiegel, der zwischen einem hohen Schrank und dem Fenster hing, kontrollierte er seine Frisur und wischte über einen Fleck auf seinem Hemdkragen. Seine Bewegungen waren träge und selbstbewusst wie die eines alternden Zoolöwen, der keine Konkurrenz zu fürchten hatte.

»Angesprochen, aha. Und was hat sie gesagt?«, erkundigte sich Kastner. Da Rolfes ihm keinen Stuhl angeboten hatte, stand er noch immer in der offenen Tür.

»Dass sie Stadträtin werden will«, erklärte Rolfes, beendete seine Inspektion und griff nach der Aktenmappe. »Ich muss jetzt wirklich«, sagte er und deutete wieder auf die Armbanduhr. »Wie gesagt, wir können uns gerne ein andermal treffen. Übermorgen, zwischen elf und zwölf?«

Kastner übergab Rolfes seine Karte. »Morgen«, sagte er, »ich erwarte Sie um elf im Präsidium. Und seien Sie bitte pünktlich.«

***

Als Kastner endlich den *Rathaus-Treff* betrat, war das Wiener Schnitzel schon durchgestrichen – ein Umstand, den er Hermann Rolfes persönlich übel nahm. Er orderte ersatzweise und wegen des regionalen Gleichklangs Linseneintopf mit Wiener Würstchen und sah sich nach Kollegen um. Zu seinem Leidwesen entdeckte er nur seinen Chef und Felix Wernreuther. Letzterer winkte ihm aufgeregt zu. »Huhu, wir sind hier!«, rief er und fuhr, nach einem Blick auf Kastners Tablett, fort: »Na so was, ich hätte geschworen, dass du das Schnitzel nimmst.«

»Ist aus«, erklärte Kastner. »Hallo, Felix. Herr Wismeth.«

»Mahlzeit«, erwiderten Wernreuther und Wismeth unisono. Wernreuther mümmelte auf dem veganen Gemüsebulgur herum, Wismeth hatte noch eines der panierten Schnitzel ergattert und schob sich mit zufriedener Miene eine Gabel davon in den Mund.

Kastner seufzte und setzte sich auf den freien Stuhl.

»Und?«, fragte sein Chef, nachdem er heruntergeschluckt hatte. »Schon was Neues im Fall Kampe?«

»Wir ermitteln in alle Richtungen«, sagte Kastner. Der Linseneintopf war eine Enttäuschung – zu fad gewürzt, zu lang gekocht. Und obwohl er gründlich suchte, fand er keine einzige Wurstscheibe in dem grauen Brei.

»Sie haben wirklich einen speziellen Humor«, meinte Wismeth kopfschüttelnd. »Der Kartoffelsalat ist übrigens ausgezeichnet. Das Schnitzel hätte man etwas dünner klopfen können.«

Wernreuther ergriff die Gelegenheit, um einen Vortrag über einen Volkshochschulkochkurs zu halten, den er kürzlich besucht hatte – alle Zutaten frisch und regional, ganz ohne Fleisch, die Wahl der passenden Messer und die richtige Technik, sie zu schärfen.

»Soso«, sagte Wismeth.

»Aha«, sagte Kastner.

»Teil des Kurses war übrigens eine Olivenölverkostung«, berichtete Wernreuther mit glänzenden Augen. »Da kommt es ja ausschließlich auf den Geschmack an, deshalb werden die Proben in blauen Gläsern serviert. Damit sich niemand von der Farbe ablenken lässt.«

»Was Sie nicht sagen«, sagte Wismeth.

»Sehr interessant«, behauptete Kastner. »Sag mal, Felix – bist du mit Karola Kampes Laptop schon weitergekommen?«

»Nicht weiter als bis in mein Büro«, witzelte Wernreuther.

»Und wo liegt das Problem?«

»Äh – es gibt ein Passwort.«

Das Passwort eines Exmodels, dachte Kastner, sprach es aber, aus kollegialen Gründen, nicht aus.

»Ich bin da dran«, beteuerte Wernreuther, »das kriegen wir schon. Aber aktuell habe ich Mittagspause, das muss ja auch mal sein. Wo war ich grad? Ach ja, die Olivenölverkostung …«

***

Nach dem Mittagessen schüttelte Kastner seinen Chef und den mitteilsamen Wernreuther mit der frei erfundenen Behauptung ab, er müsse in der Stadt noch etwas erledigen. Der Verdauungsvorgang versetzte ihn zuverlässig in einen Zustand, den Mirjam respektlos *Fresslähmung* nannte – ein geistiges und körperliches Phlegma, das ihm jede zwischenmenschliche Interaktion zur Qual machte. Er kaufte sich an der Fleischbrücke einen Cappuccino to go und schlenderte mit dem Pappbecher in der Hand am Pegnitzufer entlang in Richtung Trödelmarkt. Der träge Lauf des Flusses in seinem breiten, gemauerten Bett wirkte zeitlos friedlich, aber Kastner wusste, dass dieser Eindruck täuschte: Unter der glatten Oberfläche gab es starke Strömungen. *Der Fluss ist gefährlich, man muss ihn im Auge behalten* – das hatte er bei seinem letzten Mordfall gelernt, dem Tod eines jungen Mannes, dessen blasse Leiche sich hinter dem Maxtorgraben im Ufergebüsch der Pegnitz verfangen hatte. Für einen

Moment überlegte Kastner, ob sie Karola Kampe ebenfalls tot im Fluss finden würden. Vielleicht hatte sie am 8. Februar aus irgendeinem Grund ihr Auto stehen lassen und beschlossen, entlang der Pegnitz nach Hause zu laufen? Vielleicht hatte jemand sie verfolgt oder irgendwo in der Dunkelheit auf ein Zufallsopfer gelauert? Aber dann verwarf er den Gedanken: Von der Fleischbrücke bis zu Mayerfeldts Loft in Schniegling lief man eine gute Dreiviertelstunde, und am 8. Februar hatte es abends heftig geschneit. Nein, bisher hatte er nicht den Eindruck gewonnen, dass lange Spaziergänge zu Karolas bevorzugten Hobbys zählten – und ihre schicken Stiefel mit den hohen Absätzen wären für einen solchen Marsch auch kaum geeignet gewesen.

***

Nach der Mittagspause entdeckte Kastner die von Ulla Kampe versprochene Liste mit den Kontakten ihrer Tochter in seinem E-Mail-Postfach. Er leitete die Nachricht an Claudia und Wernreuther weiter, sowie – er konnte es sich einfach nicht verkneifen – an Polizeimeisterin Hirschel. Dann schickte er dem Abteilungsdrucker einen Auftrag. Analoge Akten gerieten auch im Dezernat 1 immer mehr in Verruf – *be green, keep your emails on the screen* war ein Wernreuther'scher Standardsatz. Aber bei aller Sympathie für ökologische Belange: Für Kastner wurden Daten erst dann zum Arbeitsmaterial, wenn sie leibhaftig auf seinem Schreibtisch lagen; wenn er sie anfassen, durchblättern und sich am Rand Notizen machen konnte. Er heftete die ausgedruckte Liste in Karola Kampes Vermisstenakte ab, holte einen Kugelschreiber aus seiner Schreibtischschublade und machte Kringel um die Namen Michaela Korn (eine

Schulfreundin, mit der Karola sich noch regelmäßig traf) und Sven Lauterbach (ihr Exfreund, der seit fünf Jahren in Bamberg lebte). Dann blätterte er vor bis zu Karola Kampes Porträt. Das Gesicht der jungen Frau formte ein perfektes Oval, aus dem strahlend blaue Augen und sehr weiße Zähne lächelten. »Wo bist du, Karola?«, fragte er das Foto. »Was ist mit dir passiert? Lebst du noch?«

Karola lächelte unbeirrt – ein glattes, belangloses Lächeln, mit dem man Bergalm-Kuhmilch, Luxussofas oder Waschmittel verkaufen konnte, womöglich auch Politik, gleich welcher Couleur.

»Nein«, sagte Kastner entschieden. »So kommen wir nicht weiter. Wenn ich dir helfen soll, musst du diese Photoshop-Maske abnehmen – ich muss wissen, wer du bist.«

Das herauszufinden ist ja wohl dein Job, lächelte Karola. *Also hör auf, mich anzustarren, und mach dich an die Arbeit.*

»Ein Punkt für dich«, gab Kastner zu.

Er rief Michaela Korn, Karolas Freundin, an und vereinbarte mit ihr für den nächsten Morgen ein Treffen im Präsidium. Den Bamberger Exfreund befragte er telefonisch, ohne etwas grundlegend Neues zu erfahren. Sven Lauterbach war ein halbes Jahr jünger als Karola und hatte vor Kurzem ein Germanistikstudium abgeschlossen. Ja, er würde noch hin und wieder mit Karola telefonieren oder skypen und *die Eckdaten austauschen*, sagte er. Er habe sie 2010 über gemeinsame Bekannte kennengelernt und drei Jahre lang eine Beziehung mit ihr gehabt – eher eine Fernbeziehung, da Karola *wegen der Modelei* immer viel unterwegs gewesen sei. Als sie dann Mayerfeldt kennengelernt habe, hätten sie sich einvernehmlich getrennt, seien aber Freunde geblieben.

»Wie schön«, sagte Kastner. »Also keine Eifersucht, kein Trennungsschmerz, keine Vorwürfe?«

»Nein, wirklich nicht. Wie gesagt: Wir haben uns zuletzt sowieso kaum noch gesehen, und ich hab dann auch bald eine andere Frau kennengelernt.«

»Wann haben Sie denn zuletzt mit Karola gesprochen?«, fragte Kastner. »Und über was?«

»Wir haben telefoniert – so drei oder vier Wochen, bevor sie verschwunden ist«, erklärte Lauterbach nach kurzem Nachdenken. »Sie hat sich über eine Erzieherin aus Moritz' Kindergarten aufgeregt; und über Thomas. Der hat den Kindergarten nämlich ausgesucht. Sie hat gesagt: *Thomas lässt nicht mit sich reden – wer zahlt, schafft an; so sieht er das.*«

»Hat sich Karola öfter über Mayerfeldt beschwert?«, fragte Kastner.

»Ja«, gab Lauterbach zu. »Und sie hat damit offene Türen bei mir eingerannt – ich kann den Kerl nicht ausstehen.«

»Kennen Sie ihn denn persönlich?«

»Flüchtig. Wir haben uns vor ein paar Jahren mal auf einer Geburtstagsfeier getroffen – das ist so einer, der auf Kumpel macht und sich anbiedert, aber im Grunde ist er ein aufgeblasenes, erzkonservatives Arschloch.«

»Aha«, sagte Kastner.

»Ja, ich kann's leider nicht freundlicher formulieren«, entschuldigte sich Lauterbach. »Karo kann recht anstrengend sein – sie quasselt viel, sie ist sehr emotional, sie ist unordentlich und zerstreut –, aber so einen verknöcherten Karriereaffen hat sie trotzdem nicht verdient.« Lauterbach schloss kategorisch aus, dass Karola suizidale Gedanken gehabt haben oder freiwillig abgetaucht sein könnte. Auf die

Frage nach einer Affäre sagte er: »Nein, das hätte sie mir bestimmt erzählt.«

Kastner bedankte sich für die Informationen und legte auf.

***

Gegen drei Uhr nachmittags, als Kastner es sich gerade mit einer Tasse Kaffee und einer Mohnschnecke etwas gemütlich gemacht hatte, klopfte Claudia pro forma an seine offene Bürotür.

»Kastner?«, sagte sie. »Ich glaub, ich hab da was.«

»Das hört man gern«, erwiderte Kastner, notgedrungen mit vollem Mund. »Äh – warum holst du dir nicht auch eine Tasse Kaffee? Ich wäre bereit, meine angebissene Mohnschnecke mit dir zu teilen.«

»Ganz lieb, aber danke«, sagte Claudia. »Ich hab mir vorhin Drei im Weggla einverleibt, das hält noch eine Weile vor.« Sie setzte sich umstandslos auf einen der Besucherstühle an Kastners Schreibtisch und hielt ihm etwas hin, das einen dicken Pelz aus Staub trug.

Kastner zuckte unwillkürlich zurück. »Was ist das denn Plüschiges?«, erkundigte er sich.

»Das ist eine Polizeiakte.«

»Und wo hast du die her – aus dem Bayerischen Polizeimuseum in Ingolstadt?«

»Nein«, sagte Claudia. »Aus Archivraum 3 im zweiten Untergeschoss.«

Kastner parkte die Mohnschnecke auf seiner Tastatur und griff mit spitzen Fingern nach dem staubigen Exponat, das sich als Schnellhefter aus rosa Pappe entpuppte. *Polizeipräsidium Nürnberg, Vermisstenfall Wilhelm Dorsch* stand handschriftlich auf dem Aktendeckel.

»Jürgen Vogt, der stellvertretende Dienststellenleiter vom Revier Mitte, hat sich heut Vormittag bei uns gemeldet«, sagte Claudia. »Der war bis vor achtzehn Jahren Kriminalkommissar hier im Dezernat 1, wusstest du das?«

Kastner schüttelte den Kopf. »Vor achtzehn Jahren war ich noch auf der Polizeihochschule, glaube ich – ich musste die Sportprüfung zweimal wiederholen.«

»Vogt hat hier angerufen und mir den Tipp gegeben, nach dieser Akte zu suchen.«

Kastner schlug den Schnellhefter auf und blickte auf das vergilbte Foto eines Herrn mit straffem Seitenscheitel und schlaffem Kinn.

»Das ist Wilhelm Dorsch«, erklärte Claudia. »Damals fünfundfünfzig Jahre alt, Busfahrer, verheiratet und Vater zweier Söhne. Er war bei der CSU und von 1996 bis zu seinem plötzlichen Verschwinden am 5. Februar 1998 Mitglied des Stadtrats.«

Kastner war eine Weile sprachlos. Noch ein verschwundener Stadtrat? »Und du glaubst ...«, fing er an, schüttelte dann aber den Kopf. Welche Gemeinsamkeiten konnte es zwischen einem CSUler mittleren Alters und einer jungen Grünen schon geben, außer dem Umstand, dass beide verschwunden waren und, mit einem Abstand von immerhin zwanzig Jahren, dem Stadtrat angehört hatten? 1998 war Karola Kampe gerade einmal sieben Jahre alt gewesen. »Du glaubst doch nicht etwa, dass es da einen Zusammenhang gibt?«, fragte er schließlich.

»Glauben heißt nicht wissen«, sagte Claudia, blätterte ein paar Seiten weiter und tippte mit dem Finger auf das Kleingedruckte. »Exakt elf Tage nach Dorschs Verschwinden hat seine Ehefrau einen Zettel im Briefkasten gefunden: *Kein Polizei!!! 100.000 zahlen, dann Mann zurück!! Ruf sie an.*«

»Du verscheißerst mich«, sagte Kastner.

»Niemals«, behauptete Claudia. »Das steht alles hier drin. Anders als bisher im Fall Kampe hat im Fall Dorsch aber tatsächlich einer angerufen und eine Geldübergabe ausgehandelt. Sie haben den Kerl gekriegt: Ein gewisser Igor Papp – deutscher Staatsbürger, gebürtiger Ungar. Hat fünf Jahre in der JVA abgesessen und bis zuletzt hartnäckig bestritten, Dorsch entführt zu haben – er will von dem Vermisstenfall in der Zeitung gelesen und sich gedacht haben: Prima, da kann man sich ein bisschen Geld dazuverdienen.«

»Und Dorsch ist bis heute nicht wieder aufgetaucht?«

»Nix«, sagte Claudia. »Der ist weg. Wie vom Erdboden verschluckt. Seine Frau wollte ihn vor zehn Jahren für tot erklären lassen, aber das wurde abgelehnt – er gilt offiziell noch immer als vermisst.«

»Und Igor Papp?«, fragte Kastner und rechnete nach. »Der müsste ja seit 2003 wieder auf freiem Fuß sein – was macht der jetzt so?«

Claudia zuckte die Achseln. »Keine Ahnung. Vielleicht hat er im Knast was dazugelernt und sich nach seiner Entlassung ein anderes Hobby gesucht, als Lösegeldforderungen für vermisste Stadträte zu stellen? Vielleicht aber auch nicht.«

***

Igor Papp war bei seiner Festnahme achtundzwanzig Jahre alt und schon mehrfach vorbestraft gewesen: Autoschiebereien, Schwarzarbeit, Betrug. Als zivilen Beruf hatte er *Berufskraftfahrer im Transportwesen* angegeben, war aber zuletzt, bis auf sporadische Jobs als Taxifahrer, meist arbeitslos gewesen. Die Fotos der erkennungsdienstlichen Behandlung zeigten einen mittelgroßen, schlanken Mann mit dunkelblonden Locken, Dreitagebart und Schlafzimmerblick – als Schlagersänger oder Schauspieler einer Vorabend-Soap hätte sich Papp, nach Kastners Einschätzung, vermutlich eine weibliche Fanbase quer durch alle Altersschichten erobert. Aber gut, er hatte sich für eine andere Karriere entschieden – und war bei der Lösegeldübergabe festgenommen worden. Unbewaffnet und ohne Widerstand zu leisten.

Kastner las sich die Vernehmungsprotokolle durch: Papp hatte notorisch bestritten, den Stadtrat Dorsch entführt oder auch nur gekannt zu haben. Er habe in der Zeitung von dem Fall gelesen und sich an seine Schulden bei einem *Geschäftsfreund* erinnert, und so sei ihm die Idee mit der Lösegeldforderung gekommen.

Die Akte Dorsch endete mit der Anklageerhebung gegen Papp. Jürgen Vogt, der damals leitende Ermittler, hatte am Ende eine handschriftliche Notiz abgeheftet: *Fünf Jahre Haft wg. Lösegelderpressung. Entführung konnte Papp nicht nachgewiesen werden, daher in diesem Punkt Freispruch (aus Mangel an Beweisen).*

Kastner recherchierte in allen polizeilichen Datenbanken, aber er fand keine weiteren Einträge. Offensichtlich war Igor Papp nach seiner Entlassung nicht einmal mehr über eine rote Ampel gefahren.

***

Jürgen Vogt erklärte sich sofort bereit, ins Präsidium zu kommen. »Es ist ja um die Ecke – ich kann in zehn Minuten da sein«, versicherte er, und er kam auf die Minute pünktlich. Er war in den Sechzigern, ein schlaksiger, korrekt gekleideter Mann mit zurückweichendem Haaransatz und einem Gewirr feiner Fältchen um die himmelblauen Augen.

»Ich werde nächsten Monat pensioniert«, sagte er, »und der Fall Dorsch geht mich schon lang nichts mehr an. Trotzdem war ich wie elektrisiert, als ich von der Lösegeldforderung im Fall Kampe erfahren habe – elf Tage nach Frau Kampes Verschwinden und in einem ganz ähnlichen Wortlaut wie im Fall Dorsch. Das kann kein Zufall sein, hab ich mir gedacht ...«

»Da haben Sie vermutlich richtig gedacht«, nickte Kastner. »Noch einmal herzlichen Dank, Herr Vogt, dass Sie sich gleich gemeldet haben. Andernfalls hätte es vermutlich lange gedauert, bis wir auf Wilhelm Dorsch gestoßen wären.« *Wenn wir überhaupt auf ihn gestoßen wären*, ergänzte er in Gedanken. »Wollen Sie vielleicht eine Tasse Kaffee?«

Vogt nahm dankend an und hörte interessiert zu, während Kastner den Ermittlungsstand im Fall Kampe umriss. »Es soll ja Ermittler geben, die sich irgendwann damit abfinden, dass manche Menschen eben spurlos verschwinden«, sagte Vogt anschließend nachdenklich, »aber Sie scheinen keiner davon zu sein. Ich übrigens auch nicht. Spuren, die nirgendwo hinführen; Hinweise, die versanden; ein ungeklärtes Schicksal, das einem nachts den Schlaf raubt – grauenhaft. Wo soll ich anfangen?«

»Am besten von vorne«, schlug Kastner vor. »Erzählen Sie einfach – wenn ich eine Frage habe, melde ich mich.«

»Gut«, sagte Vogt. »Der Fall Dorsch war zunächst ein ganz normaler Vermisstenfall der Marke Midlife-Crisis. Dorsch war Mitte fünfzig, die Söhne aus dem Haus, die Ehefrau angeblich ein rechter Drachen. Und zwei Monate vor seinem Verschwinden hat er eine wesentlich jüngere Dame kennengelernt – Marion Prohacek, Anfang dreißig und als Bürohilfe im Fraktionsbüro der CSU angestellt.«

»Dorsch hatte eine Affäre mit dieser Frau?«, fragte Kastner.

Vogt zuckte die Achseln. »Dieses Gerücht ging jedenfalls um. Mehrere Rathausmitarbeiter haben mir zugeflüstert, dass die beiden recht dicke miteinander waren, und ein Stadtrat namens Rolfes hat sie sogar bei einem gemeinsamen Abendessen im *Bratwursthäusle* beobachtet: tiefe Blicke, vertrauliches Flüstern ...«

»Rolfes?«, unterbrach Kastner. »Hermann Rolfes, der Fraktionschef der Grünen?«

»Ja, das ist er jetzt wohl«, nickte Vogt. »Damals war er allerdings noch SPD-Mitglied – er hat erst später die Partei gewechselt.«

»Ach was«, sagte Kastner. »Hermann Rolfes ist nämlich derjenige, der Frau Kampe in den Stadtrat gebracht hat – aber das nur am Rande. Bitte erzählen Sie weiter.«

»Gern. Eine Woche vor Dorschs Verschwinden hat Frau Prohacek gekündigt und ist nach Frankreich ausgewandert, ohne eine Postanschrift zu hinterlassen. Passenderweise war Dorsch ausgesprochen frankophil: Seine Wände waren geradezu tapeziert mit Fotografien von blühenden Lavendelfeldern und pittoresken Dörfern, und er hatte eine Immobilienzeitschrift abonniert, die verfallene provenzalische Häuser zum Schnäppchenpreis offerierte. Es schien also naheliegend, dass Dorsch und Frau Prohacek in Frankreich einen Neuanfang gewagt haben – und da das nicht verboten ist, haben die Kollegen von der Vermisstenstelle Dorschs Akte ganz unten in den Stapel gelegt.«

»Bis zu der Lösegeldforderung«, riet Kastner.

»Richtig. Elf Tage nach Dorschs Verschwinden hat seine Frau den Zettel im Briefkasten gefunden, und drei Tage später hat jemand angerufen. Der Entführer wollte hunderttausend D-Mark in kleinen Scheinen, die Frau Dorsch persönlich übergeben sollte. Im Prinzip eine groteske Forderung. Dorsch war hauptberuflich Busfahrer, er musste die Kreditraten für sein Reihenhaus bedienen und die studierenden Söhne unterhalten – da lagen keine Hunderttausend auf dem Familienkonto herum. Der vereinbarte Treffpunkt war ein öffentlicher Platz – am Tugendbrunnen vor der Lorenzkirche. Wir haben einen Koffer mit Zeitungspapier vollgepackt und überall unsere Leute postiert, der Rest war ein Kinderspiel: Igor Papp ist brav in unsere Falle getappt. Leider hat er hartnäckig bestritten, Dorsch entführt zu haben, und wir haben ihm das Gegenteil nicht beweisen können.«

»Und damit wurde der Fall zu den Akten gelegt?«

Vogt nickte. »Die Frankreich-These war plötzlich wieder aktuell, die Akte Dorsch ist an die Vermisstenstelle zurückgegangen und hat dort Staub angesetzt. Ich war nicht länger zuständig. Trotzdem habe ich in meiner Freizeit ein bisschen weiterrecherchiert und 2005 Marion Prohacek ausfindig gemacht – sie lebt mit ihrem französischen Ehemann und der gemeinsamen Tochter in einem Dörfchen bei Arles in der Provence.«

»Sie sind extra nach Südfrankreich gefahren, um mit Marion Prohacek zu reden?«, wunderte sich Kastner. »Sieben Jahre nach Dorschs Verschwinden?«

»Sagen wir, ich habe eine Urlaubsreise zu einem kleinen Abstecher genutzt«, relativierte Vogt augenzwinkernd. »Jedenfalls hat Frau Prohacek ganz energisch bestritten, jemals eine sexuelle Beziehung mit Dorsch gehabt zu haben oder irgendetwas über seinen Verbleib zu wissen.«

»Welche Art von Beziehung hat sie denn eingeräumt?«, erkundigte sich Kastner.

Vogt zuckte die Achseln. »Dorsch sei einfach nur freundlich gewesen und öfter mal auf einen Plausch im Fraktionsbüro vorbeigekommen. Sie hat ihm erzählt, dass sie zu ihrem Verlobten in die Provence ziehen will, und daraufhin hat er ihr seine Urlaubsfotos gezeigt. Von gemeinsamen Essen wollte sie nichts wissen – angeblich haben sie sich nicht einmal geduzt.«

»Das passt aber nicht zu dem, was Hermann Rolfes beobachtet haben will«, stellte Kastner fest.

»Richtig«, lächelte Vogt. »Es kann natürlich sein, dass Frau Prohacek mich angelogen hat, um eine Ehekrise zu vermeiden – anscheinend waren sie und ihr Ehemann damals ja schon verlobt. Oder ...« Vogt machte eine Kunstpause.

»Oder?«, fragte Kastner brav.

»Vielleicht hat Rolfes einfach etwas missverstanden? Für ein vertrauliches Flüstern zwischen einem Stadtrat und einer Bürokraft aus dem Fraktionsbüro mag es Gründe geben, die mit persönlichen Gefühlen rein gar nichts zu tun haben.«

»Wie zum Beispiel?«

»Ich halte es für möglich, dass Dorsch sich über Marion Prohacek Informationen über seine Parteifreunde besorgt hat«, erklärte Vogt. »Äh – sind Sie über die damaligen Mehrheitsverhältnisse im Stadtrat informiert?«

»Ich habe ein bisschen recherchiert«, gab Kastner zu. »Die SPD hat 1996 viele Stimmen eingebüßt, und Peter Schönlein hat die Stichwahl gegen Ludwig Scholz verloren, stimmt's?«

Vogt nickte. »Ja. Scholz war der erste CSU-Bürgermeister überhaupt in der SPD-Hochburg Nürnberg. Mit seiner Stimme und den beiden der Freien Wähler hatten die Rechten die Mehrheit im Stadtrat – eine denkbar knappe Mehrheit von nur einer Stimme. Eine spannende Situation, in der nichts schiefgehen durfte.«

»Was hätte denn schiefgehen können?«

»Dorsch war ein wenig christlicher und auch ein wenig sozialer als manch anderer Christsozialer«, schmunzelte Vogt. »Die jährlichen Fahrpreiserhöhungen beim VGN, die Erhöhung von Eintrittspreisen für Museen oder den Tiergarten, die Reduzierung von Personal und Bürgerservice in den Ämtern – in manchen Punkten hat es zwischen Dorsch und seiner Partei von Anfang an geknirscht. Dorsch war auch ein Freund der Debatte, und als die CSU 1997 dem Unternehmer Karl Diehl die Ehrenbürgerwürde angeheftet hat, hat Dorsch öffentlich opponiert. Sie sind vermutlich zu jung, um sich an die Diskussion zu erinnern. Diehl, zu dessen Lebzeiten ein guter Freund von Franz Josef Strauß, hat den Nationalsozialismus mit Waffensystemen hochgerüstet und in seinen Betrieben Zwangsarbeiter beschäftigt. Oder vielmehr wie Sklaven ausgebeutet – so hat es nicht nur Dorsch gesehen. Am Ende hat sich Dorsch im Fall Diehl der Abstimmungsdisziplin gefügt, aber die Gräben waren aufgerissen. Und kurz vor seinem Verschwinden hat er angefangen, sich bei Abstimmungen zu enthalten oder mit der Opposition zu stimmen. Es hat Gerüchte gegeben, dass er zur SPD wechseln wollte.«

»Und damit hätte die CSU ihre knappe Mehrheit verloren«, ergänzte Kastner. »Hm. Aus Sicht der CSU wäre Dorsch also genau zur richtigen Zeit verschwunden, um Platz für einen weniger aufmüpfigen Nachrücker zu machen. Glauben Sie das ernsthaft? Dass man Dorsch beiseitegeschafft hat, um in Nürnberg die konservative Regierungsmehrheit zu erhalten?«

»Ich verstehe Ihre Skepsis – dieser Ansatz war bei meinen Vorgesetzten auch nie beliebt«, lächelte Vogt und schenkte sich Kaffee nach. »Es ist ohnehin nur ein Gedankenspiel. Ich habe natürlich auch andere Ansätze verfolgt – lange Zeit war ich sicher, dass Igor Papp unser Mann ist. Dass er Dorsch entführt und in irgendeinem Kellerloch eingesperrt hat, und dass Dorsch dort qualvoll verreckt ist, weil wir Papp festgesetzt und dann nichts aus ihm herausgebracht haben.«

»Und was hat Sie von dieser Meinung abgebracht?«

Vogt legte nachdenklich den Kopf schief. »Vielleicht Papps hartnäckiges Leugnen, vielleicht die Naivität, mit der er in unsere Falle getappt ist? Womöglich habe ich mich von seinem treuherzigen Augenaufschlag blenden lassen – Papp war wegen Schiebereien vorbestraft, aber ein Gewaltdelikt hatte er nie begangen. Andererseits, was heißt das schon? Um einem untrainierten und dreißig Jahre älteren, arglosen Herrn einen Wattebausch mit Betäubungsmittel vor den Mund zu pressen, ist rohe Gewalt wohl kaum vonnöten.«

»War die versuchte Lösegelderpressung der einzige Hinweis auf Igor Papp?«, fragte Kastner.

»Nein, es gab ein weiteres Indiz. Eine CSU-Stadträtin hat ausgesagt, sie habe Dorsch am Tag seines Verschwindens gegen zwanzig Uhr am Hauptmarkt in ein Taxi steigen sehen. Papp hat damals gelegentlich als Taxerer gearbeitet. Aber die Spur ist im Sand verlaufen – kein Taxifahrer hat sich an Dorsch erinnert, und auch Papp hat entschieden bestritten, ihn gefahren zu haben – er war an diesem Tag auch gar nicht als Fahrer registriert. Und am Ende ist die Zeugin zurückgerudert: Vielleicht habe sie ja nicht Dorsch gesehen, sondern nur jemanden, der ihm zufällig ähnelte. Wenn ich ganz ehrlich bin, Herr Kastner, dann habe ich Papp nur aus einem einzigen Grund von meiner Liste gestrichen: Wenn er es gewesen wäre, hätte ich Dorschs Tod vor meinem Gewissen verantworten müssen.«

Kastner nickte und verstand jetzt besser, warum der ungelöste Fall Vogt seit so vielen Jahren nicht losließ – einen Kidnapper festzunehmen und dann nichts aus ihm herauszubringen war für jeden Ermittler ein Albtraum.

Vogt strich sich über das schüttere graublonde Haar. »Ich habe seitdem nicht aufgehört, mich zu fragen – wenn ich mich nicht an die Vorschriften gehalten, wenn ich Papp härter zugesetzt, ihn energischer in die Mangel genommen hätte ...«

»Sie dürfen sich keine Vorwürfe machen«, sagte Kastner etwas hilflos. »Was auch immer mit Dorsch passiert ist, es war sicher nicht Ihre Schuld.«

»Das sagt sich leicht«, gab Vogt zurück, »aber so etwas hakt man nicht einfach ab, das nagt an einem.«

***

Als Kastner abends die Wohnungstür aufsperrte, empfing ihn eine Sinfonie köstlicher Düfte mit einem Oberton aus gebratenen Zwiebeln. Er zog Mantel und Schuhe aus und folgte der Duftspur in die Küche, wo Mirjam über eine Pfanne gebeugt stand, in der es vielversprechend brutzelte.

»Was machst du da, Hase?«, fragte er interessiert und begrüßte seine Lebensgefährtin mit einem Kuss auf den Nacken. »Das riecht zum Niederknien.«

Mirjam wedelte ihn mit der Hand weg. »Kastner, ich kann nicht arbeiten, während du mir die Zähne in den Hals schlägst. Knie wegen mir nieder oder mach irgendwas anderes – zum Beispiel könntest du mir ein Glas Wein einschenken, den Tisch decken und den Salat anmachen, und wenn du schon stehst, könntest du auch gleich noch den Biomüll runterbringen.«

Kastner seufzte, arbeitete die Aufträge aber brav der Reihe nach ab. Zuletzt dekantierte er ein kühles Kellerbier und machte es sich am Küchentisch gemütlich. Mirjam hantierte mit dem Pfannenwender, Kastner erzählte von Wilhelm Dorsch, Igor Papp und Jürgen Vogts politischen Verschwörungstheorien.

»Hm«, machte Mirjam. »Und was hältst du davon?«

»Von den Verschwörungstheorien? Na, da ist wohl Vogts Phantasie mit ihm durchgegangen – was sicher verständlich ist, wenn man jahrelang auf einem ungelösten Fall herumkaut. Diesen Igor Papp werden wir natürlich überprüfen – die Lösegeldforderung trägt klar seine Handschrift, da muss es irgendeinen Zusammenhang geben. Aber dass Karola Kampe und Wilhelm Dorsch beide Opfer desselben Täters geworden sind, will mir bisher nicht so recht einleuchten.«

»Und wieso nicht?«, wunderte sich Mirjam und stellte eine Schüssel Kartoffelbrei mit gerösteten Zwiebeln sowie einen Teller Fleischküchle auf den Tisch, die nach Knoblauch und Rosmarin dufteten. »Nur weil zwanzig Jahre dazwischen liegen? Es wimmelt doch nur so von Parallelen zwischen den beiden Fällen. Beide waren Stadträte, bei beiden hat es Gerüchte über einen bevorstehenden Parteiwechsel gegeben, beide sind von heute auf morgen spurlos verschwunden, für beide ist elf Tage später Lösegeld gefordert worden ...«

»Das ist ja das Sonderbare«, sagte Kastner und lud sich eine ordentliche Portion Kartoffelbrei auf den Teller. »Wenn die beiden Fälle zusammenhängen, sollte man, anstatt vieler Parallelen auf abstrakter Ebene, eher zwei Linien erwarten, die sich an einem konkreten Punkt schneiden – um im geometrischen Bild zu bleiben.« Er schnitt ein Stück von seinem Fleischküchle ab, das in einer gültig sämigen, dunkelbraunen Soße schwamm, und schob es sich in den Mund. »Das ist ganz große Klasse, Hase«, seufzte er. »Ein Traum von einem Fleischküchle.«

»Ja, Essen ist der Sex des Alters«, konstatierte Mirjam nüchtern. »Und ich sehe da geometrisch keinen Widerspruch: Selbst Parallelen kreuzen sich irgendwo im Unendlichen. Du hast den Punkt halt noch nicht gefunden.«

»Das kann sein«, gab Kastner zu. Er vermischte den Kartoffelbrei und die Röstzwiebeln mit der Soße und summte dabei in genüsslicher Vorfreude.

»Musst du eigentlich immer alles so zermanschen?«, fragte Mirjam nach einem Blick auf Kastners Teller. »Das nächste Mal schmeiß ich das ganze Zeug einfach in den Mixer und mach einen Fleischküchle-Kartoffel-Smoothie draus. Den kannst du dann aufschlürfen wie Gregor Samsa, nachdem er sich in ein Ungeziefer verwandelt hat.«

»Das wäre nicht dasselbe, Hase«, erklärte Kastner. »Es gibt Beilagen, die unbedingt getrennt gehalten werden müssen – so darf sich zum Beispiel der aus dem Blaukraut austretende Saft keinesfalls mit der Soße eines Schäufele vermischen, weshalb das Blaukraut immer auf einem extra Teller serviert werden muss. Die Klöße hingegen sollten mit der Soße eine möglichst enge Verbindung eingehen, und deshalb ist es nötig, beides gründlich zu vermengen. Es ist wissenschaftlich erwiesen ...«

»Warst du heute mit Felix Wernreuther mittagessen?«, fragte Mirjam.

Kastner fühlte sich ertappt und genoss den Rest des formidablen Mahles schweigend.

Karola kauerte auf ihrer Liege, zusammengerollt wie ein Embryo, Arme und Beine eng an den Körper gepresst. Der Hunger hatte mit einem leeren Gefühl im Magen begonnen, jetzt war er ein geistiger Zustand, ein Sehnen und Flehen, ein metaphysisches Vakuum, das keine Rivalen duldete. All ihre Sinne hatten Visionen. Das rösche Bersten einer Bratenkruste, der Geruch von in Olivenöl angebratenem Knoblauch, die seidige Haut junger Kartoffeln, die schmelzende Süße einer Gorgonzola-Sahne-Sauce, der tröstliche Blick in das dottergelbe Auge eines mit fettem Speck gebratenen Spiegeleies ... Sie konnte an nichts anderes denken, obwohl sie wusste, dass sie es sollte.

»Das ist ja ein schöner Schlamassel«, sagte jemand. Die Stimme zog durch Karolas Kopf wie Zugluft durch ein undichtes Fenster. Ein unangenehmes Gefühl, das aber nichts mit ihr persönlich zu tun hatte.

»Ich hab dir was zu essen mitgebracht«, sagte die Stimme, »obwohl ich weiß Gott genug anderes zu tun hätte.«

Karola öffnete die Augen und sah einen Streifen grelles Licht und davor eine dunkle Gestalt. Sie hätte gern in Ruhe über diese verblüffende Änderung ihrer Umgebung nachgedacht, aber sie kam nicht dazu. Denn sie roch etwas, und sie wusste sofort, was es war: Ravioli in Tomatensauce.

Speichel schoss ihr in den Mund. Sie griff nach der Dose, die die Gestalt ihr hinhielt, und kippte sich den Inhalt in den Mund. Schluckte, ohne zu kauen. Das Essen war eiskalt, aber das war ihr egal. Sie weinte vor Glück. Sie schmeckte sämige Tomaten, Fleisch, Nudelteig; sie fühlte sich wie im siebten Himmel.

»Friss die Dose nicht mit«, sagte die Stimme.
Dann wurde es wieder dunkel.

Donnerstag, 22. Februar: *Körperzellen*

Karola Kampes Freundin, eine ausgeschlafene Brünette Mitte zwanzig in modisch zerrissenen Jeans, Zopfpulli und Lederjacke, war Grundschullehrerin und alleinerziehende Mutter einer Tochter. »Die Karo kenn ich schon seit dem Gymnasium«, erzählte Michaela Korn, »die hat in Mathe immer von mir abgeschrieben. Dann hat sie die Schule geschmissen und mit der Modelei angefangen, da haben wir uns ein paar Jahre aus den Augen verloren, aber in letzter Zeit wieder öfter getroffen. Hat sich irgendwie angeboten – meine Rosa ist nur ein halbes Jahr älter als Moritz.«

»Wann und wo haben Sie Frau Kampe denn zuletzt gesehen?«, fragte Kastner.

»Das war etwa eine Woche, bevor sie verschwunden ist.« Frau Korn schob sich den Pony aus der Stirn und dachte nach. »Wir haben uns in der Stadt auf einen Kaffee getroffen – am Dienstag? Nein, am Mittwoch!«

Er warf einen Blick in seinen Terminkalender. »Am 31. Januar also. Und worüber haben Sie gesprochen?«

»Pff – alles Mögliche. Karo hat vorgeschlagen, dass wir mit den Kids zum Kinderfasching gehen, aber ich hatte keinen Bock – ich *hasse* Fasching. Und dann hat sie über Thomas gemeckert, es war alles ganz normal.«

Kastner klappte sein Notizbuch auf und suchte nach einem Kugelschreiber. »Ihre Freundin hat sich also öfter über ihren Lebensgefährten beschwert?«, hakte er nach.

Michaela Korn nickte. »Anfangs hat sie sich vor Begeisterung schier überschlagen – Thomas hier, Thomas da –, aber dann war sie ruck, zuck schwanger und es hat die erste Abkühlung gegeben. Thomas war wohl weniger begeistert, als Karo sich das vorgestellt hatte. Immerhin hat er nicht gekniffen – er hat das superschicke Loft gekauft und sie durfte bei ihm einziehen, und eine Weile schien auch alles ganz gut zu laufen.«

»Und dann?«

»Na ja«, sagte Frau Korn abgeklärt, »das Übliche. Thomas wollte abends seine Ruhe haben oder ins Kino und schick essen gehen – Babygeplärr und vollgekackte Windeln, das war nicht sein Ding. Er war der Meinung, dass seine eigene Lichtgestalt nicht mehr genug Aufmerksamkeit bekommt, und hat Karo schlaue Ratschläge aus dem letzten Jahrhundert gegeben – das Kind auch mal schreien lassen und solchen Scheiß. Aber richtig eskaliert ist die Situation erst mit der Stadtratssache. Moritz war grad mal ein Jahr alt, und Karo ist mit hängender Zunge zwischen Kinderkrippe, Rathaus und Familie hin und her gehechelt. Sie hat gehofft, dass Thomas sie ein bisschen unterstützt, aber da ist sie – Überraschung! – an den Falschen geraten. Thomas hat sich schlicht geweigert, mehr im Haushalt zu machen oder Moritz mal von der Krippe abzuholen. Beruflich kürzerzutreten war für ihn keine Option – er hat ihr erklärt, dass er im Gegensatz zu ihr ja nicht zu seinem Vergnügen arbeitet. Und wenn sie Stress habe, könne sie den Stadtrat ja wieder sausen lassen.«

»Warum ist Ihre Freundin denn in die Politik gegangen?«, erkundigte sich Kastner.

»Na ja.« Frau Korn zuppelte an ihrer löchrigen Jeans herum. »Nach einem Jahr Kind und Haushalt wollte sie halt auch mal wieder raus in die Welt, und außer Modeln hat sie ja nix gelernt. An der Politik gefällt ihr vor allem das Drumherum, schätze ich – wichtige Leute kennenlernen, das eigene Gesicht in der Zeitung sehen ...«

»Und warum hat sie sich für die Grünen entschieden?«

Frau Korn schmunzelte. »Das ist ihre rebellische Ader – Karo kommt aus einem recht konservativen Elternhaus und Thomas ist FDP-Wähler; da wollte sie dagegenhalten. Und sie ist durchaus für soziale Gerechtigkeit und Umweltschutz, sie ist nur leider nicht sehr konsequent.«

»Inwiefern?«

»Karo hat zum Beispiel kein Problem damit, bei einer Reportage über die Zustände in Deutschlands Schlachthöfen in Tränen aufrichtiger Empörung auszubrechen und sich zehn Minuten später ein Billigschnitzel in die Pfanne zu hauen. Den Widerspruch kapiert sie irgendwie nicht. Na ja, wegen solcher Sachen hat sie ja dann auch Gegenwind gekriegt.«

»Gegenwind? Von wem?«

»Na, von ihren Parteigenossinnen. Anfangs waren sie recht freundlich – Karo ist ja charmant und kann sich gut ausdrücken und so; aber Stadtplanung hat sie einfach nicht die Bohne interessiert. *Das sind doch nur Striche auf einem Stück Papier*, hat sie mal gesagt, *ich kann mir da beim besten Willen nichts Dreidimensionales drunter vorstellen.*« Michaela Korn zwinkerte Kastner zu. »Wenn's unter uns bleibt: Karo ist rotgrünblind. Sie kann also gar nicht unterscheiden, ob auf einem Plan eine Grünfläche oder ein Gewerbegebiet eingezeichnet ist. Schon nach einem halben Jahr im Stadtrat war's für Karo aus mit dem Welpenschutz, und dann hat sie ordentlich Kontra bekommen.«

»Von jemand Bestimmtem?«

»Karos Lieblingsfeindin ist Erika Rebele. Die war nämlich vor ihr für die Grünen im Stadtplanungsausschuss, und die soll kein gutes Haar an ihr gelassen haben.«

»Ich bin ganz Ohr«, sagte Kastner.

»Erika Rebele ist nicht mehr im Stadtrat«, erklärte Michaela Korn. »Die ist hinten rausgekippt, weil die Wähler Karo hochgehäufelt haben. Die Rebele hat Landschaftsarchitektur oder so was studiert und arbeitet in einem Planungsbüro. Das heißt, sie versteht was von der Materie – vermutlich hat sie es nicht witzig gefunden, dass ihr ein Exmodel die Butter vom Brot genommen hat.«

»Und wie hat sich das geäußert?«

»Sie hat zum Beispiel behauptet, dass Karo die Grünen nur als Sprungbrett benutzt und zur CSU wechseln will.«

»Ist da denn was dran?«, fragte Kastner.

Michaela Korn schob eine Staubfluse von ihrem Pulli. »Nein«, sagte sie. »So berechnend ist Karo nicht. Allerdings ist sie sehr anfällig für Schmeicheleien – ich würde also nicht drauf schwören, dass sie nicht umfällt, wenn ihr jemand hartnäckig genug Avancen macht.«

»Eine letzte Frage, Frau Korn: Ihre Freundin ist als Model viel herumgekommen, sie hat Kontakte in die ganze Welt – Agenturen, Fotografen, Kolleginnen ... Vielleicht hat sie sich nach diesem unabhängigen, erfolgreichen Leben zurückgesehnt? Und nachdem ihr hier alles über den Kopf gewachsen ist ...«

»Einfach abhauen und Moritz bei Thomas zurücklassen?« Michaela Korn schüttelte entschieden den Kopf. »Nein, das wäre Karo im Traum nicht eingefallen. Ihr muss etwas ganz Schlimmes passiert sein, sonst hätte sie sich bestimmt gemeldet.«

***

Hermann Rolfes kam auch diesmal eine Viertelstunde zu spät, und Kastner ließ ihn, aus pädagogischen Gründen, noch zehn Minuten länger warten, ehe er ihn schließlich in sein Büro bat. Der Stadtrat wirkte müde und derangiert – Bartschatten, Augenränder wie ein Pandabär, zerknitterter Anzug –, aber seine körperliche Präsenz füllte Kastners Büro bis in die letzte Ecke aus.

»Kann ich Ihnen etwas anbieten, Herr Rolfes?«, fragte er. »Eine Tasse Kaffee vielleicht?«

Rolfes schüttelte den Kopf und sah auf seine Armbanduhr. »Um halb zwei muss ich auf der Infoveranstaltung zum U-Bahn-Ausbau Tiefes Feld sein«, erklärte er. »Wenn Sie es also kurz machen könnten.«

»Ich will herausfinden, was mit Ihrer Fraktionskollegin passiert ist«, erklärte Kastner. »Ein paar Minuten Ihrer kostbaren Zeit werden Sie dafür doch übrighaben?«

»Jaja«, sagte Rolfes. Es fiel ihm wohl selbst auf, dass er leicht genervt klang, denn er fügte hinzu: »Wir sind wirklich alle sehr besorgt um Karola.«

Kastner nickte. »Das freut mich zu hören. Herr Rolfes – Sie haben mir erzählt, dass Frau Kampe Sie nach einer Podiumsdiskussion angesprochen hat?«

Rolfes nickte müde.

»Wenig später haben Sie sie dann schon für einen aussichtsreichen Listenplatz vorgeschlagen – warum die Eile?«

Rolfes zuckte die Achseln. »Karola war hoch motiviert – und ein frisches, unverbrauchtes Gesicht. Sie ist ausgezeichnet vernetzt, kommt bei den Medien an, kann sich ausdrücken ...«

»Und da hat es in der Partei keinen Neid gegeben?«, erkundigte sich Kastner. »Ich meine, andere engagieren sich über viele Jahre und bringen ihren Sachverstand ein, und dann zieht ein politisch und fachlich völlig unbeleckter Neuling einfach an ihnen vorbei?«

Rolfes senkte den Kopf und massierte sich den Nasenrücken zwischen Daumen und Zeigefinger. Dann straffte er die Schultern. »Hören Sie, ich führe diese Diskussion nicht zum ersten Mal. Ja, ich habe Karola in die Partei gebracht und für einen Listenplatz vorgeschlagen, aber die Vergabe der Listenplätze ist bei uns ein basisdemokratischer Prozess.«

»Ein basisdemokratischer Prozess, bei dem die Vorschläge des Fraktionsvorsitzenden sicher einiges Gewicht haben?«, riet Kastner.

»Das sehen Sie falsch«, erklärte Rolfes mit scharfer Stimme. »Bei uns gibt es keine filzige Günstlingswirtschaft und von der Führungsebene verordnete Abstimmungsdisziplin, wie es bei anderen Parteien leider an der Tagesordnung ist. Wir pflegen einen gleichberechtigten Umgang, und am Ende entscheidet der Wähler, wer in den Stadtrat kommt. Punkt. Aus. Ende.«

»Und was ist schiefgelaufen?«, fragte Kastner. »Warum ist die Basis mit Frau Kampes Arbeit nicht zufrieden?«

»Sie hatte ein paar Startschwierigkeiten, die aufgebauscht worden sind«, wiegelte Rolfes ab. »Nur wenige Menschen werden als Kommunalpolitiker geboren, die anderen müssen reinwachsen. Karola lebt luxuriös, sie ist jung und auffallend hübsch, sie denkt vielleicht nicht immer nach, ehe sie sich äußert; und vermutlich interessieren sich die Medien genau deshalb für sie. Diese Amerikanisierung der Politik mit ihrem Trend zu prominenten Gesichtern gefällt nicht jedem – aber das ist eine gesellschaftliche Entwicklung, die man kaum Karola zum Vorwurf machen kann. Oder gar mir.«

Ja, dachte Kastner, die Welt ist schlecht und schuld sind immer die anderen. »Am 8. Februar hat Frau Kampe im AfS mit der Regierungsmehrheit abgestimmt«, stellte er fest. »Haben Sie eine Ahnung, warum?«

»Nicht die geringste.« Rolfes warf verstohlen einen Blick auf seine Uhr. »Wann immer wir in der Fraktion über diesen Bebauungsplan gesprochen haben, war sie ganz unserer Meinung.«

»Kam es öfter vor, dass Frau Kampe im Sinne des politischen Gegners abgestimmt hat?«

»Nein, wirklich nicht. Es war das erste und einzige Mal.«

»Na gut«, sagte Kastner. »Herr Rolfes – erinnern Sie sich an den CSU-Stadtrat Wilhelm Dorsch? Der soll auch gelegentlich mit der Opposition gestimmt haben.«

Rolfes schwieg und rieb sich die Augen. »Ich habe keine Ahnung, wovon Sie reden«, sagte er dann.

»Wilhelm Dorsch? Der Stadtrat, der vor zwanzig Jahren ebenso spurlos verschwunden ist wie jetzt Ihre Parteikollegin?«

»Oh Gott«, sagte Rolfes und fügte nach einer Weile hinzu: »Das ist ja eine Ewigkeit her.«

»Es gibt ein paar Gemeinsamkeiten zwischen den beiden Fällen«, erklärte Kastner vage – er hielt es aus ermittlungstaktischen Gründen für klüger, die beinahe identischen Lösegeldforderungen vorerst nicht zu erwähnen.

Rolfes runzelte die Stirn. »Da gibt es doch keine Gemeinsamkeiten – Dorsch hat sich mit seiner Geliebten nach Frankreich abgesetzt, wenn ich mich recht erinnere. Das hat sicher nichts mit Karola zu tun.« Er sah wieder auf seine Armbanduhr. »Herr Kastner, ich muss jetzt wirklich ...«

»Sie haben Wilhelm Dorsch und Marion Prohacek damals zusammen gesehen?«, fragte Kastner. »Bei einem romantischen Abendessen?«

»Ja«, nickte Rolfes, »das habe ich.«

»Wären Sie so freundlich, mir noch einmal zu schildern, was genau Sie beobachtet haben?«

Rolfes schüttelte den Kopf. »Nichts Besonderes. Ich habe sie zwei- oder dreimal zusammen im *Bratwursthäusle* gesehen – sie haben eng beieinander gesessen und vertraulich geflüstert.«

»Haben sie sich geküsst? Händchen gehalten?«

»Ich glaube, ja.«

»Haben Sie es gesehen oder nicht?«

Rolfes zuckte genervt die Achseln. »Ich hatte jedenfalls den Eindruck, sie wären ein Liebespaar. Hören Sie, das ist zwanzig Jahre her – ich kann mich beim besten Willen nicht an Einzelheiten erinnern.«

»Na gut«, sagte Kastner. »Eins noch, Herr Rolfes – Sie hatten oder haben nicht zufällig eine Affäre mit Frau Kampe?«

»Was?«

»Ich würde gerne wissen, ob Sie und Karola Kampe irgendwann einmal eine sexuelle Beziehung gehabt haben. Das würde manches erklären, was ansonsten schwer verständlich bleibt.«

»Nein«, sagte Rolfes und wirkte zum ersten Mal richtig wach. »Nein! Ich bin glücklich verheiratet und habe zwei Kinder! Ich hatte zu keinem Zeitpunkt ein sexuelles Interesse an Frau Kampe; ich war ausschließlich an ihrem politischen Potenzial interessiert!«

***

»Na, so was Doofes aber auch«, sagte Claudia. »Da bringt man, ganz ohne Hintergedanken, ein *frisches und unverbrauchtes Gesicht* in die Partei, das zwar von Politik keine

Ahnung hat, dafür aber ein recht schillerndes Leben führt – und was ist der Dank? Vorwürfe, Neid und Presserummel.«

»Wovon redest du?«, fragte Wernreuther irritiert. »Willst du Rolfes etwa vorwerfen, dass er dem Mädel eine Chance gegeben hat?«

»Hallo?«, sagte Claudia. »Rolfes hat Karola vor seinen Karren gespannt! Und jetzt, wo der Karren feststeckt, tut er so, als würde er sie verteidigen, dabei bemitleidet er ausschließlich sich selbst.«

»Ich glaub, ich hör nicht recht«, sagte Wernreuther. »*Karola Kampe* wollte unbedingt in den Stadtrat, *sie* ist gewählt worden, und *sie* hat ihren Job nicht gemacht – Rolfes war da nur der freundliche Steigbügelhalter. Muss denn immer ein Mann an allem Elend auf der Welt schuld sein?«

»Wegen mir nicht«, erwiderte Claudia schmallippig. »Aber in diesem Fall sind die Fakten ja wohl klar. Man kann Karola allenfalls vorwerfen, dass sie sich von jedem ausnutzen lässt – von Mayerfeldt, von Rolfes, von den Medien ...«

»Das sind doch feministische Verschwörungstheorien«, konstatierte Wernreuther und warf Kastner einen konsensheischenden Blick zu.

»Wie dem auch sei«, fasste Kastner zusammen, »die Zeit läuft, deshalb würde ich gerne vorankommen. Felix?«

»Was?«

»Karolas Laptop?«

»Na, da ist ein Passwort drauf«, sagte Wernreuther treuherzig. »Das hab ich dir doch ...«

»Ja, das hast du mir gestern schon erzählt«, stimmte Kastner zu. »Aber ich hoffe, dass du inzwischen Fortschritte gemacht hast?«

»Die Sache steht auf meiner Prioritätenliste jedenfalls ganz oben«, erklärte Wernreuther ohne jede Verlegenheit.

»Welche Prioritätenliste?«, fragte Kastner. »Ich bin mir ziemlich sicher, dass du außer dem Laptop keine weiteren Arbeitsaufträge angenommen hast.«

»Jaja«, wiegelte Wernreuther ab, »ich hab auch schon ein paar Sachen ausprobiert – Name des Sohnes, Name des Hundes, Geburtsname der Mutter –; ich bin kurz davor, wirklich.«

»Warum gibst du das Ding nicht einfach Holger Lurz?«, erkundigte sich Claudia freundlich. »Der ist Profi, der knackt das Passwort ruck, zuck.«

»Wenn ich Ratschläge brauche, sag ich Bescheid«, gab Wernreuther patzig zurück. »Was ist eigentlich mit *deinen* Arbeitsaufträgen? Irgendwelche Ergebnisse?«

Claudia schnitt ihm eine Grimasse und schlug ihr Notizbuch auf. »Karola Kampes Telefondaten und eine Bankauskunft sind beantragt, die sollten bis morgen da sein. Ich hab die Freunde-von-Karola-Liste abtelefoniert – da hat sich insgesamt ein stimmiges Bild von ihr ergeben: höflich, freundlich, kommunikativ; gefühlsbetont, aber prinzipiell ausgeglichen. Ich schätze, wenn man nach einer vermissten Person gefragt wird, hält man sich mit negativen Kommentaren eher zurück, aber einige haben durchblicken lassen, dass sie Karola für naiv, schlecht organisiert oder oberflächlich halten. Von ihren Beziehungsproblemen haben die wenigsten etwas gewusst, sie scheint also nicht damit hausieren gegangen zu sein. Niemand glaubt, dass sie einfach abgetaucht ist oder sich womöglich etwas angetan hat, und alle scheinen aufrichtig besorgt um sie zu sein.«

»Also nicht direkt etwas Neues«, fasste Wernreuther zusammen und fügte beflissen hinzu: »Das soll jetzt keine Kritik sein – du hast dir ja immerhin Mühe gegeben.«

»Danke für das reizende Kompliment«, sagte Claudia.

***

Hella Dorsch, die Gattin des verschwundenen CSU-Stadtrats, war mittlerweile dreiundsiebzig Jahre alt und lebte in einem Alters- und Pflegeheim. Der Name des Etablissements – *Seniorenresidenz Herbstfreude* – weckte bei Kastner Assoziationen an ein malerisch gelegenes Herrenhaus, das von plätschernden Springbrunnen und Blumenbeeten umgeben war. Im Internet fand er eine Hochglanzbroschüre, die dieses Bild nach Kräften nährte: *Hier haben wir endlich unser Glück gefunden*, behaupteten Hans und Karin P. – er im tadellosen beigen Zweireiher, sie im geblümten Sommerkleid, die Arme liebevoll um seine Schultern gelegt. Beide hatten silbernes Haar, aber keine einzige Falte in den rosigen Gesichtern, und beide lächelten mit strahlend weißen, lückenlosen Zahnreihen. Im Kleingedruckten erläuterten Hans und Karin, warum sie sich für die *Residenz Herbstfreude* entschieden hatten: selbstbestimmtes Leben, freundliches Personal, herrliche Lage in Stadtparknähe – und so weiter.

Ein Paradies auf Erden, dachte Kastner und wählte die Telefonnummer, die er im Impressum fand.

»Residenz Herbstfreude«, flötete eine jugendfrische weibliche Stimme, »mein Name ist Selina Neumann, was kann ich für Sie tun? *Frau Dorsch*? Äh – der Vorname, bitte? *Hella*? Einen Moment.«

Kastner hörte das harte Klacken einer Tastatur. »Ja, freilich«, meldete sich die Stimme zurück, »freilich können Sie Frau Dorsch besuchen – unsere Besuchszeiten sind dienstags und freitags von neun bis zwölf und von sechzehn bis achtzehn Uhr sowie am Wochenende ganztägig. Vielen Dank für Ihren Anruf!«

***

Die *Residenz Herbstfreude* war problemlos mit dem Ringbus zu erreichen – sie lag wenige Meter neben der Haltestelle Hintermayrstraße, direkt an der vierspurigen Hauptverkehrsader Nordring. Die schmucklose Neubaufassade war großflächig verglast, vermutlich zum Schutz vor Abgasen und Lärm, vom nahe gelegenen Stadtpark war kein Baumwipfel zu sehen. *Die Kunst zu lügen, ohne die Unwahrheit zu sagen*, dachte Kastner.

Innen machte das Gebäude einen ebenso gepflegten wie unpersönlichen Eindruck – glänzende Bodenfliesen, graue Kurzflorteppiche, eine Sitzgruppe um ein staubfreies Plastikpflanzenarrangement. Der Verkehrslärm des Nordrings war nur als monotones Rauschen zu hören. Hinter einem kleinen Empfangstresen aus poliertem Marmor saß eine junge Frau und wischte konzentriert über ihr Smartphone.

»Hallo?«, sagte Kastner. »Frau Neumann? Mein Name ist Kastner, wir haben vorhin telefoniert.«

»Ich erinnere mich durchaus«, sagte die Frau und deutete, ohne von ihrem Handy aufzusehen, auf ein Schild, das hinter ihr an der Wand hing – die Besuchszeiten. »Wir haben jetzt leider keine Besuchszeit«, fuhr sie fort, »ich dachte, das hätte ich erwähnt?«

»Das haben Sie«, bestätigte Kastner und zückte seinen Dienstausweis. »Trotzdem würde ich gerne *jetzt* mit Frau Dorsch sprechen.«

»Ach so? Kriminalpolizei?« Frau Neumann legte ihr Smartphone beiseite und musterte Kastner mit neuem Interesse. »Ist etwas passiert?«

»Es passiert jeden Tag etwas«, sagte Kastner. »Wo finde ich denn Frau Dorsch?«

Selina Neumann begleitete Kastner persönlich in den zweiten Stock und erzählte ihm dabei ungefragt Hella Dorschs Geschichte: eingeschränkte Mobilität nach einem leichten Schlaganfall, geistig aber durchaus noch fit, zwei berufstätige Söhne, die nur selten zu Besuch kamen. »Glauben Sie mir, mit Töchtern ist man besser dran, wenn's im Alter eng wird«, plauderte sie fröhlich, »da hat sich in den letzten fünfhundert Jahren wenig geändert. Die Männer arbeiten eher noch mehr und bezahlen eine Pflegekraft, die Frauen schneiden sich irgendwie zwischen Job, Kindern und Haushalt noch ein paar Stunden ab und kümmern sich selber. Die Quittung gibt's dann auf dem Rentenbescheid, haha, während die Männer ihre fleißige Katinka oder Jelena von der Steuer absetzen. Äh – es gibt natürlich bei beiden Geschlechtern Ausnahmen von dieser Regel, wirklich!«, fügte sie verlegen hinzu, vielleicht, um Kastner als Mann nicht zu nahe zu treten. »So, da wären wir!«

Hella Dorschs Zimmer war ein kleiner, pragmatisch eingerichteter Raum. Familienfotos und eine stattliche Sammlung verschnörkelter Zinnteller sorgten für einen persönlichen Touch, zwischen Bett und Schrank war ein Ungetüm von Polstersessel gequetscht, in dem der zierliche Körper der alten Dame beinahe verschwand.

Selina Neumann schaltete den auf voller Lautstärke laufenden Fernseher ab und stellte Kastner vor, ehe sie sich diskret zurückzog.

»Polizei? Was ist denn los?«, erkundigte sich Frau Dorsch und warf Kastner durch ihre schwarzgeränderte Brille einen strengen Blick zu. »Sie kommen außerhalb der Besuchszeit, junger Mann, und im Fernsehen läuft eine Sendung, die ich gern sehen würde.« Sie griff nach der Fernbedienung, die Selina Neumann auf ein gläsernes Beistelltischchen gelegt hatte, und drückte sie besitzergreifend an ihre Brust.

»Bitte entschuldigen Sie die Störung, Frau Dorsch«, sagte Kastner – er hätte sich selbst kaum als *jungen Mann* bezeichnet, aber das war vermutlich eine Frage der Perspektive. »Ich würde mit Ihnen gerne über Ihren Ehemann sprechen.«

»Über den Willi? Warum? Wenn Sie ihn gefunden haben, dürfen Sie ihn behalten, jetzt brauch ich ihn auch nicht mehr. Damals war das anders: das Haus nicht abbezahlt, die Söhne noch im Studium – und ich seit zwanzig Jahren Hausfrau. Ich hab nicht mal Witwenrente gekriegt, weil mir keiner glauben wollte, dass der Willi tot ist. Na, das war ein Spaß!«

Obwohl Frau Dorsch ihn nicht dazu aufgefordert hatte, setzte Kastner sich auf einen Holzschemel neben dem Waschbecken und knöpfte seinen Mantel auf. Das Zimmerchen war völlig überheizt. »Frau Dorsch, vielleicht darf ich Ihnen kurz erklären, warum ich hier bin?« Er erzählte ihr von Karola Kampes spurlosem Verschwinden. Während er sprach, löste Hella Dorsch nach und nach ihren Klammergriff um die Fernbedienung und legte sie schließlich sogar zurück auf den Glastisch. »Das ist ja wie im Fernsehen«, kommentierte sie und nickte anerkennend. Auf Kastners Frage, ob ihr Mann Karola Kampe, deren Familie oder vielleicht Thomas Mayerfeldt gekannt habe, schüttelte sie energisch den Kopf. »Nie von diesen Leuten gehört. Der Kommissar damals – ein Herr ...«

»Vogt«, half Kastner aus.

»Genau«, nickte Frau Dorsch. »Der hat mir ja erst weismachen wollen, der Willi hätte was mit einer anderen gehabt. Aber für so was hatte der Willi gar keine Zeit – ich hab ihn nämlich ordentlich auf Trab gehalten: Fenster putzen, einkaufen, Rasen mähen ... Der wollte abends nur noch in Ruhe ein Bierchen trinken und die *Sportschau* einschalten. Und unter uns gesagt: Der Willi war nicht gerade eine Schönheit.« Sie nahm ein gerahmtes Foto vom Beistelltisch und hielt es Kastner hin – das Foto, das auch in der Vermisstenakte war. »So hat er ausgesehen, der Willi«, erklärte sie zufrieden. »Meine Mutter hat immer gesagt: Hella, nimm dir bloß keinen von den Hübschen, mit denen hat man nur Ärger. Daran hab ich mich gehalten, und ich bin gut damit gefahren. Und Geld hat der Willi ja auch keins gehabt, nur einen Haufen Schulden bei der Bank – das wär für eine junge Frau doch nix gewesen.«

»Sie glauben also nicht, dass Ihr Mann Sie verlassen hat?«, fragte Kastner zusammenfassend.

Hella Dorsch stellte das Foto ihres Ehemannes mit einem energischen Klacken zurück auf den Tisch. »Nicht eine Sekunde hab ich das geglaubt«, erklärte sie. »Das hätte sich der Willi gar nicht getraut, für so was hat ihm der Mumm gefehlt.«

»Herr Vogt hat mir erzählt, dass Ihr Mann in seiner Partei des Öfteren unpopuläre Positionen eingenommen und auch recht energisch vertreten hat«, sagte Kastner. »Das spricht schon für einen gewissen Mut, finden Sie nicht?«

Frau Dorsch machte eine wegwerfende Handbewegung. »Das ist ja was anderes«, sagte sie leichthin. »Im Stadtrat hat sich der Willi freilich aufplustern können, da hat ja keiner gewusst, dass er beim Fernsehschauen in der Nase bohrt und seine Unterhosen verkehrt rum anzieht, wenn keiner aufpasst. Drum gehen Männer ja in die Arbeit, gell? Damit sie sich auch mal ein bisschen wichtigmachen können.«

Eine interessante These, fand Kastner.

Frau Dorsch fuhr munter fort: »Aber zu Hause hat der Willi gespurt, und Punkt. Also für mich war das immer völlig klar, was mit ihm passiert ist: Dieser Kriminelle, dieser ...«

»Igor Papp?«, schlug Kastner vor.

»Genau. Igor Papp, der hat den Willi entführt und irgendwo eingesperrt oder umgebracht, und eins dürfen Sie mir glauben, junger Mann: Wenn ich dieser Kommissar gewesen wär, dann hätte der Papp mir gesagt, was er mit dem Willi gemacht hat, auf Knien hätte der mich angefleht, alles genau erklären zu dürfen! Aber nein, die Verbrecher werden ja heutzutage mit Samthandschuhen angefasst – man liest ihnen ihre Rechte vor, bezahlt ihnen zwei bis fünf Anwälte, und sie dürfen lügen, dass sich die Balken biegen. Warum eigentlich?«

Obwohl Kastner annahm, dass das eine rhetorische Frage war, bemühte er sich um eine Antwort. »Das hat damit zu tun, dass wir in einem Rechtsstaat leben, Frau Dorsch«, erklärte er. »Es gilt die Unschuldsvermutung. Wenn Sie mal darüber nachdenken, wollen Sie sicher auch nicht in einem Staat leben, in dem man Geständnisse mit Folter erpresst oder ...«

»Folter papperlapapp«, fiel Frau Dorsch ihm ins Wort. »Die tanzen dem Rechtsstaat auf der Nase herum, das muss man sich doch nicht gefallen lassen! Daumenschrauben dran und gut ist, das wäre meine Devise.«

»Wenn man persönlich betroffen ist, hat man vermutlich einen anderen Blick darauf«, sagte Kastner diplomatisch.

Hella Dorsch nahm ihre Brille ab und putzte die Gläser an einem Zipfel ihrer Bluse sauber. »Genau«, sagte sie. »Was hätten Sie wohl gemacht, wenn dieser Papp Ihre Frau entführt hätte? Ihm eine Tasse Kaffee angeboten, ihn gefragt, ob es ihm zu warm oder zu kalt ist? Ha! Ich wette, Sie hätten ihm so lange die Nase gebrochen, bis er Klartext geredet hätte.«

»Womöglich haben Sie recht, Frau Dorsch«, gab Kastner zu. »Und deshalb dürfen Polizeibeamte in einem Fall, der sie persönlich betrifft, nicht ermitteln – ich halte das für sinnvoll. Aber um auf Ihren Mann zurückzukommen: Sie glauben also, dass Igor Papp ihn entführt hat – aber warum hätte er das tun sollen? Sie waren ja nicht vermögend.«

Hella Dorsch zuckte die Achseln. »Woher hätte der Papp das denn wissen sollen? Das stand ja nicht drauf, auf dem Willi, und in seiner Partei war er die Ausnahme von der Regel – eben kein Anwalt oder Geschäftsmann, sondern Busfahrer.«

»Das wäre aber dann ein großer Zufall«, gab Kastner zu bedenken, »oder wahlweise eine große Dummheit, wenn Papp sich aus dreiunddreißig CSU-Stadträten ausgerechnet Ihren Mann ausgesucht hätte.«

»Deppen gibt es überall«, konstatierte Hella Dorsch lakonisch. »Und dieser Papp war halt der Depp unter den Entführern – erst hat er sich den Falschen gegriffen, dann hat er sich erwischen lassen. Und erst hinterher hat er sich auf seine Qualitäten besonnen und sich blöd gestellt, und damit ist er dann durchgekommen.«

»Papp hat fünf Jahre lang gesessen«, gab Kastner zu bedenken.

»Eben«, konterte Hella Dorsch und hob dazu den Zeigefinger. »Und das war ja wohl das Einzige, was für ihn gut gelaufen ist. Denn für Entführung und Mord hätte er lebenslänglich gekriegt.«

***

Ein Anruf beim Einwohnermeldeamt genügte, um Igor Papps aktuelle Meldeadresse herauszufinden: eine ungerade Hausnummer der Schupfer Straße im Nürnberger Stadtteil Laufamholz. Google Maps zoomte in die ans Pegnitztal Ost angrenzende Bebauung und markierte ein winziges Reiheneckhaus mit einem roten Fähnchen. Aus dem Augenwinkel registrierte Kastner, dass in unmittelbarer Nachbarschaft ein *Nürnberger Weizenbierglasmuseum* lag, und schüttelte den Kopf: Ein Weizenbierglasmuseum in Mittelfranken – das konnte sich nur ein Exilbayer ausgedacht haben. Igor Papps Name ergab im Online-Telefonbuch keinen Treffer, eine Abfrage bezüglich der öffentlichen Nahverkehrsverbindungen nach Laufamholz nur unbefriedigende Ergebnisse. Kastner hätte natürlich einen Dienstwagen nehmen können; aber zum einen fuhr er nicht gerne Auto, und zum anderen bestand der Fuhrpark des Dezernats eben nicht aus Autos, sondern aus fahrenden Computern mit Automatikschaltung. Es gelang Kastner nur selten, inmitten des überbordenden technischen Schnickschnacks die relevanten Bedienelemente wie Scheibenwischer oder Tankdeckelöffner auszumachen. Einmal hatte er versehentlich die Zentralverriegelung betätigt und war aus dem Dienstwagen nicht mehr herausgekommen – er hatte Wernreuther über das Mobiltelefon anrufen und sich befreien lassen müssen. Wernreuther schlug sich noch heute vor Freude auf die Schenkel, wenn er diese Anekdote auf einer Betriebsfeier zum Besten gab.

Kastner rief also Wernreuther an und bat ihn um eine Chauffeursdienstleistung. »Danke, Felix, das ist lieb, dass du mich noch fährst«, sagte er, als er in den Streifenwagen stieg – es war nach siebzehn Uhr, und Wernreuther hätte eigentlich Dienstschluss gehabt. Vermutlich deshalb war er schon in Zivil – er trug eine graue Stoffhose und einen mitternachtsblauen Anorak, der leicht nach Mottenkugeln roch. Statt der gewohnten Polizeimütze hatte er sich eine Pelzkappe mit Ohrenklappen aufgesetzt, die ihm, wie Kastner fand, eine irritierende Ähnlichkeit mit dem jungen Wladimir Putin verlieh.

»Bisschen warm hier drin«, stellte Kastner fest, während Wernreuther sich schwungvoll in den fließenden Verkehr einordnete.

»Findest du?« Wernreuther tippte halbherzig auf eines der vielen digitalen Bedienfelder. »Ich persönlich hab's ja ganz gern etwas kuschelig – Wärme entspannt, und man kann vom Urlaub in südlichen Ländern träumen.«

Durch die frostbereifte Windschutzscheibe sah Kastner graue Häuserzeilen, Passanten in Wintermänteln und kahle Bäume vorüberziehen. »Hm«, machte er.

»Laufamholz«, sinnierte Wernreuther laut. »Da fahren wir am besten über den Frauentorgraben und die Bahnhofstraße stadtauswärts, das ist am Kürzesten.«

Kastner verkniff sich jeden Hinweis auf die fehlende Deckungsgleichheit der Begriffe *kurz* und *schnell* im Zusammenhang mit Wegstrecken und das notorisch hohe Verkehrsaufkommen zwischen Plärrer und Bahnhof. Wernreuther hielt sich selbst für den gewieftesten Autofahrer Nürnbergs und konnte aus dem Stand in freier Rede gute dreißig Minuten über seine hervorragende Ortskenntnis und überdurchschnittlichen Fahrkünste referieren, wenn er sich provoziert fühlte. Also sagte Kastner: »Ganz, wie du meinst, Felix.« Dann knöpfte er seinen Mantel auf und erkundigte sich nach Karola Kampes Laptop.

»Ich bin da echt dran«, beteuerte Wernreuther und bog links ab. »Vertrau mir einfach!«

Auf dem Frauentorgraben stockte der Verkehr erwartungsgemäß zu einem zähen Stop-and-go. »Warum geht denn hier nichts vorwärts?«, wunderte sich Wernreuther. Er trommelte mit den Fingern aufs Lenkrad und hielt Ausschau nach einem Schuldigen; schließlich entschied er sich für einen rostigen Opel mit Fürther Kennzeichen, der noch dazu von einer Frau gesteuert wurde. Während sein junger Kollege der Fahrzeuglenkerin mittels Gestik und Mimik Ratschläge zum Bedienen ihres Kraftfahrzeugs erteilte, studierte Kastner die Digitalanzeigen im Cockpit. »Was ist das da, Felix?«, fragte er. »Fünfundzwanzig? Das ist doch nicht etwa die Wageninnentemperatur?«

»Ach, ist dir immer noch zu warm?«, fragte Wernreuther fürsorglich zurück.

Statt einer Antwort wischte Kastner sich den Schweiß von der Stirn.

»Das liegt dann aber an dir«, erklärte Wernreuther. »Dicke schwitzen ja leichter als normal durchtrainierte Menschen.«

»Genau«, sagte Kastner etwas lauter als üblich. »Und jetzt dreh bitte die Scheißheizung runter! Aus irgendeinem Grund fällt es mir nämlich schwer, mich zu entspannen und von einem Urlaub in südlichen Ländern zu träumen, während ich mit Kreislaufkollaps in einem absurd überheizten Streifenwagen vor dem Nürnberger Opernhaus im Stau stehe.«

»Also wo du das grad selber ansprichst«, sagte Wernreuther mit besorgter Miene. »Mir ist das auch schon aufgefallen, dass du in letzter Zeit leicht reizbar bist. Ich hab da ja gute Erfahrungen mit Yoga gemacht …«

Über die gesamte Länge der Bahnhofstraße referierte Wernreuther über bewusstes Atmen, Katze, Hund und Sonnengruß. Kastner biss die Zähne zusammen.

»Das ist wirklich niederschwellig, Kastner«, beteuerte Wernreuther, »das kannst du auch zu Hause machen; sogar im Büro, wenn du mal ein bisschen Zeit übrig hast. Äh – jetzt die Ostendstraße raus, stimmt's?«

»Stimmt genau«, sagte Kastner.

Wernreuther bretterte über den Wöhrder Talübergang. »Die positive Rückkopplung zwischen Körper und Geist ist immens wichtig«, fuhr er fort. »Daran solltest du zuerst arbeiten. Kennst du den Körperzellensong?« Er räusperte sich und intonierte dann rhythmisch: »*Jede Zelle meines Körpers ist glücklich, jede Körperzelle fühlt sich wohl. Jede Zelle, an jeder Stelle, jede Zelle ist voll gut drauf* ... Na komm schon, Kastner, sing mit! *Jede Zelle meines Körpers ist glücklich, jede Körperzelle fühlt sich wohl* ...«

***

Auf dem provisorischen Klingelschild des Reiheneckhauses in der Schupfer Straße standen mehrere Namen. »Das ist eine WG«, kombinierte Wernreuther scharfsinnig, während Kastner die Klingel betätigte.

Eine Frau mittleren Alters öffnete die Tür – Jeans, blauer Pulli, wasserstoffbleiches Haar, asiatische Gesichtszüge. Auf den Augenlidern trug sie eine deckende Schicht türkisfarbenen Lidschattens, die Kastner an seine früheste Kindheit in den neunzehnhundertsiebziger Jahren erinnerte. »Ach was«, sagte sie, »ihr seid aber früh dran. Martin hat gesagt, ihr kommt nicht vor acht. Aber was soll's, her mit dem Zeug.« Sie wedelte herausfordernd mit einer fleischigen Hand, an der die Anzahl der Ringe die der Finger bei Weitem überstieg.

»Kriminalhauptkommissar Kastner vom Polizeipräsidium Nürnberg«, sagte Kastner und zückte seinen Dienstausweis. »Und das ist mein Kollege Felix Wernreuther. Wir würden gerne mit Igor Papp sprechen.«

Die Frau starrte ihn an und kaute unschlüssig auf ihrer Unterlippe herum. »Wieso?«, fragte sie schließlich.

Kastner lächelte. »Ist Herr Papp zu Hause?«

»Äh«, machte die Frau und schlug dann vor: »Das muss eine Verwechslung sein?«

»Aber nicht von unserer Seite«, sagte Kastner. »Herr Papp ist hier gemeldet.«

»Ach so?« Sie drehte den Kopf nach hinten und rief über die Schulter: »Da sind zwei Typen von der Bullerei! Kennt jemand einen Igor Papp?«

Eine weitere Frau, dunkelhaarig und jünger als die erste, und ein Mann in den Fünfzigern kamen an die Tür.

»Worum geht's? Irgendwelche Probleme?«, fragte der Mann und spähte neugierig durch eine Wolke kinnlanger, graumelierter Locken. Eine beige Cordhose klammerte sich an seine knochigen Hüften, ein schwarzes T-Shirt verkündete: *Ich würde öfter lächeln, wenn die gesetzliche Krankenkasse für Zahnersatz aufkommen würde.*

»Bisher nicht«, sagte Kastner. »Ist Herr Papp zu Hause?«

»Nein.«

»Wann kommt er denn wieder?«

»Keine Ahnung. Wir leben hier in einer offenen Wohngemeinschaft, da muss sich niemand an- oder abmelden. Keine Stempelkarten, keine Überwachung – Sie verstehen?«

»Durchaus«, sagte Kastner. »Vielleicht könnten Sie Herrn Papp mitteilen, dass die Polizei gerne mit ihm sprechen möchte?«

»Ach, geht's da wieder um den uralten Scheiß?«, fragte die Brünette mit vorgestrecktem Kinn. Ihre ungesund braune Haut warf ein Netz knittriger Fältchen um Augen und Mund, und da sie für erste Anzeichen würdigen Alterns deutlich zu jung war, tippte Kastner auf vorsätzlichen oder fahrlässigen Solarium-Abusus. Die Dame war eher mager als schlank und trug storchenbeinrote Leggings zu einer taillenkurzen Rüschenbluse mit reziprokem Dalmatinermuster – weiße Tupfen auf schwarzem Grund. »Isses mal wieder Zeit für etwas Polizeistaatswillkür?«, fragte sie rhetorisch und schob das Kinn noch etwas weiter vor. »Igor hat seine Strafe abgesessen, fünf Jahre, für nix. Wenn er besoffen einen totgefahren hätte, wär er billiger davongekommen!«

»Sie kennen Herrn Papp näher?«, hakte Kastner ein. »Wann haben Sie ihn denn zuletzt gesehen?«

»Das geht Sie gar nichts an«, beschied ihn die Frau mit grimmigem Gesicht.

»So«, sagte Wernreuther und trat einen Schritt nach vorne, »nun ist aber gut. Der Polizeistaat zeigt jetzt mal sein wahres Gesicht: Alle Anwesenden zücken bitte umgehend ihre Ausweise für eine Aufnahme der Personalien. Falls dieser Igor Pappenheimer hier nur zum Schein gemeldet ist, kann das teuer für euch werden, Leute. Und auf wen habt ihr hier eigentlich gewartet? Auf den Pizzadienst? Oder doch eher auf den Drogendealer? Wir kriegen schneller eine Hausdurchsuchung für eure Haschbude, als ihr *Dope* sagen könnt – wollt ihr das wirklich?«

Die Dunkelhaarige verschränkte die Arme vor der Brust und murmelte etwas Unverständliches.

»Ha!«, sagte Wernreuther. »Beamtenbeleidigung!«

»Jetzt mal langsam«, erwiderte der Mann und streckte Kastner deeskalierend die Hand hin. »Kastner war Ihr Name? Martin Brandstetter, sehr erfreut. Die beiden Damen hier sind Frau Dr. Hirsch, eine Mitbewohnerin, und Frau Müller, eine Bekannte von mir. Wir werden Igor Bescheid sagen, sobald er nach Hause kommt, dann wird er sich sicher bei Ihnen melden. Okay?«

»Das ist ein guter Ansatz«, gab Kastner zu. »Gibt es vielleicht eine Handynummer, unter der wir Herrn Papp erreichen können?«

Brandstetter wechselte einen Blick mit der Dunkelhaarigen, die er als Frau Dr. Hirsch vorgestellt hatte. Sie schüttelte den Kopf.

»Leider nein«, gab Brandstetter die Botschaft weiter. »Aber ich kann Ihnen gerne meine Nummer geben. Haben Sie eine Karte oder so was? Igor wird Sie anrufen, versprochen.«

***

»Felix hat sich voll auf die WG eingeschossen«, erzählte Kastner seiner Lebensgefährtin am Abend. »Vermutlich hofft er, im Keller ihres Reihenhauses Karola Kampe zu finden – an die Heizung gekettet; umgeben von Drogen aller Art, Kisten voller Diebesgut und dem Skelett von Wilhelm Dorsch.«

»Genau«, sagte Mirjam und stellte das Abendessen auf den Tisch. »Dazu freie Liebe und kommunistische Umtriebe – fertig ist der Spießeralbtraum.«

Kastner schnupperte an seinem Teller und probierte eine Gabel. »Mmh. Was ist das?«

»Ein veganes Karotten-Auberginen-Curry«, erklärte Mirjam, »mit Tofu und Kokosmilch.«

»Ach? Schmeckt aber trotzdem gar nicht mal so schlecht«, lobte Kastner auf Fränkisch.

Mirjam runzelte die Stirn. »Und wenn Wernreuther recht hat? Mal angenommen, dieser ...«

»Papp«, sagte Kastner geübt.

»Genau. Also Papp hat den Stadtrat entführt, und es läuft schief – er versemmelt die Lösegeldübergabe und lässt sich schnappen. Dann denkt er in der JVA fünf Jahre drüber nach, wie man das besser machen kann, findet nach dem Knast neue Freunde, erklärt ihnen die Vorteile seines Geschäftsmodells und späht in aller Ruhe ein neues Opfer aus.«

»Aber Hase«, sagte Kastner. »Das würde ja heißen, dass Papp überhaupt nichts gelernt hat. Wenn es um Geld geht, gibt es lohnendere Ziele als eine junge Stadträtin der Grünen, deren Lebensgefährte vermutlich Schulden bei der Bank hat.«

»Auch wieder wahr«, gab Mirjam zu und wechselte dann abrupt das Thema: »Wir könnten doch am Wochenende mal wieder was zusammen unternehmen?«

»Hm«, machte Kastner.

»Wir könnten zum Beispiel ins Opernhaus gehen.«

»Wohin?«, fragte Kastner.

»Opernhaus?«, wiederholte Mirjam mit hochgezogenen Augenbrauen. »Das ist das große Gebäude zwischen Plärrer und Bahnhof, du weißt schon, da wo ...«

»... immer der Stau ist«, ergänzte Kastner. Ob nun wegen der traumatischen Erinnerung an seine Autofahrt mit Wernreuther oder aus einem anderen Grund: Er spürte, wie ihm der Schweiß auf die Stirn trat.

Mirjam seufzte. »Das ist deine Assoziation mit dem Begriff Opernhaus? *Stau?* Das ist ja wohl prekär, Kastner, denn eigentlich geht's da um was anderes: Im Opernhaus werden Opern gespielt.«

»Genau«, sagte Kastner. »Also wieso sollten wir da hingehen?«

»Deshalb?«, schlug Mirjam vor. »Wär mal was anderes, als immer nur vor der Glotze abzuhängen oder essen zu gehen. Da wird grad die *Carmen* gespielt, du weißt schon: rassige Zigeunerin, mutiger Stierkämpfer, großes Liebesdrama …«

»Oh Gott«, stöhnte Kastner. Vor seinem geistigen Auge sah er hochkulturbeflissene Damen in Abendkleidern und steife Herren in Smoking und Krawatte an Proseccoflöten nippen und an Lachskanapees knabbern – und dazwischen sich selbst in einer alten Cordhose. Jemand würde zu ihm sagen: *Das Klangbild war ja gut durchhörbar, geradezu plastisch, aber der Bariton ist intonatorisch etwas stumpf geblieben, finden Sie nicht?* »Ich hab da gar nichts Passendes anzuziehen!«, fügte er hinzu, um die Debatte frühzeitig durch ein hartes Faktum zu beenden.

»Ach Quatsch«, sagte Mirjam unbeeindruckt. »Im Opernhaus geht's schon lang nicht mehr formell zu, in deinem Arbeitssakko fällst du da gar nicht weiter auf. Also? Du hast am Samstag ja nichts anderes vor, oder?«

»*Diesen* Samstag? Übermorgen?«

»Es hinauszuschieben bringt doch auch nichts«, sagte Mirjam sanft. »Na los, pack den Stier bei den Hörnern, Escamillo! Hinterher wirst du mir dankbar sein.«

Das hielt Kastner für ausgeschlossen. »Ähm, ich muss erst mal in meinem Terminkalender nachsehen«, behauptete er, »nicht, dass am Samstag schon irgendwas …«

»Du hast einen Terminkalender?«, fragte Mirjam belustigt. »Für *private* Termine? Kastner, du hast in den letzten drei Jahren das Haus zwecks Freizeitgestaltung nur dann verlassen, wenn ich dich dazu genötigt habe. Aber bitte, sieh in deinem Terminkalender nach.«

»Ich mach's gleich morgen«, sagte Kastner. »Der Kalender liegt in meinem Büro.«

Mirjam lächelte, verschwand mit einem Glas Rotwein im Wohnzimmer und schaltete die Nachrichten ein. Kastner zermarterte sich das Gehirn nach alten Freunden, die ihm etwas schuldig waren. Mit einer Ausrede würde er bei Mirjam nicht durchkommen – er brauchte ein hieb- und stichfestes Alibi.

Jemand würde für ihn lügen müssen.

Karola

Die Stimme kam wieder. Und wieder.

Sie klang hell, manchmal sogar schrill; aber Karola war überzeugt, dass sie zu einem Mann gehörte. Sie sah seine Umrisse im Gegenlicht: eine stämmige Gestalt, dunkel gekleidet, die Kapuze eines Sweatshirts tief ins Gesicht gezogen. Er war einen Kopf kleiner als sie, er musste sich nicht bücken, wenn er ihren Kerker betrat. Er brachte ihr eine weitere Wolldecke, einen elektrischen Heizkörper und eine Campingtoilette; außerdem Klopapier, Tampons, einen Löffel und einen Plastikbecher. Und er brachte ihr Essen: offene Konservendosen mit Pichelsteiner, Linseneintopf oder Gulaschsuppe, immer eiskalt. Anfangs zuckte Karola überrascht zusammen, wenn der schwere Riegel zurückgeschoben wurde und grelles Licht in ihre Gruft stach; aber nach einigen Tagen konnte sie die Zeichen seines Kommens deuten: das ferne, metallische Vibrieren von Treppenstufen, das Schlurfen nur nachlässig angehobener Füße, gedämpftes Nörgeln und Klappern und Rascheln und schließlich das Geräusch, mit dem ein Deckel von einer Konserve gezogen wird.

Karola war dem Mann dankbar. Dankbar für die Wärme der kleinen Heizung, für das Essen und vor allem für die Struktur, die seine Besuche ihrem Dasein gaben. Er kam zweimal am Tag: kurz nachdem das Dämmerlicht durch den Lichtschacht auf ihre Liege fiel und kurz bevor es wieder dunkel wurde.

Während Karola das kalte Essen hinunterschlang, sprach er mit ihr. In den ersten Tagen sagte er wenig mehr als: »Du frisst wie ein Tier, das ist eklig.« Eine Aussage, nach deren Kürze und Klarheit Karola sich bald zurücksehnte, denn je öfter er kam, desto wirrer und ausufernder wurde sein Gebrabbel. »Die wissen alle längst Bescheid, sie sagen uns bloß nichts. Wir werden wie immer die Letzten sein, die es erfahren«, oder: »Ihr macht doch was mit den Wolken, drum schneit es dauernd. Ihr wollt, dass uns hier unten die Eier abfrieren.« An einem Tag beschuldigte er sie, mit den Russen unter einer Decke zu stecken, am nächsten sollten es die Chinesen oder die Freimaurer sein.

Einmal fragte sie ihn nach seinem Namen, nach dem Grund, aus dem sie eingesperrt war. Nach ihrem eigenen Namen fragte sie nicht – den eigenen Namen nicht zu wissen erschien ihr beschämend, sie wollte nicht, dass irgendjemand davon erfuhr.

»Du willst mich aushorchen?«, schrie er empört, so nah an ihrem Gesicht, dass sie einen Sprühregen Spucke spürte. »Wie dreist seid ihr ferngesteuerten Biopolymere eigentlich?«

Er ließ sie zur Strafe einen ganzen Tag lang hungern, und danach machte Karola nur noch zustimmende Geräusche, wenn er etwas sagte. Das schien ihm zu gefallen. Und darum ging es ja letztendlich – dass er mit ihr zufrieden war. Denn ohne ihn würde die Zeit wieder jede Bedeutung verlieren, ohne ihn würde sie verhungern.

Und Karola wollte auf gar keinen Fall sterben, ehe sie wusste, wer sie war.

Freitag, 23. Februar: *Kantabrische Höhlenkunst und andere spanische Phänomene*

Zur Lagebesprechung in Kastners Büro brachte Claudia einen dicken Stapel Computerausdrucke mit, außerdem eine Tüte Kolb-Brezen und eine Thermoskanne Kaffee.

Wernreuther, der schon seit zehn Minuten bei einer Tasse Grüntee an Kastners Schreibtisch saß und sein Mobiltelefon eifrig mit den Daumen bearbeitete, schüttelte den Kopf, als sie so bepackt zur Tür hereinkam. »Was soll das denn werden?«, fragte er. »Ein Picknick als Solidaritätskundgebung für die papierverarbeitende Industrie?«

»Dir auch einen guten Morgen, Felix«, sagte Claudia, während sie ihre Last auf Kastners Schreibtisch ablud. »Das sind meine Arbeitsergebnisse – für jeden ein Ausdruck, damit ihr euch das gleich anschauen könnt. Und ich hab gedacht, ihr freut euch über eine Tasse Kaffee und ein paar Brezen?«

»Freilich, danke, Claudia«, sagte Kastner.

»Also, dass Kaffee ein übles Nervengift ist, hab ich euch ja schon öfter erklärt«, dozierte Wernreuther. »Und vor dem Mittagessen esse ich ausschließlich Karotten und Äpfel – in einem gesunden Körper lebt ein gesunder Geist, drum hab ich auch alles Wichtige zum Fall Kampe im Kopf!« Er tippte sich veranschaulichend an die Stirn.

Claudia wiederholte die Geste, allerdings mit anderer Intention.

»Seid lieb zueinander«, mahnte Kastner. Er goss Kaffee in seine Blümchentasse und tastete dann in der Tüte nach einer Mohnbreze. »Frau Kampe ist vor fünfzehn Tagen verschwunden«, eröffnete er die Besprechung, »und heute ist

Tag vier nach der schriftlichen Lösegeldforderung. *500.000 Lösegelder sonst Exitus. Ruf Sie an.* Bisher hat aber niemand angerufen – womit der Fall Dorsch und der Fall Kampe um eine Parallele ärmer wären. Die Zeit läuft, wir müssen vorankommen. Felix?«

»Was?«, fragte Wernreuther, klappte aber immerhin die Schutzhülle seines Handys zu.

»Ich warte gespannt auf die Erkenntnisse, die dein gesunder Geist in Bezug auf Karola Kampes Laptop gewonnen hat«, erklärte Kastner.

»Ach das«, nickte Wernreuther und pustete angelegentlich in seine Teetasse. »Na ja, es ist so: Hier drin«, er tippte sich erneut an die Stirn, »habe ich eine lange Liste mit plausiblen Passwörtern, die ich inzwischen sicher ausschließen kann.«

»Das ist jetzt nicht dein Ernst«, sagte Kastner ungläubig. »Du hockst seit Tagen auf diesem Laptop wie eine Henne auf dem Gipsei und hast es noch immer nicht geschafft, das *Passwort eines Exmodels* zu knacken? Felix, wir brauchen diese Daten!«

»Du formulierst sehr negativ, finde ich«, sinnierte Wernreuther. »Dabei ist ein wertschätzender Umgang von zentraler Bedeutung für die Motivation der Mitarbeiter. Ich persönlich werde ja als Erstes eine Führungskräfteschulung absolvieren, sobald ich die modulare Schulung für den höheren Dienst abgeschlossen ...«

»Nein, *als Erstes* wirst du diesen Laptop zu Holger Lurz bringen«, fiel Kastner ihm ins Wort. »Sonst werde ich deine in ferner Zukunft schwebende Beförderung mit einer sehr unschmeichelhaften Bewertung torpedieren!«

Wernreuther runzelte die Stirn. »Aber ich hab wirklich Fortschritte gemacht!«, beteuerte er. »Ich hab mich in die

Thematik umfassend eingearbeitet und gehe strikt systematisch vor. Ich kann dir mein methodisches Konzept auch auf zehn laufenden Metern Papier ausdrucken, so wie Claudia das macht – ohne dabei an die negativen Folgen für die Umwelt zu denken.«

Kastner schlug seine Zähne in die Mohnbreze. Der Appetit war ihm zwar vergangen, aber immerhin konnte er so seine Aggressionen sozialverträglich kanalisieren. Er kaute und schluckte und widerstand der Versuchung, Wernreuther aus seinem Büro zu werfen. Stattdessen wandte er sich an Claudia – so wie er sie kannte, waren die Bäume für die *zehn laufenden Meter Papier* jedenfalls nicht umsonst gestorben. »Und was hast du so?«, fragte er beiläufig.

Claudia räusperte sich und tippte mit dem Finger auf einen der Computerausdrucke. »Zunächst mal die Mobilfunkdaten. Ich bin mit der Auswertung noch nicht ganz durch, aber bisher hab ich nichts Aufregendes gefunden – Karola Kampe hat enge Kreise um ihre Wohnung und die Innenstadt gezogen, und sie hat vor allem mit Leuten telefoniert, die wir schon kennen: Mayerfeldt, ihre Eltern, der Kindergarten, Michaela Korn, Sven Lauterbach ... Am 8. Februar hat sie nur mit einem Getränkelieferanten, einer Schwester Herta aus Moritz' Kindergarten und Hermann Rolfes telefoniert.«

»Ach«, warf Kastner ein und machte sich eine Notiz. »Das hat Rolfes gar nicht erwähnt. Hat er sie angerufen oder sie ihn?«

»Er sie. Um elf Uhr dreiundvierzig, ein Gespräch von vier Minuten«, berichtete Claudia, zog zwei weitere Ausdrucke hervor und drückte Kastner und Wernreuther je einen in die Hand. »Ich hab hier mal alles zusammengeschrieben, was wir durch die Mobilfunkdaten und unsere Recherchen über Frau Kampes Tagesablauf am 8. Februar wissen«, erklärte sie. »Sie hat Moritz zur üblichen Zeit, also kurz nach acht Uhr früh, in den Kindergarten gebracht. Danach ist sie vermutlich wieder nach Hause gegangen, jedenfalls hat sie um zehn Uhr elf von ihrer Homezone aus den Getränkelieferanten angerufen und für Freitag einen Kasten Bier und drei Kästen Wasser bestellt. Um elf Uhr dreiundvierzig dann das Gespräch mit Rolfes. Etwa um zwölf ist sie in Richtung Innenstadt aufgebrochen, vermutlich mit dem Auto, das ja am Samstag noch im Parkhaus gestanden hat. Ab zwölf Uhr fünfunddreißig war ihr Handy am Rathaus eingeloggt – und laut Daria Bertelt war sie irgendwann zwischen zwölf Uhr dreißig und dreizehn Uhr im Fraktionsbüro, um sich die AfS-Unterlagen ausdrucken zu lassen. Danach hat sie im *Rathaus-Treff* mittaggegessen, zwei SPD-Stadträte haben sie gesehen. Um dreizehn Uhr achtzehn das Gespräch mit Schwester Herta: Moritz hatte einem jüngeren Kind gegen das Schienbein getreten, und da das anscheinend nicht zum ersten Mal passiert ist, hat die Erzieherin Karola um ein persönliches Gespräch gebeten. Aber die hat abgewiegelt und behauptet, sie sei sehr beschäftigt. Äh – das Gespräch hat zwölf Minuten gedauert. Ab dreizehn Uhr achtunddreißig ist Karola im Zickzack durch die Stadt spaziert und hat eingekauft. Sie hat in drei verschiedenen Geschäften insgesamt dreihundertachtundzwanzig Euro mit ihrer Bankkarte bezahlt – das war übrigens das letzte Mal, dass sie die Karte benutzt hat. Ab vierzehn Uhr fünfundvierzig war sie dann im Alten Rathaus – ein Stadtrat hat sie im Flur getroffen; und zwischen fünfzehn Uhr und sechzehn Uhr zwanzig war die Ausschusssitzung im Großen Sitzungsaal. Ein paar Stadträte haben sich erinnert, dass Karola noch an ihrem Platz saß, als sie selbst gegangen sind; aber niemand hat sie gehen sehen oder nach der AfS-Sitzung noch mit ihr gesprochen. Bis sechzehn Uhr vierzig war ihr Handy bei der Funkzelle am Rathaus eingeloggt, danach: absolute Funkstille.«

»Ein Tag im Leben der Karola K.«, sagte Wernreuther und deutete ein Gähnen an. »Ziemlich unspektakulär, würde ich sagen.«

»Zumindest hat der Tag ein spektakuläres Ende gefunden«, gab Claudia zurück.

»Aber das wussten wir schon vorher«, befand Wernreuther.

»Die Sitzung hat bis sechzehn Uhr zwanzig gedauert«, überlegte Kastner laut. »Karolas Auto stand im Parkhaus, die Tüten mit den Einkäufen noch auf der Rückbank. Und um sechzehn Uhr einundvierzig hat jemand den Akku aus ihrem Handy genommen oder es zerstört. Das heißt, sie ist nach der Ausschusssitzung vermutlich nicht mehr weit gekommen. Der Entführer könnte ihr zwischen Rathaus und Parkhaus oder sogar direkt bei ihrem Wagen aufgelauert haben.«

»Apropos«, sagte Claudia. »Gibt es eigentlich schon Ergebnisse von der Spurensicherung?«

Kastner schüttelte den Kopf. »Leider nein. Martina Götz behauptet, bei der Spusi habe ein Tag nur vierundzwanzig Stunden.«

»Das bringt uns doch alles nicht weiter«, sagte Wernreuther. »Die Kampe könnte den Akku selbst aus ihrem Handy genommen haben, und sie könnte noch den ganzen Freitag lustig mit ihrem Auto rumgefahren sein – die Kollegen von der Vermisstenstelle haben den Wagen ja erst am Samstag gefunden, nachdem Mayerfeldt die Vermisstenanzeige aufgegeben und ihnen den Tipp mit dem

Dauerstellplatz gegeben hat. Wir sollten die anderen Spuren nicht aus den Augen verlieren – warum beantragen wir eigentlich keine Hausdurchsuchung für diese Papp-WG? Ich gehe davon aus, dass die im Keller zumindest psychoaktive Kräuter unter Kunstlicht ziehen, wenn nicht gar ein Crystal-Meth-Labor betreiben. Hast du dir diese angebliche Frau Dr. Hirsch mal angeschaut, Kastner? Das ist die klassische Meth-Konsumentin, eingeschrumpelt wie eine Dörrpflaume.«

»Ich hab mir die Dame sogar recht genau angesehen«, erwiderte Kastner und griff nach seinem Notizbuch. »Ich hab nämlich heut früh auch schon ein bisschen recherchiert. Dr. Veronika Hirsch ist fünfunddreißig Jahre alt und promovierte Kunsthistorikerin mit dem Schwerpunkt Kantabrische Höhlenkunst.«

»Kanta-was?«, fragte Wernreuther.

»Da geht's um Höhlenmalereien in Nordspanien«, fasste Kastner seine Erkenntnisse zusammen. »Frau Dr. Hirsch hat drei Jahre lang in Spanien gelebt und geforscht, und sie hat sogar ein Buch geschrieben: *Altamira – die Kunst der Jungsteinzeit als Missbrauchsopfer selbstreferenzieller Interpretation durch die zeitgenössische Archäologie.* In ihrer Freizeit macht sie eine streng kalorienreduzierte Diät nach der anderen und trainiert regelmäßig in einem Fitnessstudio mit Hochleistungssolarium, was ihre Crystal-Meth-Physiognomie wohl hinreichend erklärt. Das steht alles auf ihrer Homepage.«

»Ach«, sagte Wernreuther.

»Martin Brandstetter ist Diplom-Geologe«, fuhr Kastner fort. »Er hat eine Festanstellung und ist Steuerzahler, außerdem geschiedener Ehemann und Vater zweier Kinder, für die er regelmäßig Unterhalt zahlt. Die anderen Mitglieder der WG sind Alfred Merz, ein Fotograf mit künstlerischen Ambitionen; und Gisela Hofreiter, die ihr Geld als Medienberaterin verdient.«

»Sieh an«, sagte Wernreuther und wiegte den Kopf. »Und wie passt der mehrfach vorbestrafte Kraftwagenfahrer Papp in diese illustre Runde?«

»Papp ist seit drei Jahren mit Dr. Hirsch liiert. Abgesehen davon, Felix: Dir ist schon klar, dass Wismeth uns keine Hausdurchsuchung genehmigt, ehe wir nicht irgendetwas Konkretes gegen Papp in der Hand haben?«

»Jaja«, sagte Wernreuther achselzuckend, »das war halt so eine Idee.«

Kastner wandte sich wieder an Claudia. »Äh – liegt die Bankauskunft eigentlich schon vor?«

Claudia nickte. »Karola Kampe hat 738 Euro und 17 Cent auf ihrem Girokonto. Außerdem hat sie eingeschränkten Zugriff auf eine Art Haushaltskonto, dessen Inhaber Thomas Mayerfeldt ist – da sind um die 4.000 Euro drauf.«

»Also hat das Mädel wenig Geld«, konstatierte Wernreuther, »und könnte eine halbe Million für einen Neustart gut gebrauchen. Vermutlich hat sie die Lösegeldforderung selbst geschrieben.«

»Felix, würdest du bitte damit aufhören, *Mädel* zu sagen, wenn du von erwachsenen Frauen sprichst?«, bat Claudia kopfschüttelnd und blätterte in den Kontoauszügen. »Fakt ist: Seit dem 8. Februar hat Karola Kampe auf keins dieser Konten mehr zugegriffen; und sie hat vor ihrem Verschwinden auch kein Geld beiseitegeschafft – keine Überweisungen auf ein anderes Konto, keine Barabhebungen ... Wovon lebt sie also, wenn sie freiwillig untergetaucht ist? Warum ruft sie nicht bei Mayerfeldt an und handelt mit verstellter Stimme eine Geldübergabe aus?«

»Hm«, machte Wernreuther.

»Thomas Mayerfeldt hat einer Bankauskunft nicht zugestimmt, seine genauen Vermögensverhältnisse bleiben vorerst im Dunklen. Aber alle, mit denen ich gesprochen habe, waren sich einig, dass er irgendwas in der Hinterhand hat – ein Bankschließfach, ein Konto in der Schweiz, einen Geldkoffer unter dem Bett – was auch immer.«

»Es gibt also Leute, die ihm zutrauen, eine halbe Million beschaffen zu können«, fasste Kastner zusammen. »Ob das nun stimmt oder nicht: Es bedeutet, dass derjenige, der ihm die Lösegeldforderung in den Briefkasten geworfen hat, nicht völlig neben der Spur gewesen sein muss.«

Claudia nickte.

»Gut zu wissen«, sagte Kastner. »Äh – hast du Mayerfeldts Aufenthalt in Berlin überprüft?«

»Das gestaltet sich schwierig«, seufzte Claudia und schenkte sich Kaffee nach. »Mayerfeldt war ziemlich genervt von meinen Fragen, und Berlin ist weit weg. Bisher kann ich nur Folgendes sagen: Er war mit seinem Privatwagen unterwegs, er hat am 8. Februar gegen elf Uhr vormittags im Hotel eingecheckt und danach mit einem Kollegen Kaffee getrunken. Am Freitagvormittag hat er definitiv an der Vorstandssitzung teilgenommen, aber ich habe bisher keinen gefunden, der ihn zwischen elf Uhr dreißig am Donnerstag und dem Frühstück am Freitagmorgen gesehen hat. Mayerfeldt gibt an, er habe in seinem Hotelzimmer an einer Präsentation gearbeitet und danach einen Stadtbummel unternommen und eine Currywurst gegessen. Gegen zwanzig Uhr will er zurück im Hotel gewesen sein. Wie soll ich das von Nürnberg aus überprüfen?«

»Wie lange fährt man von Berlin nach Nürnberg?«, fragte Kastner.

»Etwa viereinhalb Stunden, mit dem Auto«, sagte Claudia.

»Theoretisch hätte er also um sechzehn Uhr fünfundvierzig am Nürnberger Rathaus sein können«, fasste Wernreuther zusammen. »*Überraschung, Schatz, die Vorstandssitzung ist ausgefallen* ... Sie steigt in sein Auto, er setzt sie außer Gefecht und zerstört ihr Handy. Dann bringt er sie irgendwohin, tötet sie und lässt die Leiche verschwinden, ehe er zurück nach Berlin düst.«

»Damit wäre ein Totschlag im Affekt aber komplett vom Tisch«, gab Claudia zu bedenken. »Das wäre ein von langer Hand geplanter Mord – womit wir wieder bei der Frage des Motivs wären. Ich sehe bei Mayerfeldt einfach keins.«

Wernreuther antwortete nicht, er hatte sein Smartphone wieder aufgeklappt und las mit gerunzelter Stirn eine Nachricht.

»Vielleicht sollten wir erst mal weiter Fakten sammeln, bevor wir uns den Kopf über Motive zerbrechen«, schlug Kastner vor. »Ich werde noch mal mit Rolfes sprechen – wegen diesem Telefonat, das er verschwiegen hat. Claudia wertet weiter die Daten aus. Und du, Felix – Felix?«

»Ich höre jedes Wort«, beteuerte Wernreuther, ohne sein Display aus den Augen zu lassen.

»Du verschaffst uns heute noch Zugang zu Karola Kampes Laptop.«

»Jaja.«

»Und dann möchte ich gerne ein persönliches Gespräch mit Igor Papp führen. Wenn sich der nicht bald bei uns meldet, muss man der WG noch mal auf die Füße treten. Machst du das?«

»Wer? Ich?«, fragte Wernreuther und sah von seinem Handy auf.

»Ja, du«, sagte Kastner. »Sag mal, muss das jetzt sein mit dem Handy? Kann das nicht noch drei Minuten warten?«

»Tut mir echt leid«, gestand Wernreuther ungewohnt kleinlaut. »Aber ich hab gestern erfolgreich meinen Volkshochschulkurs Spanisch für Anfänger abgeschlossen und aus einer spontanen Laune heraus den ganzen Kurs für morgen Abend zu mir nach Hause eingeladen. Erst haben alle herumgedruckst, sie hätten keine Zeit; aber jetzt sagen doch immer mehr Leute zu und die umfangreichen Planungen halten mich ganz schön auf Trab.«

»Soso«, sagte Kastner mit mäßigem Interesse. Wernreuther war ein eifriger und äußerst vielseitig interessierter Besucher der VHS – neben Sprachkursen belegte er Koch- oder Kunstseminare, lernte Vogelstimmen zu unterscheiden oder Bierbrauen, übte sich im kreativen Handlettering oder näherte sich der Vollkommenheit mittels visionärer Kinesiologie an. Kürzlich hatte er sogar den Gabelstaplerführerschein gemacht.

»Ich hab eine WhatsApp-Gruppe eingerichtet«, fuhr Wernreuther fort, »und seither vibriert pausenlos mein Handy.« Er schickte eine Nachricht ab und sah dann zwischen Kastner und Claudia hin und her. »Wie sieht's aus?«, fragte er, »wollt ihr vielleicht auch kommen?«

»Kommen? Wohin?«, fragte Kastner zurück.

»Na zu meinem spanischen Abend«, strahlte Wernreuther. »Das wird alles ganz original – spanische Musik, spanische Accessoires, spanisches Essen ...«

»Oh«, machte Kastner. »Ja, äh – das ist ganz lieb, Felix, aber ich fürchte, ich hab leider keine Zeit.«

»Ich auch nicht«, schloss Claudia sich eilig an. »Schade, aber du weißt ja, die Kids ... Trotzdem danke für die Einladung! Das, äh, wird bestimmt ein toller Abend.«

»Davon könnt ihr ausgehen«, erklärte Wernreuther. »Du darfst deine Lebensabschnittsgefährtin natürlich mitbringen, Kastner; und für Claudia ist das doch die ideale Gelegenheit, um endlich mal wieder jemanden kennenzulernen?«

Während Claudia noch nach Luft schnappte und Kastner überlegte, was Mirjam wohl zu dem Begriff Lebens*abschnitts*gefährtin sagen würde, ergänzte Wernreuther: »Wisst ihr was? Ich nehm euch einfach in die WhatsApp-Gruppe auf, dann könnt ihr es euch ja noch überlegen.«

***

Kastner war noch nie in einer WhatsApp-Gruppe gewesen, aber er begriff schnell, was es bedeutete. Kaum dass Wernreuther und Claudia sein Büro verlassen hatten, piepte sein Handy fünfmal nacheinander.

Scheiße, hab echt nichts Spanisches anzuziehen, teilte ein Freddie mit.

Hab von Fasching noch ein cooles Carmen-Kostüm übrig, bot Corinna F. an, *falls sich das wer ausleihen möchte.*

Die nächste Nachricht war ein Foto des Kostüms: rotes Polyacryl und Rüschen in den spanischen Landesfarben.

Au ja, schrieb Moni, *sieht sicher geil aus an Freddie!*

Die letzte Botschaft bestand aus rosa Herzchen, hochgerecktem Daumen und mehreren Smileys mit unterschiedlich begeisterten Gesichtsausdrücken.

Kastner schüttelte den Kopf: Ein spanischer Abend mit Wernreuther und einem Rudel gleichgesinnter Irrer, das hätte ihm ja gerade noch gefehlt. Da er keine Ahnung hatte, wie man sich aus einer WhatsApp-Gruppe wieder ausklinken konnte, schaltete er vorsichtshalber sein Handy aus.

***

Hermann Rolfes und seine Familie wohnten unweit des Friedrich-Ebert-Platzes im Kleinreuther Weg, in einem Hinterhaus, das durch einen offenen Torbogen und einen hübsch bepflanzten Innenhof zu erreichen war. Der Friedrich-Ebert-Platz war eine Haltestelle der U-Bahn-Linie 3, aber die direkte Verbindung vom Plärrer aus war immer noch die Straßenbahnlinie 4, von den Nürnbergern kurz *die Vierer* genannt. Kastner fuhr ohnehin lieber Straßenbahn: In seinen Augen hatte diese gegenüber der U-Bahn ausschließlich Vorteile – oberirdischen Transport in einem vernünftigen Tempo, einen Fahrer aus Fleisch und Blut und vor allem Fenster, durch die man sehen konnte, wohin die Reise ging. Die Fenster in der U-Bahn taten hingegen wenig mehr, als den Streit um Zugluft zu schüren und die mürrischen Gesichter der Fahrgäste zu spiegeln und erschienen ihm etwa so sinnvoll wie wasserfestes Make-up für einen Grottenolm – konnte man machen, aber wozu?

Auf die Gefahr hin, bei Rolfes niemanden anzutreffen, hatte er sich nicht telefonisch angemeldet – mitunter öffnete ein spontaner Besuch die Herzen der Menschen und ließ sie mitteilsam werden. Und er hatte Glück: Eine junge Frau machte die Tür auf – raspelkurzes schwarzes Haar, gelbes T-Shirt, löchrige Jeans. »Na endlich«, sagte sie und musterte dann irritiert Kastners dunklen Wollmantel. »Äh – sind Sie der Gas-Wasser-Scheiße-Typ?«

»Ich fürchte, nein«, sagte Kastner und stellte sich vor. »Ich würde gern mit Hermann Rolfes sprechen.«

»Mein Vater ist nicht da. Worum geht's denn?«

»Um eine Fraktionskollegin Ihres Vaters, die vermisst wird«, erklärte Kastner. »Darf ich kurz reinkommen?«

Sie zuckte die Achseln und trat einen Schritt zurück. »Bitte. Ich bin aber auf dem Sprung, ich muss in die Uni.«

Kastner folgte ihr durch den Flur in eine Küche, die man ohne Weiteres für den Ikea-Katalog hätte fotografieren können – fettspritzerfreie Fronten in Apfelgrün, offene Regale mit adretten Küchenutensilien, ein großer Holztisch; dazu die malerisch verstreuten Details authentischen Familienlebens: ein über die Stuhllehne drapierter Norwegerpulli, ein Teller mit einem angebissenen Bamberger Hörnchen, ein offenes Glas Erdbeermarmelade. Auf einer Anrichte standen eine Espressomaschine und ein tragbares Radio, aus dem leise Popmusik dudelte.

Die junge Frau schaltete das Radio aus, setzte sich zu dem Bamberger und wies auf den Stuhl neben ihrem. »Bitte«, wiederholte sie und löffelte etwas Marmelade auf das Hörnchen. »Ich fürchte, Sie müssen mir beim Essen zuschauen. Ich bin nur noch hier, weil sich der Sanitärkasper für heute angekündigt hat – für irgendwann zwischen zehn und sechzehn Uhr! Der deutsche Handwerker ist noch nicht in der Moderne angekommen, der geht hartnäckig von der Existenz einer Hausfrau aus, die nichts Besseres zu tun hat, als zu Hause das Tafelsilber zu polieren und auf sein gnädiges Erscheinen zu warten.« Sie biss in ihr Hörnchen und fuhr mit vollem Mund fort: »Mein Vater wollte eigentlich schon vor einer Stunde nach Hause kommen. Das ist diese Karola Kampe, wegen der Sie mit ihm sprechen wollen, stimmt's? Um ehrlich zu sein: Ich war heilfroh, als die verschwunden ist. Die hat meinem Vater nichts als Ärger gemacht. Er erzählt ja sonst nicht viel von seiner Stadtratsarbeit, aber diese Chaosbraut war hier wochenlang Thema Nummer eins. Paps hat zehn Kilo abgenommen und abends Magentee getrunken statt Bourbon.«

»Aha«, sagte Kastner. »Ja, ich hab schon gehört, dass es Probleme gegeben hat. Die Fraktion war mit Karola Kampes Arbeit wohl nicht sehr zufrieden?«

»Nicht sehr zufrieden ist gut«, sagte die junge Frau, »da war die Kacke am Dampfen. Paps und Erika haben sich völlig zerstritten.«

»Erika? Erika Rebele, die wegen Karola Kampe ihren Stadtratssitz und ihren Ausschussposten verloren hat?«

»Freilich«, nickte Rolfes' Tochter. »Meine Eltern und Erika sind seit Jahrzehnten eng befreundet, sie ist meine Patentante. Ich heiße Amelie-Erika – mit Bindestrich, das muss man sich mal vorstellen! –, aber Gott sei Dank nennen mich alle nur Amelie. Na ja, Erika konnte Karola Kampe von Anfang an nicht ausstehen und hat Paps Vorwürfe gemacht, weil er der den guten Listenplatz verschafft hat. Sie war ziemlich sauer, und meine Mutter hat sich spontan auf ihre Seite geschlagen. Die Front verlief also mitten durch unseren Küchentisch ... Ich weiß echt nicht, warum Paps diese Modezicke so hartnäckig verteidigt.«

»Vielleicht will er nicht zugeben, dass er einen Fehler gemacht hat?«, schlug Kastner vor.

»Keine Ahnung«, sagte Amelie und stopfte sich das restliche Hörnchen in den Mund. »So, ich muss jetzt.« Sie wischte sich die Finger an der Jeans sauber und stand auf. »Ich kann meinem Vater gern Bescheid geben, dass Sie mit ihm sprechen wollen.«

»Danke«, sagte Kastner. Er ließ sich von Amelie Rolfes noch die Kontaktdaten ihrer Patentante geben und schickte sich gerade an, mit ihr zusammen die Wohnung zu verlassen, als von außen die Tür aufgesperrt wurde.

»Hallo, Paps«, sagte Amelie und drückte ihrem Vater zur Begrüßung und zum Abschied ein Küsschen auf die Wange.

»Ich muss los. Der Installateur hat sich nicht blicken lassen, aber dafür ist Herr Kastner von der Kriminalpolizei hier, wegen dieser Karola-Kampe-Sache. Tschüssi, wir sehen uns später.« Sie schlüpfte an Hermann Rolfes vorbei aus der Tür.

Rolfes sah Kastner wenig erfreut an. »Muss das sein«, fragte er, während er seinen Mantel und seine Schuhe auszog, »dass Sie unangemeldet hier auftauchen und meine Familie belästigen?«

»Ich war zufällig in der Gegend«, behauptete Kastner, »und es haben sich noch einige Fragen ergeben.«

Rolfes verzog den Mund, aber er bat Kastner wieder in die Küche und bot ihm den angewärmten Stuhl an, auf dem er vorher schon gesessen hatte. »Wollen Sie einen Kaffee?«

»Gern, wenn es keine Umstände macht.«

»Espresso? Latte macchiato? Cappuccino?«, offerierte Rolfes und machte sich an der Espressomaschine zu schaffen.

Kastner entschied sich für einen Cappuccino. »Herr Rolfes«, fing er an, »Sie haben gestern vergessen zu erwähnen, dass Sie am Tag ihres Verschwindens noch mit Frau Kampe telefoniert haben.«

»Möglich«, gab Rolfes zu, während er Espressopulver in den Siebträger füllte. »Ich führe am Tag zwanzig oder dreißig Telefongespräche, ich kann mich wirklich nicht an jedes einzelne erinnern.«

»Verständlich«, sagte Kastner zu Rolfes Rücken. »Aber an dieses erinnern Sie sich doch sicher? Es war schließlich das letzte Mal, dass Sie mit Frau Kampe gesprochen haben, oder?«

»Hm. Muss wohl so gewesen sein«, brummte Rolfes, ohne sich umzudrehen. Er öffnete die apfelgrüne Front, hinter der sich der Kühlschrank verbarg, und goss etwas Milch in ein Edelstahlkännchen. Dann betätigte er den Milchschäumer der Maschine, dessen Zischen und Röcheln Kastner eine Weile zum Schweigen zwang. »Darf ich fragen, über was Sie mit Frau Kampe gesprochen haben?«, fragte er, als wieder Ruhe eingekehrt war.

Rolfes reinigte den Milchschaumrüssel gründlich mit einem feuchten Schwamm, stellte zwei rosa Tässchen unter den Siebträger und presste per Knopfdruck heißes Wasser durch das Espressopulver. »Ich habe Karola angerufen, um sie an die Ausschusssitzung zu erinnern«, sagte er dann. »Sie ist ein bisschen zerstreut, manchmal.«

»Ja, das hab ich schon mehrfach gehört«, nickte Kastner. »Und es hat vier Minuten gedauert, Frau Kampe an die Sitzung zu erinnern?«

»Vier Minuten?«, wiederholte Rolfes und zuckte dann die Achseln. »Vermutlich hab ich ein bisschen Smalltalk gemacht – das Wetter, ihr Sohn –, was man halt so redet.« Er servierte Kastner den Cappuccino und stellte eine verschnörkelte Porzellanzuckerdose auf den Tisch. »Hören Sie, Herr Kastner«, fuhr er fort, nachdem er Platz genommen und fünf Kaffeelöffel Zucker in seinen Espresso geschaufelt hatte, »ich bin mir ganz sicher, dass das alles nicht das Geringste mit Karolas Verschwinden zu tun hat. Ich verstehe ja, dass Sie allen Hinweisen nachgehen müssen, aber bei mir sind Sie komplett falsch.«

»Erika Rebele ist die Patentante Ihrer Tochter?«, fragte Kastner und nippte an seinem Cappuccino.

»Äh – ja?« Rolfes kippte mit der Rechten seinen Espresso und rückte mit der Linken die Zuckerdose zurecht.

»Ihre Tochter hat mir erzählt, dass es in Ihrer Familie Streit gegeben hat«, fuhr Kastner fort. »Erika Rebele hat

Ihnen vermutlich Ihren Protektionismus für Frau Kampe vorgeworfen?«

Rolfes starrte ihn an.

»Der Cappuccino ist übrigens ganz ausgezeichnet«, sagte Kastner und nahm noch einen Schluck.

Rolfes wischte sein Espressotässchen mit dem Zeigefinger aus. »Ich weiß wirklich nicht, worauf Sie hinauswollen«, sagte er, »aber ich bin mir ganz sicher, dass Sie Ihre Zeit vergeuden. Ja, Erika und ich haben uns wegen Karola gestritten ... Karola wurde gewählt, Erika wurde nicht gewählt – das nennt man Demokratie. Mit Protektionismus hat das nichts zu tun, und ich habe es wirklich satt, dass alle ...«

»Das glauben Sie doch selbst nicht«, unterbrach Kastner. »Sie sind ja nicht dumm; Sie wissen genau, dass Frau Kampe ohne Sie keine oder zumindest keine so rasante politische Karriere gemacht hätte. Ohne Sie hätte Frau Rebele ihren Sitz im Stadtplanungsausschuss behalten und gute Arbeit geleistet, die Partei wäre mit ihrem Fraktionsvorsitzenden zufrieden gewesen und Sie hätten Karola Kampe nicht anrufen müssen, um sie an eine wichtige Sitzung zu erinnern.«

Rolfes griff nach der Espressotasse und umklammerte das dünne Porzellan mit seinen kräftigen Fingern. »Ich bin noch immer davon überzeugt, dass Karola Potenzial hat«, beteuerte er. »Politische Inhalte sind nicht unbedingt sexy, sie lassen sich aber über ein hübsches Gesicht besser verkaufen, ohne Schaden zu nehmen. In unserer medialen Welt reicht brave Parteiarbeit für eine politische Karriere leider nicht mehr aus.«

»Das müssen Sie mit Ihrer Basis und Ihren Wählern ausmachen«, sagte Kastner, der Rolfes Rechtfertigungslitanei langsam leid war. »Mir geht es um etwas anderes: Alles in allem kommt Ihnen Frau Kampes Verschwinden ganz gelegen, Herr Rolfes – in der Partei kehrt wieder Ruhe ein, Sie stehen nicht länger in der Schusslinie und können sich mit Frau Rebele aussöhnen …«

Rolfes schüttelte den Kopf. »Sie sind ja verrückt. Wenn ich Ihnen einen Rat geben darf, Herr Kastner: Hören Sie auf, in meiner Partei und meinem Privatleben herumzuschnüffeln, und suchen Sie lieber nach Karola.«

»Ich finde nicht, dass sich das ausschließt«, sagte Kastner. »Um noch einmal auf Wilhelm Dorsch zurückzukommen: Es hat damals Gerüchte gegeben, dass er die CSU verlassen will – wissen Sie darüber Näheres?«

Rolfes machte eine wegwerfende Handbewegung. »Solche Gerüchte gibt es immer. Dass ein Stadtrat mit der Opposition stimmt oder seiner Partei den Rücken kehrt, kommt gelegentlich vor. Manchmal sogar bei Oberbürgermeistern.«

»Sie meinen Andreas Urschlechter?«, fragte Kastner. Der langjährige Nürnberger Oberbürgermeister hatte 1982, kurz nach seiner Wiederwahl, die SPD verlassen und zuvor schon einige Male mit CSU und FDP abgestimmt – wie Kastner von seiner politischen Recherche wusste.

Rolfes nickte und stand auf, um sein Espressotässchen auszuspülen.

»Sie haben meine Frage nicht beantwortet«, erinnerte Kastner.

»Weil ich absolut nichts dazu sagen kann«, erklärte Rolfes. »Ich habe Dorsch nicht näher gekannt, und das alles ist zwanzig Jahre her.«

»Ich verstehe«, sagte Kastner. »Eine letzte Frage, Herr Rolfes: Was haben Sie denn am 8. Februar gemacht? Sagen wir, zwischen 16 Uhr 30 und 22 Uhr?«

Rolfes schüttelte den Kopf, aber er zog sein Handy aus der Gesäßtasche und checkte seine Termine. »Von 15 Uhr 30 bis 16 Uhr 30 hab ich der *Nürnberger Zeitung* ein Interview gegeben. Danach – keine Ahnung. Vermutlich hab ich noch was eingekauft und später mit meiner Familie zu Abend gegessen.«

»Gut.« Kastner machte sich eine Notiz. »Wir werden das gegebenenfalls überprüfen.«

***

»Er will Karola Kampe am 8. Februar an die Ausschusssitzung erinnert und mit ihr übers Wetter geplaudert haben«, sagte Kastner in sein Mobiltelefon. »Und er erinnert sich zwar an Urschlechters Parteiaustritt im Jahr 1982, aber über Wilhelm Dorsch, der erst sechzehn Jahre später verschwunden ist, will er nichts weiter wissen.«

»Du glaubst, er verschweigt dir etwas?«, fragte Claudia.

»Es ist nur so ein Gefühl«, gab Kastner zu. »Bist du trotzdem so lieb und recherchierst, was Rolfes und diese Erika Rebele vor zwanzig Jahren gemacht haben?«

»Ich kann ja mal ein bisschen herumtelefonieren«, sagte Claudia.

»Danke. Hat Igor Papp sich eigentlich schon gemeldet?«

»Nein, aber Felix ist zu Papps WG gefahren, um da ein bisschen Druck zu machen. Und stell dir vor, er hat Karolas Laptop tatsächlich zu Holger Lurz gebracht. Der hat keine fünf Minuten gebraucht, um das Passwort zu knacken – wenn wir Glück haben, kriegen wir heute noch seine Ergebnisse.«

»Na also, es geht doch«, sagte Kastner. »Danke, Claudia; und ruf mich an, wenn es was Neues gibt!« Er beendete das Gespräch, ignorierte die acht neuen Nachrichten der WhatsApp-Gruppe *Spanischer Abend* und rief das Planungsbüro an, in dem Erika Rebele als Landschaftsarchitektin angestellt war. Frau Rebele arbeite freitags zu Hause, erfuhr er.

***

Erika Rebele wohnte nur wenige Fußminuten von Rolfes entfernt, im zweiten Stock einer Altbauwohnung nahe dem Kaulbachplatz. Sie war Ende vierzig und auf eine kantige Weise schlank, was ein dunkelblauer Hosenanzug mit scharfer Bügelfalte noch betonte. Ihr aschblondes Haar war zu einem strengen Knoten gebunden, auf ihren schmalen Lippen glänzte pinkfarbener Lippenstift.

»Frau Rebele?«, fragte Kastner und zückte seinen Dienstausweis. »Kommissar Kastner vom Polizeipräsidium Nürnberg. Ich störe Sie ungern bei der Arbeit, aber ich habe ein paar Fragen zu Karola Kampe.«

»An mich? Wieso?«

»Darf ich kurz reinkommen?«, fragte Kastner zurück.

Frau Rebele zuckte die Achseln. Sie führte ihn in ein geräumiges Zimmer, das mit einem Schreibtisch, einem Metallregal voller Aktenordner und einer kleinen Sitzgruppe nüchtern möbliert war. Auf dem Schreibtisch stand ein großer Flachbildschirm, überall lagen Papiere und aufgerollte Pläne herum. »Bitte nehmen Sie Platz«, sagte sie, setzte sich selbst in einen der Sessel und verschränkte die Arme vor der Brust. »Was ich zu Karola Kampe zu sagen habe, dauert keine fünf Minuten. Vorneweg: Wir sind keine Freundinnen. Bei der ersten Parteiveranstaltung, zu der unser Fraktionsvorsitzender sie mitgebracht hat, hat sie sich unverfroren an jeden rangeschmissen, der in der Partei was zu sagen hat, vor allem an die Männer. Ich fand ihr Weibchengetue und Wimperngeklimper ziemlich fehl am Platz in einer Partei, die sich für eine echte Gleichberechtigung der Geschlechter einsetzt. Damit wir uns richtig verstehen: Ich habe nichts gegen junge, ehrgeizige Frauen, die sich schick anziehen; aber irgendeine Substanz sollte schon dahinterstecken, wenn man sich so auftakelt und in den Vordergrund drängt. Einen Monat später hat Hermann Rolfes Frau Kampe für Listenplatz sieben vorgeschlagen und sich damit durchgesetzt. Der Rest ist Geschichte: Frau Kampe ist von den Wählern hochgehäufelt worden; die von Hermann erhoffte wundersame Vermehrung der Stimmen für die Grünen ist aber leider ausgeblieben, weshalb Frau Kampe in den Stadtrat gekommen ist und ich nicht. Ich halte sie für unfähig, aber ich habe mit ihrem Verschwinden absolut nichts zu tun. Und das war's auch schon.«

»Danke für Ihre Offenheit«, sagte Kastner nach dieser langen Rede. »Aber ein paar Fragen habe ich trotzdem noch.«

Erika Rebele löste die verschränkten Arme und schlug dafür die Beine übereinander. »Bitte«, sagte sie.

»Karola Kampe hat Sie als ihre Feindin betrachtet – vermutlich, weil Sie ihre Unfähigkeit immer wieder zur Sprache gebracht haben?«

»Das habe ich in der Tat«, gab Erika Rebele unumwunden zu. »Ich bin aus Überzeugung in die Politik gegangen, um Inhalte zu vertreten, die mir wichtig sind; und dasselbe gilt für die gesamte grüne Fraktion. Vielleicht sogar für Frau Kampe – aber sie hat es leider nicht auf die Reihe gekriegt. Spätestens, als Hermann sie in den AfS gehievt hat, hat sich ihre Unfähigkeit zum Schaden der Partei manifestiert – es gibt eine lange Liste von Dingen, die sie verbockt, vergeigt oder einfach nur verbummelt hat, und sie war sich zu fein, mich oder jemand anderen auch nur ein einziges Mal um Rat zu fragen.«

»Aha«, sagte Kastner. »Frau Rebele – der Sitz im Stadtrat und im AfS steht den Grünen ja zu, nicht wahr? Wer würde denn für Frau Kampe nachrücken, falls sie nicht zurückkommt?«

»Das wäre dann ich«, erklärte Erika Rebele sachlich. »In der Tat habe ich schon vier Tage nach Frau Kampes unentschuldigtem Fehlen kommissarisch einen Teil ihrer Aufgaben übernommen.«

Kastner nickte. »Ihre Patentochter hat mir erzählt, dass Sie und Hermann Rolfes wegen Frau Kampe nicht mehr miteinander sprechen?«

»Das ist nur bedingt richtig«, stellte Rebele klar. »Unsere private Freundschaft hat gelitten, das ist wahr. Aber Hermann ist der Fraktionschef; wenn ich nicht mit ihm sprechen würde, könnte ich schlechterdings nicht mehr politisch arbeiten. Und er ist ein guter Politiker – engagiert, rhetorisch begabt, fachlich kompetent ... Nur mit Frau Kampe, da hat er sich hoffnungslos vergaloppiert.«

»Vielleicht hat sie ihm mit ihrem – wie haben Sie das genannt: *Wimperngeklimper?* – den Kopf verdreht?«

Erika Rebele verzog die schmalen Lippen zu einer Art Lächeln. »Sie wollen wissen, ob er in sie verliebt ist? Der alternde Parteichef und die junge, hübsche Aufsteigerin? Vergessen Sie's. Hermann ist glücklich verheiratet, sein Problem ist ein anderes: Er hat große Schwierigkeiten damit, sich gegen Vereinnahmung und Aufdringlichkeit zu wehren, und Frau Kampe beherrscht beide Metiers.«

»Also hat sie ihn manipuliert?«

Erika Rebele schüttelte den Kopf. »Das haben Sie falsch verstanden. Eine Manipulation würde ja eine Absicht voraussetzen, und so gerissen ist Frau Kampe nicht einmal annähernd. Nein, sie ist ihm in ihrer distanzlosen Art einfach nur nachhaltig auf die Nerven gegangen, und Hermann hat kein anderes Mittel dagegen gefunden, als ihr nachzugeben. Hermann und ich waren schon befreundet, als er noch jung und ehrgeizig war; ich kenne seine Defizite. Frau Kampe hat ihn überrollt, und da er das nicht zugeben kann und will, betet er verquaste Erklärungen herunter, bis er selbst an sie glaubt: Die Welt habe sich verändert; Gesichter seien wichtig, um Inhalte zu transportieren; die Grünen müssten mit der Zeit gehen.«

Kastner nickte nachdenklich. »Alles in allem haben Sie also viele Gründe, Karola Kampe zu hassen«, fasste er zusammen. »Sie ist Ihnen persönlich unsympathisch, Sie halten sie für unfähig, sie hat Sie aus dem Stadtrat gedrängt und obendrein haben Sie sich ihretwegen mit einem alten Freund und Weggefährten zerstritten.«

Erika Rebele schüttelte wieder den Kopf. »Sie sind auf dem Holzweg, Herr Kastner«, sagte sie. »Ja, ich bin aus Überzeugung bei den Grünen, und ich denke wirklich, dass ich unsere Inhalte im Stadtrat weit besser vertreten kann als Frau Kampe. Aber es ist nicht so, dass ich sonst keine Arbeit hätte oder auf die Aufwandsentschädigung finanziell angewiesen wäre – ich habe einen interessanten, gut bezahlten Job in einem Planungsbüro. Falls Sie also glauben, der Verlust meines Mandats hätte mich in ein dunkles Loch der Verzweiflung gestürzt, täuschen Sie sich. Und so oder so bin ich niemand, der eine junge Frau entführen oder gar ermorden würde, nur weil sie mir unsympathisch oder irgendwie im Weg ist.«

»Das freut mich«, sagte Kastner. »Frau Rebele – sagt Ihnen der Name Wilhelm Dorsch etwas?«

Rebele starrte ihn für eine Zeitspanne an, die Kastner angesichts ihrer sonstigen Schlagfertigkeit recht lang vorkam. Dann schüttelte sie den Kopf.

»Dorsch war CSU-Stadtrat«, erklärte Kastner. »Er ist vor zwanzig Jahren spurlos verschwunden. Waren Sie damals schon in der Politik?«

»Äh – ja«, sagte Rebele. »Ich habe für die Grünen Flugblätter verteilt und Infostände betreut. Damals hat man sich noch hocharbeiten müssen, bevor man einen Listenplatz für die Stadtratswahl bekommen hat.«

»Und Sie waren auch schon mit Hermann Rolfes befreundet?«, erkundigte sich Kastner.

Rebele stand auf und wandte ihm den Rücken zu. Sie rollte einen der Pläne zusammen, die auf ihrem Schreibtisch lagen. »Freilich«, sagte sie. »Amelie war ja schon auf der Welt – sie ist Jahrgang siebenundneunzig.«

»Herr Rolfes hat damals ein Rendezvous zwischen Herrn Dorsch und einer Bürokraft aus dem Rathaus beobachtet – hat er das Ihnen gegenüber nie erwähnt?«

Rebele schnippte einen Gummi um den Plan und stellte die Rolle senkrecht in eine Metalltonne. »Nein«, sagte sie, ohne sich umzudrehen. »Davon weiß ich nichts. Warum fragen Sie danach?«

»Nun – es wäre doch möglich, dass es einen Zusammenhang zwischen Dorschs Verschwinden und dem von Frau Kampe gibt?«

Rebele drehte sich um und starrte ihn an. »Was soll es denn da für einen Zusammenhang geben?«, fragte sie.

»Nun, beide waren im Stadtrat, beide sind spurlos verschwunden ...«

Erika Rebele schüttelte den Kopf, gab aber keinen Kommentar dazu ab.

»Nun gut«, sagte Kastner. »Eine letzte Frage, Frau Rebele, die Sie bitte nicht persönlich nehmen dürfen: Was haben Sie am 8. Februar gemacht? Ab sechzehn Uhr nachmittags?«

Erika Rebele atmete tief ein und wieder aus, dann griff sie nach einem ledergebundenen Terminkalender. »Da muss ich nachsehen«, sagte sie. »Februar – der 8., das war ein Donnerstag. Hier. Ich war bis siebzehn Uhr auf einer geschäftlichen Besprechung. Danach hatte ich keine Termine mehr – wenn ich mich recht erinnere, hab ich in der Stadt noch ein paar Besorgungen gemacht und bin dann gegen halb sieben nach Hause gefahren.«

»Sie leben allein?«, fragte Kastner beiläufig.

Rebele nickte.

***

Kastners Mobiltelefon meldete vier neue Nachrichten der WhatsApp-Gruppe *Spanischer Abend* und einen verpassten Anruf von Claudia. Er rief sie zurück.

»Karola Kampe hat einen Stalker«, sagte sie zur Begrüßung. »Holger Lurz hat auf ihrem Laptop jede Menge schmieriger E-Mails von ihm gefunden. Holger versucht jetzt, über die IP-Adresse rauszufinden, wer den Schund verschickt hat, und meldet sich dann noch mal. Ach ja, und Felix hat Papp. Der saß wohl ganz gemütlich mit seiner WG am Küchentisch und hat einen durchgezogen, und Felix hat die Gelegenheit genutzt, ihn zur Kooperation zu nötigen.«

»Das klingt, als käme Schwung in die Sache«, sagte Kastner. »Gut. Ich bin in zwanzig Minuten da.«

»Äh – Felix hat sich nicht davon abhalten lassen, Papp gleich in die Mangel zu nehmen. Die sitzen schon im Verhörzimmer.«

Kastner seufzte.

»Tja«, sagte Claudia.

***

»Frau Rebele war sehr sachlich, sehr beherrscht und sehr überzeugend. Und was ihre Differenzen mit Karola Kampe und Rolfes angeht, war sie auch sehr offen. Ich fand sie eigentlich ganz sympathisch.«

»Aber?«, fragte Claudia. Sie war mit einer Tasse Kaffee in Kastners Büro gekommen, nachdem der durch die Einwegscheibe einen Blick ins Verhörzimmer geworfen und sich dazu durchgerungen hatte, Wernreuthers laufendes Verhör nicht zu unterbrechen. Er konnte es schließlich auch nicht leiden, wenn jemand ihn aus dem Takt brachte – für Papp war später noch Zeit.

»Aber sie hat ein wahres Füllhorn an Gründen, Karola zu hassen«, erklärte er. »Und als ich nach Dorsch gefragt habe, ist sie plötzlich nervös geworden.«

»Aber warum?« Claudia schüttelte den Kopf. »Warum spricht sie freiheraus über ihren Konflikt mit Karola Kampe, obwohl sie wissen muss, dass sie das zur Verdächtigen Nummer eins macht? Und wo liegt ihr Problem mit Dorsch? Als Dorsch verschwunden ist, war Rebele sechsundzwanzig, gerade eben mit dem Studium fertig und erst seit einem halben Jahr Mitglied der Grünen. Wie sie sagte: ein kleines Licht, das Flugblätter kopiert und Infostände betreut. Welche Berührungspunkte soll sie da zu einem CSU-Stadtrat Mitte fünfzig gehabt haben? Ich versteh's nicht. Du?«

»Nicht im Geringsten«, gab Kastner zu. »Was haben deine Recherchen sonst noch ergeben?«

Claudia seufzte, pfriemelte sich den Zopfgummi aus dem Pferdeschwanz und schüttelte ihre dunkle Mähne aus. Sie war eine der wenigen Frauen, die so etwas tun konnten, ohne affektiert oder eitel zu wirken, fand Kastner.

Claudia blätterte in ihrem Notizbuch. »Rolfes und Rebele kennen sich seit 1990 – über irgendwelche politischen Aktivitäten vermutlich, obwohl sie ja später in verschiedenen Parteien aktiv waren. Rebele und Rolfes' Frau kennen sich sogar noch länger, sie sind zusammen aufs Gymnasium gegangen. Im Februar 1998, als Dorsch verschwunden ist, war Rolfes schon seit drei Jahren verheiratet, seine Tochter Amelie war eineinhalb und seine Frau gerade zum zweiten Mal schwanger. Die Familie hat bereits im Kleinreuther Weg gelebt – das Hinterhaus gehört Rolfes Frau, nur die Dachwohnung ist vermietet. Frau Rolfes war und ist Lehrerin, er selbst hat bis 2008 im Verkehrsplanungsamt gearbeitet, als Angestellter in einer der unteren Lohngruppen. Nach der Kommunalwahl 2008 hat er die Partei gewechselt und sich dann ganz auf die Politik konzentriert. Im Stadtrat war er allerdings vorher schon – mit einem SPD-Parteibuch.« Claudia blätterte in ihren Notizen. »Pass auf: Von 1996 bis 2002 waren, für viele überraschend, in der SPD-Hochburg Nürnberg erstmals die Rechten am Ruder. Mit genau einer Stimme Mehrheit – der Stimme des CSU-Oberbürgermeisters Ludwig Scholz. Das war die Legislaturperiode, in der Dorsch verschwunden ist. 2002 gab es dann ein Patt – keine Mehrheit, weder für Rechts noch für Links. SPD, CSU und Grüne haben für die nächsten sechs Jahre eine Art lose Zusammenarbeit vereinbart, aus Sicht der Grünen ein reines Zweckbündnis, das sie zu vielen Kompromissen gezwungen hat. 2008 hätte es nach der Kommunalwahl endlich wieder eine knappe Mehrheit für SPD und Grüne gegeben, aber wegen Differenzen in der Verkehrspolitik – Frankenschnellweg, U-Bahn-Ausbau – hat sich die SPD gegen eine rot-grüne Koalition entschieden und ist stattdessen ein Bündnis mit der CSU eingegangen. Der damalige Fraktionsvorsitzende der Grünen hat das mit den Worten kommentiert: *Meine Fassungslosigkeit weicht langsam einem heiligen Zorn.*«

»Kann man irgendwie verstehen«, sagte Kastner. »Da rudert man jahrelang im selben Boot, und dann wird man einfach über Bord gekippt, den Haien zum Fraß.«

Claudia nickte zustimmend. »Auch Rolfes war damit offensichtlich nicht einverstanden: Er hat der SPD wenige Monate nach der Kommunalwahl 2008 den Rücken gekehrt und ist zu den Grünen gegangen, die ihn mit offenen Armen aufgenommen haben. Die Mehrheitsverhältnisse haben sich dadurch natürlich nicht geändert. An einer großen Koalition können sich die kleinen Parteien den Schädel einrennen – die Großen machen einfach, was sie wollen. Und obwohl es 2014 wieder eine Mehrheit für Rot-Grün gegeben hätte, hält die SPD eisern an der GroKo fest: zwangloses Kuscheln mit dem früheren politischen Feind.«

»1998 war Dorsch als Wackelkandidat der rechten Regierung das Zünglein an der Waage«, fasste Kastner zusammen, »und Rolfes als Stadtrat der stärksten Oppositionspartei hat es vermutlich gar nicht erwarten können, dass Dorsch endlich umfällt.«

Claudia nickte. »Als Teil des linken SPD-Flügels dürfte Rolfes sogar ein besonderes Interesse an einem Machtwechsel gehabt haben ...« Sie brach ab, weil Kastners Bürotür aufgerissen wurde.

»Ach, hier seid ihr«, sagte Wernreuther und setzte sich zwanglos dazu. »Ich hab übrigens diesen Igor Papp dingfest gemacht, falls dir das entgangen ist, Kastner.«

»Das ist mir keineswegs entgangen«, sagte Kastner. »Ich wollte nur nicht in deine Vernehmung platzen – hast du etwas aus ihm herausgekriegt?«

»Na ja – bisher mauert er noch. Deshalb hab ich das Verhör jetzt aus taktischen Gründen unterbrochen, um ihn ein bisschen schmoren zu lassen.« Wernreuther wedelte unbestimmt mit der Hand. »Äh – ich wollte euch nicht unterbrechen. Tut einfach so, als ob ich gar nicht da wär.«

»Hm«, machte Claudia.

»Wir haben uns nur ein bisschen über Hermann Rolfes unterhalten«, erklärte Kastner. »Aber es gibt auch wichtige Neuigkeiten: Holger Lurz hat anonyme E-Mails auf Karola Kampes Laptop gefunden. Sie hatte offenbar einen Stalker.«

»Ach was? Und was schreibt der so?«, erkundigte sich Wernreuther interessiert.

»Martina und Holger haben sich für vierzehn Uhr angekündigt, um ihre Ergebnisse zu präsentieren. Dann werden wir es vermutlich erfahren«, sagte Claudia.

»Das frag ich mich nämlich schon lang, was so ein Stalker eigentlich schreibt«, erklärte Wernreuther. »Genau, wie ich mich schon lange frage, warum man nicht einfach die Telefonnummer oder die E-Mail-Adresse wechselt, wenn man so einen am Arsch hat – dann wäre man den doch ruck, zuck wieder los, oder?«

»Wer eine Homepage hat, die nicht ausschließlich privaten Zwecken dient, muss im Impressum seine Kontaktdaten angeben«, erklärte Claudia geduldig. »Karola Kampe konnte das also nicht abstellen.«

»Hallo?!«, sagte Wernreuther. »Das wäre ganz einfach gewesen: keine Homepage, keine Kontaktdaten. Aber anscheinend war der selbstverliebten Karola die Publicity wichtiger als ihre Privatsphäre.«

»Das könnte man so sehen, aber es wäre ziemlich weltfremd, Felix. Im einundzwanzigsten Jahrhundert ist Internetpräsenz einfach notwendig, wenn man beruflich erfolgreich sein will – ob nun als Model oder als Politikerin.«

»Niemand hat sie gezwungen, Model oder Politikerin zu werden«, grummelte Wernreuther. »Sie hätte Bürokauffrau oder Metzgereifachverkäuferin lernen können.«

Claudia blies die Backen auf. »Felix, ich bitte dich! Soll Karola jetzt auch noch selber daran schuld sein, dass so ein Psycho sie belästigt?«

»Also – ich hab keine Homepage«, grinste Wernreuther, »und ich werde auch nicht gestalkt. Irgendwas muss ich also richtig machen.«

»Ganz wie du meinst«, seufzte Claudia und rieb sich die Augen. »Es sieht so aus, als hätte Karola niemandem erzählt, dass sie belästigt worden ist. Ich hab ihre Mutter, Michaela Korn und Mayerfeldt danach gefragt – die haben nichts davon gewusst. Dabei ist dieser Stalker genau das, was wir suchen, oder? Ein Verrückter, der von Karola besessen ist, der sie belästigt und ausspioniert und ihr letztendlich irgendwo aufgelauert hat ...«

»Ah«, sagte Wernreuther gedehnt. »Ich verstehe – der Psychopath!«

***

»Wir haben im Parkhaus am Hauptmarkt nicht den geringsten Hinweis auf ein Kidnapping oder eine andere Gewalttat gefunden«, erklärte Martina Götz. »Keine Kippen, keine benutzten Papiertaschentücher, keine Blutflecken, keine abgerissene Halskette … Nichts weist darauf hin, dass jemand Frau Kampe dort aufgelauert hat. Das heißt natürlich nicht, dass es nicht trotzdem so war – aber wenn ja, dann hat derjenige sehr professionell agiert.«

»Das heißt, die Entführung war geplant?«, fragte Kastner. »Jemand hat sich akribisch darauf vorbereitet?«

Martina ballte die Rechte zur Faust und hüstelte hinein. »Also: *Falls* es eine Entführung war, und *falls* sie tatsächlich in dem Parkhaus stattgefunden hat – dann ja.«

»Was ist mit den Überwachungskameras?«, erkundigte sich Kastner ohne viel Hoffnung.

Martinas Antwort bestätigte seine Befürchtung: »Die Aufnahmen vom 8. Februar sind längst gelöscht«, sagte sie. »Aber vielleicht lässt du mich einfach mal ausreden, Kastner, bevor du überflüssige Fragen stellst?«

Carsten Wismeth nickte zustimmend. »Da hat Frau Götz völlig recht«, erklärte er. »Sagen Sie, Frau Götz: Haben Sie denn auch den Wagen von Frau Kampe untersucht?«

Martina lächelte. »Natürlich, Herr Wismeth. Und bevor jemand danach fragt: Wir haben auch das Navigationsgerät ausgelesen. Frau Kampe hat offenbar wenig Vertrauen in ihren Orientierungssinn – sie ist keinen Meter gefahren, ohne ihr Navi einzuschalten. Am 8. Februar ist sie um zwölf Uhr acht zu Hause losgefahren, um zwölf Uhr einundzwanzig hat sie ihr Auto im Parkhaus abgestellt. Danach ist der Wagen nicht mehr bewegt worden, jedenfalls nicht, bis Mayerfeldt ihn zehn Tage später abgeholt und nach Hause gefahren hat.«

»Es sei denn, jemand hätte das Navigationsgerät ausgeschaltet«, wagte Kastner zu ergänzen.

Martina nickte. »Die Möglichkeit besteht. Falls dem so war, war es allerdings kein Fremder – wir haben im Wageninnenraum nur Spuren von bekannten Personen gefunden. Frau Kampe, Herr Mayerfeldt, Frau Kampes Sohn, Michaela Korn, deren Tochter, Frau Kampes Mutter ...«

»Jaja«, unterbrach Wismeth. »Aber das ist ja alles – ziemlich deprimierend. Nichts, was uns irgendwie weiterhilft.«

Martina ignorierte diese Bemerkung. »Wir haben nicht nur die Fingerabdrücke abgeglichen, sondern auch DNA-Proben genommen«, fuhr sie fort, »um Speichelreste und Haare zuordnen zu können.«

»Na, die Mühe hätte man sich ja dann sparen können«, grummelte Wismeth. »Also: im Nachhinein betrachtet.«

»Das würde ich so nicht unterschreiben«, stellte Martina fest. »Es hat sich nämlich ein Sachverhalt daraus ergeben, auf den vermutlich sonst keiner gekommen wäre.« Sie machte eine kleine Kunstpause und erklärte dann: »Herr Mayerfeldt ist definitiv nicht der Vater von Frau Kampes Sohn.«

In das Schweigen nach dieser überraschenden Mitteilung platzte Felix Wernreuther. »Bitte entschuldigen Sie die Verspätung, Herr Kriminaldirektor«, sagte er, an Wismeth gewandt, »aber ich habe bis eben diesen Igor Papp verhört. Der stellt sich zwar dumm wie Brot, aber ich bin mir ziemlich sicher, dass er unser Mann ist.«

Wismeth starrte ihn an, was Wernreuther als Aufforderung verstand. Er griff sich einen freien Stuhl, trug ihn um den halben Tisch und quetschte sich zwischen Carsten Wismeth und Martina Götz. »Der Kerl hat nicht den Hauch eines Alibis«, erklärte er, »nicht für den Fall Dorsch, und schon gar nicht für den Fall Kampe. Angeblich hat er ...«

»Würden Sie bitte die Klappe halten, Wernreuther?«, bat Wismeth. »Zumindest, bis Sie eine Ahnung haben, worum es hier gerade geht?«

Wernreuther klappte indigniert den Mund zu, und Wismeth beugte sich nach vorne, um den Augenkontakt zu Martina Götz wiederherzustellen. »Karola Kampe hat Mayerfeldt ein Kuckucksei ins Loft gelegt?«, fragte er. »Sind Sie da sicher?«

Martina nickte.

»Und wer ist in Wirklichkeit der Kindsvater?«

»Ich war damals nicht dabei«, sagte Martina trocken. »Und wir haben keine DNA des Kindsvaters in Frau Kampes Auto gefunden. Aber ich habe eine vage Idee, wer es sein könnte.« Sie nickte Holger Lurz zu, der wie immer schweigend in seine Kaffeetasse gestarrt hatte, während seine Chefin sprach. Jetzt richtete er sich auf und fixierte einen Punkt knapp über Wismeths linker Schulter, als hinge dort ein Teleprompter, von dem er seinen Text ablas.

»Frau Kampe hat über viele Jahre hinweg anonyme E-Mails erhalten«, erklärte er. »Sie hat diese Nachrichten immer sofort gelöscht, allerdings nur aus dem Postfach, nicht von der Festplatte. Für jemanden, der halbwegs prominent und Tag und Nacht im Internet unterwegs ist, ist Frau Kampe sträflich naiv – ihre Firewall ist eher ein Jägerzaun, und ihr Passwort ein Witz.« Lurz gestattete sich ein feines Lächeln. »*Alorak*. Also *Karola*, nur rückwärts.«

Wernreuther tat, als habe er einen Fleck auf seiner Uniform entdeckt.

»In den E-Mails des Stalkers halten sich klebriges Liebesgesäusel und derbe Obszönitäten, deren genauen Wortlaut ich in Gegenwart von Damen ungern wiedergeben möchte, ungefähr die Waage«, referierte Lurz. »Die erste dieser Nachrichten hat Frau Kampe am 14. Juli 2012 erhalten, die letzte fünf Tage vor ihrem Verschwinden, also am 3. Februar dieses Jahres. Sie sind in sehr losen Abständen verschickt worden, zwischen August 2016 und Dezember 2017 klafft eine besonders lange Lücke. Da hatte ihr Stalker offensichtlich etwas anderes zu tun.«

»Und wer ist denn nun dieser Stalker?«, brach es aus Wismeth heraus. »Haben Sie das schon in Erfahrung gebracht?«

Lurz ließ sich nicht aus der Ruhe bringen. »Dieser Stalker«, sagte er, »ist jedenfalls ebenso wenig ein IT-Profi wie Frau Kampe – er hat wohl gedacht, er bleibt anonym, wenn er seine schlüpfrigen Mails ohne Absender verschickt. Sobald ein richterlicher Beschluss vorliegt, muss uns der Provider die Daten des Inhabers der entsprechenden IP-Adresse mitteilen, und dann kriegen wir den Mann über kurz oder lang, selbst wenn er nicht seinen eigenen PC benutzt hat.«

»Kurz wäre besser als lang«, merkte Wismeth an.

Holger Lurz nickte. »Der Server, über den die Nachrichten verschickt wurden, steht jedenfalls im Raum Bamberg«, schloss er stoisch.

»Karola Kampes Exfreund wohnt in Bamberg«, warf Kastner ein. »Sven Lauterbach.«

Martina nickte. »Das ist mir auch aufgefallen. Und obwohl manche Leute den Erkennungsdienst für eine lahme Truppe halten, habe ich spontan bei Lauterbachs Eltern angerufen und ihnen ein paar unverfängliche Fragen gestellt. Die sagen, er hat die Trennung von Karola ganz schlecht verkraftet – hat um ein Haar sein Studium geschmissen, war depressiv, sogar in therapeutischer Behandlung. Im Herbst 2016 hat er endlich eine andere kennengelernt –

Himmel voller Geigen, Zukunftspläne, bis Winter 2017. Da hat ihn seine neue Freundin ebenfalls sitzenlassen.«

»... und er hat sich wieder auf seine erste Liebe Karola besonnen«, ergänzte Kastner. »Du hast recht – das passt zeitlich genau mit diesen E-Mails zusammen!«

»Und du denkst, Lauterbach könnte außerdem der Vater von Karolas Sohn sein?«, fragte Claudia Martina.

Martina zuckte die Achseln. »Ist nur so eine Idee. Karola hat sich ja wegen Mayerfeldt von Lauterbach getrennt – vielleicht gab es da später noch mal ein klärendes Gespräch? Sex mit dem Ex – fertig ist der kleine Moritz.«

»Ha!«, sagte Wernreuther. »Wenn Mayerfeldt also kürzlich dahintergekommen ist, dass Karola ihn hintergangen hat und nur benutzt, um ihre Brut durchzufüttern, hätte er ein hübsches Motiv für Mord oder Totschlag.« Er lächelte zufrieden. »Mayerfeldt also – ich hab's ja gewusst!«

»*Ihre Brut durchzufüttern*?«, wiederholte Claudia. »Du bist manchmal so ein Hackstock, Felix! Man muss ein Kind doch nicht gezeugt haben, um sein Vater zu sein!«

»So etwas können Sie ja dann im kleinen Kreis besprechen, Frau Wolfschmidt«, unterbrach Wismeth sie. »Wir halten jetzt einfach mal fest, dass sowohl Mayerfeldt als auch Lauterbach in dieser delikaten Konstellation ein Motiv für ein Verbrechen gehabt haben könnten. Im Moment scheint Lauterbach allerdings unser Hauptverdächtiger zu sein – womöglich hat er Frau Kampe entführt, um das Objekt seiner Begierde ein für alle Mal in seine Gewalt zu bringen. Sobald wir sicher wissen, dass er der Stalker ist, spricht nichts gegen eine Hausdurchsuchung. Der richterliche Beschluss dürfte in dieser Situation reine Formsache sein.«

Niemand widersprach.

Wismeth seufzte. »So, Wernreuther, jetzt dürfen Sie. Aber bitte die Kurzfassung.«

Wernreuther richtete sich auf wie eine Marionette, deren Fäden man straff gezogen hat. Er begann mit seinem furchtlosen Betreten der *Höhle des Löwen*, womit er Papps Reihenhaus-WG meinte, und schilderte ausführlich den *vor Ort erkannten Drogenmissbrauch*, bis Wismeth mit den Fingern auf den Tisch trommelte und ihm ins Wort fiel. »Das können Sie ja alles in Ihren Bericht schreiben – mich würde jetzt mehr interessieren, was Papps Vernehmung ergeben hat.«

»Dazu wollte ich gerade kommen, Herr Polizeidirektor«, behauptete Wernreuther. »In Bezug auf Dorsch bleibt Papp hartnäckig bei der Darstellung, mit der er sich schon 1998 aus der Affäre gezogen hat, und den Namen Karola Kampe will er nie gehört haben. Aber ich lese in solchen Kerlen wie in einem offenen Buch – zumindest für die Lösegeldforderung ist Papp ein heißer Kandidat, schließlich haben beide Texte einen ähnlichen Wortlaut und eine identische Zeichensetzung.«

Holger Lurz meldete sich zu Wort und wartete brav, bis Wismeth es ihm mit einer Geste erteilte. »Sofern man den entsprechenden Drucker hat, lässt sich durchaus feststellen, ob die Lösegeldforderung darauf ausgedruckt worden ist.«

»Aha«, sagte Wernreuther.

»Und?«, fragte Wismeth. »Haben Sie einen Drucker?«

»Natürlich habe ich einen ...«, fing Wernreuther an, bis es ihm dämmerte. »Ach so. Also – nein. Aber das lässt sich ja ändern, ich werde noch heute ...«

»Sehr gut, tun Sie das«, nickte Wismeth. »Und was ist mit diesem Altfall Dorsch, Kastner? Haben Sie da etwas Konkretes?«

Kastner gab seinem Chef einen kurzen Überblick, der dessen Sorgenfalten nur vertiefte. »Krude Verschwörungstheorien und Gerüchte, da passt doch nichts zusammen. Vielleicht hätte man die Akte Dorsch einfach im Archiv lassen sollen, da lag sie meines Erachtens die letzten zwanzig Jahre ganz gut.«

***

Igor Papp hatte ein paar Karat Hüftgold zugelegt, seit der Erkennungsdienst ihn für die Akte Dorsch fotografiert hatte. Seine Locken hatten an Fülle und Spannkraft verloren, und unter seinen Dackelaugen hingen schwere Tränensäcke.

»Ich kenne keine Karola Kampe«, wiederholte er müde. »Nie gesehen, nie mit ihr gesprochen; bis heute nicht einmal gewusst, dass es sie gibt. Ich hab Ihrem eifrigen Kollegen«, er nickte zu Wernreuther hinüber, »schon mein ganzes Leben erzählt, mehr kann ich wirklich nicht beitragen. Und wegen der Dorsch-Sache bin ich freigesprochen worden.«

»Freigesprochen in Bezug auf die Entführung«, präzisierte Kastner. »Und nur aus Mangel an Beweisen. Für die Lösegelderpressung hat man Sie zu fünf Jahren Haft verurteilt.«

»Daran müssen Sie mich wirklich nicht erinnern«, seufzte Papp. »Fünf unvergessliche Jahre, und nur wegen einem Stückchen Papier. Aber sei's drum, ich habe meine Strafe abgesessen. Abgehakt, aus, vorbei – hab ich zumindest gedacht.«

»Sie müssen zugeben, dass Wortlaut und Zeichensetzung bei beiden Erpresserbriefen sehr ähnlich sind.«

»Gebe ich zu«, nickte Papp. »Aber ich hab nur einen davon geschrieben. Vor zwanzig Jahren war mein Deutsch noch nicht so flüssig – ich bin in Ungarn aufgewachsen. Heute würde ich das anders formulieren.« Papp dachte nach und schüttelte dann den Kopf. »Wie blöd müsste ich denn sein, um denselben Text zu demselben Thema noch mal zu verfassen? Das muss doch sogar euch auffallen, dass da irgendeiner in meinem Kielwasser segelt. Apropos – kann ich vielleicht ein Glas Wasser haben?«

»Felix? Holst du Herrn Papp bitte ein Glas Wasser?«

Wernreuther stand unwillig auf und ging zur Tür.

»Einen Kaffee tät ich auch dazu nehmen«, rief Papp ihm nach. »Mit Milch und Zucker, bitte.«

»Freilich, sonst noch was?«, maulte Wernreuther.

»Herr Papp«, sagte Kastner. »Mein Kollege hat eine Menge an Drogen bei Ihnen sichergestellt, die über den Eigenbedarf knapp hinausgeht. Das kann unangenehme Folgen für jemanden haben, der mehrfach vorbestraft ist. Es kann Sie sogar zurück ins Gefängnis bringen. Aber unter uns gesagt: Wenn Sie sich kooperativ zeigen, wiegen wir Ihren Haschischklumpen noch mal nach – vielleicht kommen dann ein paar Gramm weniger heraus?«

»Und dafür hängen Sie mir dann diese Kampe-Sache an«, sagte Papp abgeklärt. »Das wäre ja wohl ein schlechtes Geschäft.«

»Wenn Sie Frau Kampe nicht entführt haben, können Sie nur gewinnen«, erläuterte Kastner. »Sie könnten zum Beispiel gestehen, damals Wilhelm Dorsch entführt zu haben – man kann Sie nicht zweimal wegen derselben Tat anklagen.«

»Sehr witzig«, sagte Papp. »Wenn ich zugeben würde, Dorsch entführt zu haben, müsste ich ja wohl erklären, was danach mit ihm passiert ist? Und dann hätte ich flugs eine funkelnigelnagelneue Anklage wegen Mord oder Totschlag am Hals. Nein, danke. Noch mal: Ich habe niemanden entführt, und ich habe nur eine einzige Lösegeldforderung geschrieben – vor zwanzig Jahren.«

»Die Kollegen haben alle Drucker aus Ihrer Wohngemeinschaft beschlagnahmt. Wenn auf einem davon die Lösegeldforderung im Fall Kampe ausgedruckt worden ist ...«

Wernreuther kam zurück und knallte ein Glas Leitungswasser und einen Becher schwarzen Kaffee vor Papp auf den Tisch. »Wohl bekomm's.«

Papp nippte an dem Kaffee und verzog das Gesicht. »Kein Wunder, dass ihr so schlecht drauf seid. Also, ein letztes Mal: Ich weiß nichts über diese Frau Kampe, ich habe die zweite Lösegeldforderung weder geschrieben noch ausgedruckt, und drum sehe ich allem gelassen entgegen. Hören Sie, warum bin ich eigentlich hier? Ihr Kollege hat mich wegen Drogenbesitz festgesetzt, und jetzt stellen Sie mir dauernd Fragen zu dieser Stadträtin – wenn es eigentlich darum geht, würde ich jetzt gerne meinen Anwalt anrufen.«

***

»Wir mussten Papp gehen lassen«, sagte Kastner. »Die Drucker aus der WG waren alle sauber.«

»Hm«, machte Claudia. »Das beweist natürlich gar nichts – er kann die Lösegeldforderung in irgendeinem Copyshop ausgedruckt haben. Wie schätzt du ihn ein?«

»Er ist alles andere als naiv – er ist clever und sehr eloquent. Entweder hat er in den letzten zwanzig Jahren viel dazugelernt, oder er hat damals alle an der Nase herumgeführt. Ich halte beides für möglich.«

»Also bleibt er vorerst auf der Liste der Verdächtigen, sowohl für Dorsch als auch für Kampe?«

Kastner nickte. »Hast du etwas gefunden, das ihn mit Karola Kampe in Verbindung bringt?«

»Nicht das Geringste«, sagte Claudia. »Aber mir ist was anderes aufgefallen: Seit seiner Entlassung hat Papp keinen Tag gearbeitet.«

»Es ist vermutlich nicht leicht, nach fünf Jahren Haft wieder auf dem Arbeitsmarkt Fuß zu fassen?«

»Schon – aber wovon lebt der Mann? Er ist weder arbeitslos gemeldet noch bezieht er Sozialleistungen.«

»Hm. Womöglich lässt er sich von Frau Dr. Hirsch durchfüttern? Aber die beiden sind ja erst seit drei Jahren ein Paar ... Vielleicht arbeitet er schwarz? Oder hat was geerbt?«

»Das müsste aber schon eine dicke Erbschaft sein, wenn er seit fünfzehn Jahren davon lebt«, sagte Claudia skeptisch. »Ich prüf das lieber mal genau nach. Papp gilt ja offiziell noch als Verdächtiger, oder? Vielleicht genehmigt uns Wismeth eine Bankauskunft?«

»Das sollte drin sein«, sagte Kastner und sah auf die Uhr. »Und jetzt machen wir Feierabend.«

Claudia räusperte sich. »Noch ein Wort zu dem Kuckuckskind, Kastner – also ich hab da ein ganz schlechtes Gefühl. Mal angenommen, weder Mayerfeldt noch Lauterbach wissen etwas davon? Vielleicht weiß Karola Kampe es nicht einmal selbst – wenn wir da jetzt reingrätschen, zerbricht doch das ganze Konstrukt in kleine Scherben. Und falls wir Karola lebend finden ...«

»Ich verstehe, was du meinst«, nickte Kastner. »Aber wie willst du das verhindern? Um aus Lauterbach und Mayerfeldt etwas herauszukriegen, müssen wir sie damit konfrontieren, fürchte ich. Und Karola zu finden hat höchste Priorität. Was nützt ihr eine intakte Familie, wenn sie irgendwo gefangen gehalten wird oder schon tot ist?«

***

Mirjams erste Frage am Abend galt Kastners Terminkalender, und sie erwischte ihn kalt.

»Ach Gott, Hase! *Carmen!*« Kastner schlug sich gegen die Stirn und griff nach dem erstbesten Strohhalm. »Also, äh, nein, daraus wird leider nichts. Wernreuther feiert morgen einen spanischen Abend, und dazu hat er mich schon vor Tagen eingeladen. Zusammen mit seinem Volkshochschulkurs und ein paar Kollegen.«

Mirjam war erstaunlich lange sprachlos. Dann sagte sie: »Ich glaub, ich hör nicht recht – ein spanischer Abend mit Felix Wernreuthers VHS-Kurs? Und da hast du zugesagt?«

Kastner nickte und machte ein braves Gesicht.

»Du verscheißerst mich«, riet Mirjam. »Das ist irgendein Trick, damit du nicht in die Oper musst.«

»Aber nein, Hase«, beteuerte Kastner. »Schau, ich kann es beweisen!« Er zückte sein Mobiltelefon, schaltete es ein und zeigte seiner Lebensgefährtin die WhatsApp-Nachrichten der Gruppe *Spanischer Abend*. »Ich bin da gewissermaßen in der, äh, Vorbereitungsgruppe aktiv.«

Mirjam runzelte die Stirn und überflog die Nachrichten, deren Anzahl inzwischen auf siebenunddreißig angewachsen war. »Oh mein Gott«, sagte sie schließlich. »Bei *Feiermeier* gibt's keine spanischen Flaggen mehr, schreibt Freddie.«

»Ach?«, sagte Kastner und machte ein interessiertes Gesicht.

»Ja, wirklich. Moni schlägt vor, stattdessen Mazedonien oder Südossetien zu kaufen, weil die auch rot und gelb sind, aber Herbie findet rote und gelbe Luftballons besser.«

»Hm«, machte Kastner.

»Und was ist deine Meinung dazu?«, wollte Mirjam wissen. »So als aktives Mitglied der Vorbereitungsgruppe?«

»Na ja, also – für die Deko bin ich nicht zuständig. Eher so – fürs leibliche Wohl.«

»Soso«, sagte Mirjam und wischte über das Display. »Mal sehen. Hier. Nobbi fragt an, ob man auf Wernreuthers Balkon grillen kann; er will katalanische Hähnchen besorgen. Schnapsi-Babsi hat – nomen est omen – eine Flasche Osborne im Gepäck. Irmi lehnt Paella als zu aufwendig ab und schlägt stattdessen Papas arrugadas mit Mojo verde vor, sofern jemand mitten im Winter frischen Koriander auftreiben kann. Seltsam, irgendwie finde ich hier keine einzige Nachricht von dir. Oder hast du einen Nickname? Anscheinend muss man für diese Gruppe ja einen Vornamen haben, der mit i aufhört – *Kasti*?«

»Sehr witzig, *Miri*«, sagte Kastner. »Dein Misstrauen ist völlig unangebracht, in Wirklichkeit haben wir das mit dem Essen längst geklärt. Ich werde da so – Dings mitbringen.«

»So – Dings?«

»Na, du weißt schon«, sagte Kastner in der Hoffnung, Mirjam würde einen Vorschlag machen. Er selbst entschied sich in spanischen Restaurants aus drei Gründen immer für eine Grillplatte: Er wusste, was es war; er wusste, dass er davon satt wurde; und er wusste vor allem, wie man es aussprach.

»Ich?« Mirjam lächelte, ein Bild süßer Unschuld. »Ich bin ja nicht in der Vorbereitungsgruppe.«

Kastner zermarterte sich das Hirn. Was aß denn Mirjam immer, wenn sie beim Spanier waren? Nichts von der Karte jedenfalls ... Richtig, sie sagte immer: *Ich such mir was an der Tapas-Bar aus* und kam dann mit irgendwelchen Vorspeisenhäppchen zurück.

»Na so – Tapas, halt«, sagte er.

»Aha«, machte Mirjam vielsagend und gab ihm sein Handy zurück. »Also mir kommt das alles ziemlich spanisch vor, um im Bild zu bleiben.«

Karola

Der Mann sammelte leer gegessene Dosen ein. Er warf sie in einen Plastiksack und schimpfte dabei vor sich hin – *undankbare Kreatur, gierig und dreist, wirft ihren Müll einfach auf den Boden* ... Zuletzt sagte er: »Dich blöd stellen wird dir nicht helfen, ich weiß ganz genau Bescheid über dich!«

Karola, die auf ihrer Liege saß und eine Dose Hering in Gelee auslöffelte, hob den Kopf. »Wirklich?«, fragte sie.

»Da kannst du aber drauf wetten«, erklärte der Mann, »du Alien, du verdammte Marsbazille! Die haben dich vorgeschickt, um das Grundwasser zu vergiften. Aber wir sind euch auf die Schliche gekommen, was?«

»Freilich«, sagte Karola. *Wir*? Sprach der Irre von sich selbst im Pluralis Majestatis, gehörte er einer Geheimorganisation zur Bekämpfung illegaler extraterrestrischer Einwanderung an? So oder so, womöglich hatte er recht: Vielleicht war sie tatsächlich ein verdammtes Alien.

Der Mann stellte den Plastiksack vor die Tür, dann tauschte er den Sammelbehälter der Chemietoilette gegen einen neuen aus. »Hölle und Schwefel«, sagte er angewidert. »So stinkt wirklich nur Alienscheiße. Schämst du dich denn gar nicht?«

Nachdem er gegangen war, lauschte Karola dem Tropfen des Wassers. *»Schämst du dich denn gar nicht?«*, flüsterte sie. Die Worte erinnerten sie an etwas. Manchmal bot ihr Gehirn ihr Bilder an: Farben, Orte, Gegenstände, die Gesichter von Menschen, die ihr bekannt vorkamen. Aber je verzweifelter sie versuchte, ihnen klare Konturen oder Namen zu geben, desto nichtssagender wurden sie und lösten sich schließlich auf. Der Trick war, an nichts zu denken und nichts zu wollen. *»Schämst du dich denn gar nicht?«*, flüsterte Karola, wiederholte es wieder und wieder, wie ein Mantra. Lauschte dabei dem Tropfen des Wassers.

Ein kleines Mädchen hatte sein Zimmer nicht aufgeräumt, jemand las ihm deshalb die Leviten.

Pling, pling, pling.

Eine ganze Schulklasse lachte hämisch. Das Mädchen hatte im Unterricht nicht aufgepasst und eine falsche Antwort gegeben.

Pling, pling, pling.

Eine Freundin wandte dem Mädchen enttäuscht den Rücken zu, weil sie es bei einer Lüge ertappt hatte.

Schämst du dich denn gar nicht?

Ein gelber Kanarienvogel lag tot in seinem Käfig, das Mädchen hatte vergessen, ihm Wasser zu geben. Das Mädchen heulte Rotz und Wasser. Es war untröstlich, und es wurde auch nicht getröstet, sondern streng zurechtgewiesen: Es ist erbärmlich, aus Selbstmitleid zu weinen, Karola. *Schämst du dich denn gar nicht?*

Karola. Karola atmete tief ein und hielt die Luft eine Weile an. Das war ihr Name. Es war ihr Vater gewesen, der sie zurechtgewiesen hatte – sie erinnerte sich an ihn, an seine Unzufriedenheit, an seine Wutausbrüche. An die vergeblichen Versuche ihrer Mutter, zwischen Mann und Tochter zu vermitteln. Sie erinnerte sich an die Gesichter ihrer Eltern, an ihre Namen: Rudi und Ulla Kampe.

Begleitet vom Tropfen des Wassers setzte Karola das Puzzle ihrer Kindheit zusammen. Pferdeposter, Puppen und Kinderbücher; Lehrer und Freundinnen. Turnhallen, die nach Schweiß und Angst rochen. Ohrfeigen. Nach und nach ergaben die zusammenhanglosen Szenen ein Bild: Sie war ein Einzelkind, hineingeboren in die Ehe einer frustrierten Hausfrau und eines Kleinunternehmers, dessen Elektrobetrieb stets kurz vor der Pleite gestanden hatte. Als Jugendliche hatte sie gegen ihren Vater rebelliert und ihre Mutter dafür verachtet, dass sie sich seine Launen und Ausbrüche gefallen ließ. Erst als Erwachsene hatte sie begriffen, dass ihre Mutter es für sie getan hatte, für ihr Kind, und sie hatte eine Lehre daraus gezogen: Niemals wollte sie von einem anderen Menschen finanziell so abhängig sein, wie ihre Mutter es von ihrem Vater war. Eine Frau musste auf eigenen Beinen stehen, wenn sie nicht unglücklich werden wollte.

In einem Anfall jäher Wut schleuderte Karola die leere Fischdose in eine der dunklen Ecken ihres Gefängnisses. Karola Kampe also, dachte sie. Durchs Leben geleitet von der weisen Einsicht, auf eigenen Beinen stehen zu wollen. Und was ist schiefgelaufen? Warum sitze ich jetzt in diesem Kellerloch und küsse einem durchgeknallten Psycho die Füße, nur weil er mir eine Dose Hering in Gelee bringt?

Samstag, 24. Februar: *Es muss Nacht sein*

Am Samstagmorgen wurde Kastner zweimal geweckt: Das erste Mal von Mirjam, die ihm mitteilte, sie werde einkaufen gehen und wünsche sich bei ihrer Rückkehr einen gedeckten Frühstückstisch und ein Fünfminutenei, das zweite Mal vom hartnäckigen Klingeln des Telefons im Flur.

»Hm«, brummte er in den Hörer.

»Sorry«, sagte Claudia, »ich bin's – du hast dein Diensthandy ausgeschaltet, sonst hätt ich dir eine SMS geschickt. Da gibt's zwei Sachen, die ich gestern in dem Trubel vergessen habe zu erwähnen. Zum einen hab ich bei meiner Recherche über Rolfes mit einer Bürokraft telefoniert, die seit fünfundzwanzig Jahren im Rathaus arbeitet. Die hat zwar über Rolfes oder Dorsch nichts Nennenswertes gewusst, aber sie hat eine Bemerkung gemacht, die mir ganz interessant erscheint: Marion Prohacek, Dorschs angebliche Geliebte, hat wohl damals ein Foto von ihrem Verlobten auf dem Schreibtisch stehen gehabt, und die Frau hat gesagt: *Der sah aus wie der junge Brad Pitt, ungelogen!*«

»Aha«, sagte Kastner, etwas ratlos. Vor dem ersten Kaffee konnte er nicht besonders gut denken.

»Kastner?«, fragte Claudia. »Bist du schon wach? Du weißt schon, wer Brad Pitt ist? Und du erinnerst dich an das Foto aus Dorschs Vermisstenakte?«

»Freilich«, sagte Kastner. »*Der Willi war keiner von den Hübschen.*«

»Das würde ich auch so sehen«, teilte Claudia mit. »Außerdem war er verheiratet und hatte kein Geld. Also die Sache mit der Affäre wird immer unwahrscheinlicher, finde ich.«

»Hm«, machte Kastner wieder.

»Na gut«, sagte Claudia. »Das andere ist Folgendes: Bei der weiteren Auswertung von Karolas Mobilfunkdaten ist mir aufgefallen, dass sie am 4. Februar mit der Polizeiinspektion Mitte telefoniert hat. Wissen wir darüber etwas?«

»Äh – ich nicht«, sagte Kastner. »Und Polizeimeisterin Hirschel sicher auch nicht, denn sonst hätte das ja in der Vermisstenakte gestanden.«

»Ich hab gestern Abend noch versucht, die Beamtin zu erreichen, mit der Karola telefoniert hat, aber die hatte schon Feierabend.«

»Schon gut«, sagte Kastner. »Ich kümmere mich drum.«

Er machte sich einen Kaffee und suchte dann aus seinen dienstlichen Kontakten die Durchwahl des Dienststellenleiters der Polizeiinspektion Mitte heraus. Er kannte Sandmann nur flüchtig – vor etwa zwei Jahren hatte er ihn bei einem Dienstjubiläum im Präsidium kennengelernt. Der kleine, rundliche Mann mit der Halbglatze und den buschigen Augenbrauen hatte eine Flasche Wodka auf die steife Veranstaltung geschmuggelt und Kastner dermaßen abgefüllt, dass er am Ende dem Polizeipräsidenten das Du angeboten hatte.

»Hallo, Herr Sandmann«, sagte er. »Kastner vom Dezernat 1. Ich ermittle im Fall Karola Kampe – die verschwundene Stadträtin, Sie haben sicher davon gehört?«

Sandmann brummte etwas, das Kastner als *Ja* interpretierte. »Wir haben Frau Kampes Mobilfunkdaten überprüft«, erklärte er weiter, »und dabei ist uns aufgefallen, dass sie am 4. Februar bei der Inspektion Mitte angerufen hat.«

»Freilich«, sagte Sandmann. »Die Sache mit dem Stalker. Haben Sie den Kerl schon gekriegt?«

Kastner war eine Weile sprachlos. »Sie wissen, dass Frau Kampe einen Stalker hat?«

»Äh – ja?«, sagte Sandmann, und Kastner sah förmlich, wie er dabei die buschigen Augenbrauen hochzog. »Ich bin hier der Dienstellenleiter, und alles, was in der Inspektion Mitte einläuft, geht über meinen Tisch.«

»... geht über Ihren Tisch«, wiederholte Kastner, weil ihm zunächst nichts anderes einfiel. »Äh – soll das heißen, Frau Kampe war auf der Inspektion Mitte und hat ihren Stalker angezeigt?«

»Das nun nicht gerade«, sagte Sandmann. Kastner hörte ihn in irgendwelchen Unterlagen blättern. »Sie hat sich von Kollegin Schwarz beraten lassen, aber dann hat sie es sich vermutlich anders überlegt – eine Anzeige ist jedenfalls nicht über meinen Schreibtisch gegangen.«

»Sie wissen seit dem 4. Februar von dem Stalker und haben es nicht für nötig erachtet, uns darüber zu informieren?«, fragte Kastner fassungslos.

»Doch, durchaus«, sagte Sandmann konsterniert. »Nachdem Kampes Vermisstenanzeige im System war, hab ich Vogt gebeten, das Dezernat 1 in Kenntnis zu setzen. Bei mir hat der Vorgang den Status *erledigt*.«

»Vogt?«, fragte Kastner dümmlich. »Jürgen Vogt?«

»Ich hab nur einen Vogt, und das reicht mir«, erklärte Sandmann. »Kastner ... Kastner ... Sind Sie etwa der schräge Vogel, der damals den Wodka nicht vertragen hat?«

»Hm«, machte Kastner. »In der Vermisstenakte steht kein Wort von einem Stalker. Und vorgestern habe ich mit Vogt ein längeres Gespräch über einen anderen Fall geführt, da hat er ihn auch nicht erwähnt.«

»Ein anderer Fall? Ach, die Dorsch-Sache«, sagte Sandmann in einem Ton, als wüsste er mehr darüber, als ihm lieb war. »Hören Sie, Kastner, jeder, der mit dem Fall zu tun hatte, geht davon aus, dass Dorsch sich irgendwo in Frankreich ein schönes Leben macht, ob nun mit oder ohne Geliebte. Vogt ist der Einzige, der das anders sieht. Er ist Ihnen mit dem alten Mist doch nicht auf die Nerven gegangen?«

»Nein, nein«, sagte Kastner. »Er hat einige sehr interessante Punkte angesprochen.«

Sandmann lachte dröhnend. »Sie meinen seine Verschwörungstheorien? Na bitte, wenn Sie da Spaß dran haben. Unter uns gesagt: Vogt denkt selbstständig, ermittelt akribisch, ist perfekt organisiert und außergewöhnlich beharrlich; kurz: Er ist ein Querulant. Ich mag ihn, aber ich werde trotzdem drei Kreuze machen, wenn er endlich in Pension geht. Und wegen der steckengebliebenen Information ...«

»Vielleicht kann ich das selbst mit ihm klären«, schlug Kastner vor. »Ist er zufällig im Haus?«

»Vogt? Am Wochenende? Nein, wirklich nicht. Er arbeitet nur noch zwanzig Stunden die Woche, und nächsten Monat geht er in Pension. Hab ich das nicht eben schon erwähnt?«

»Könnten Sie mir Vogts private Adresse und Telefonnummer geben?«, bat Kastner.

»Weil Sie es sind«, brummte Sandmann. »Wo hab ich denn ...« Kastner hörte ihn in einer Schublade kramen. »Vogt ist vor einem Jahr aufs Land gezogen«, erklärte er dabei, »hat da ein Haus geerbt, oder so was. Ach, hier. Haben Sie einen Stift?«

Kastner notierte Sandmanns Angaben und ließ sich dann mit der Kollegin verbinden, die am 4. Februar mit Karola Kampe gesprochen hatte. Er hatte Glück – sie war nur deshalb im Haus, weil sie den Wochenenddienst mit einer Kollegin getauscht hatte.

»Natürlich erinnere ich mich«, sagte Frau Schwarz. »Frau Kampe ist ja nicht irgendwer, sondern gewissermaßen eine Person des öffentlichen Lebens. Sie ist mittags vorbeigekommen und hat sich erkundigt, ob eine Anzeige überhaupt Sinn ergibt – wie hoch die Chancen sind, den Stalker dingfest zu machen, welche Strafe er zu erwarten hat, wie diskret das behandelt wird ... Letzteres war ihr besonders wichtig, weil ihr die Sache unglaublich peinlich war. Ich hatte am Ende unseres Gesprächs eigentlich den Eindruck, dass sie sich zu einer Anzeige durchgerungen hat, deshalb hab ich für den 5. einen Termin bei Vogt für sie vereinbart.«

»Zu dem sie dann aber nicht erschienen ist.«

»Wie kommen Sie darauf?«, fragte Frau Schwarz.

»Herr Sandmann hat gesagt, es gebe keine Anzeige?«

»Das ist richtig. Aber ihren Termin hat Frau Kampe trotzdem wahrgenommen – ich habe sie ja am 5. aus Vogts Büro kommen sehen.«

***

Jürgen Vogt lebte dort, wo sich Fuchs und Hase wegen des lückenhaften Mobilfunkempfangs noch persönlich Gute Nacht sagten: im oberpfälzischen Teil des Naturparks Fränkische Schweiz-Veldensteiner Forst. Tabernackel mit ck, ein Ortsteil der ländlichen Gemeinde Etzelwang, zählte – falls seit der letzten Wikipedia-Aktualisierung niemand gestorben oder geboren worden war – dreiunddreißig Einwohner und verfügte über zwei Sehenswürdigkeiten: die Burgruine Neidstein, die, genau genommen, nur die Ruine einer Ruine war, sowie das gleichnamige Schloss aus dem 16. Jahrhundert. Letzteres war im Jahr 2006 unversehens ins Zentrum der medialen Aufmerksamkeit gerückt – ein leibhaftiger Hollywoodstar und Oscarpreisträger hatte es gekauft und der Lokalpresse gegenüber behauptet, dort *mehrere Wochen im Jahr* höchstselbst wohnen zu wollen. Das entfachte in der Region eine Nicolas-Cage-Hysterie, bis der Schauspieler es sich anders überlegte und sein Traumschloss sang- und klanglos an eine völlig unprominente Person weiterverkaufte. Seither war er bei den indigenen Völkern unten durch. Oberpfälzer und Franken, die einander sonst gern als maulfaule, mürrische Hinterwäldler schmähten – womit, nach Mirjams Meinung, beide richtig lagen –, waren sich in der Causa Cage einig: Dieser als Schauspieler doch ziemlich überschätzte Verräter brauchte sich hier echt nicht mehr blicken zu lassen. Eine Ansage, die Nick Cage vermutlich in eine tiefe Depression stürzte.

Etzelwang war problemlos mit dem Zug zu erreichen, die anschließende Busverbindung nach Tabernackel war jedoch vom Takt her eher als Angebot für Schulkinder oder Rentner mit viel Tagesfreizeit zu verstehen. Da Kastner seinen Körperzellen eine weitere Fahrt in Wernreuthers Streifenwagen ersparen wollte und Claudia ihrer Kinder wegen vom Wochenenddienst befreit war, entwarf er einen Plan B, mit dem er seine Lebensgefährtin jetzt am Frühstückstisch überraschte.

Mirjam ließ die Vermietungsanzeigen der *Nürnberger Nachrichten* sinken und starrte ihn an. »Aufs Land fahren?«, wiederholte sie ungläubig. »Du willst wandern gehen?«

»Warum denn nicht?«, fragte Kastner zurück. Ihm hatte zwar eher die Einkehr in ein gemütliches Landgasthaus vorgeschwebt, aber aus partnerschaftlichen Gründen war er zu einem kleinen Spaziergang durchaus bereit. »Etwas Abwechslung kann ja nicht schaden.«

Mirjam legte die Zeitung beiseite und dachte nach. »Und dass du heut auf Wernreuthers spanischen Abend gehst, ist dir wohl zu wenig Abwechslung?«, fragte sie, als sie mit Nachdenken fertig war.

»Ach so, ja das. Aber das ist ja erst heut Abend.«

»Und wann willst du deine Tapas zubereiten?«

»Ich hab mir gedacht, ich kauf später einfach was«, wiegelte Kastner ab.

»Okay«, sagte Mirjam gedehnt. »Gut. Dann gehen wir halt wandern. Am besten fahren wir mit dem Toyota, dann schaffen wir es auf jeden Fall noch rechtzeitig zu Wernreuthers Party.«

»*Wir*? Aber Hase, du musst da doch nicht mit!«, beteuerte Kastner. »Das wird im besten Fall sterbenslangweilig und im schlimmsten ... Na ja, ich weiß doch, dass du Wernreuther nicht ausstehen kannst. Du setzt mich nach dem Ausflug ganz einfach vor seiner Tür ab und machst dir dann einen schönen Abend.«

Mirjam fischte versonnen einen Brösel aus ihrer Kaffeetasse und legte ihn am Rand ihres Frühstückstellers ab. »Ach so. Und sobald ich weggefahren bin, verdrückst du dich in irgendeine Kneipe und stößt mit dir selber drauf an, dass du sowohl *Carmen* als auch Wernreuthers Kappenabend glücklich entkommen bist?«

»Aber Hase! Was denkst du denn von mir?«

Mirjam lächelte sphinxhaft. »Wir machen es so«, sagte sie: »Ich geh heut Abend mit dir zu deinem Kollegen, und dafür gehst du nächsten Samstag mit mir in die Oper. Eine Hand wäscht die andere!«

Kastner begriff sofort, dass er verloren hatte. Während Mirjam unter der Dusche stand, telefonierte er noch einmal mit Claudia und bekniete sie, am Abend ebenfalls auf Wernreuthers Party zu kommen – um ihn moralisch zu unterstützen, gewissermaßen. Er begann die Verhandlung mit einer Einladung in die Rathauskantine und ließ sich auf fünf Flaschen Prosecco hochhandeln. Dann rief er Wernreuther an und erklärte, dass er es sich überlegt habe und nun doch kommen wolle. Und dass er Tapas mitbringen werde.

***

Kastner hatte sich mit Mirjam auf die Vorgehensweise *ich fahre hin – du fährst zurück* geeinigt, die zwei Vorteile bot: Er konnte a) das Fahrtziel bestimmen und b) dort ein oder zwei Bier trinken. Während der Anreise über die B 14 brachte er Mirjam auf den neuesten Stand, seinen Fall betreffend. Er kam allerdings nicht dazu, sie behutsam auf den wahren Grund des kleinen Landausflugs vorzubereiten, denn Mirjam hakte schon bei der Feindschaft zwischen Erika Rebele und Karola Kampe ein.

»Die Rebele versteht was von Stadtplanung«, sagte sie, »und es ist doch gerade für die zahlenmäßig krass unterlegene Opposition wichtig, im Stadtplanungsausschuss jemanden zu haben, der der gleichgeschalteten CSU-SPD-Betonfraktion fachlich Kontra gibt! Die nicken sonst nur ab, was der Investor auf den Tisch legt; und der Investor interessiert sich nicht die Bohne für die Stadt oder die Bürger oder gar die Umwelt, den interessiert ausschließlich sein Gewinn. Also echt – mit Karola Kampe hat Hermann Rolfes keinem einen Gefallen getan. Demokratie wäre schön, wenn die Menschheit aus vernunftdurchstrahlten, empathischen

Wesen mit höchstem moralischen Anspruch bestehen würde, was aber leider nicht annähernd der Fall ist …«

Während sich Mirjam zunehmend erregt über die funktionalen Unzulänglichkeiten der parlamentarischen Demokratie ausließ, parkte Kastner den Toyota am Bahnhof Etzelwang.

»Und eine Wahlperiode von sechs Jahren ist viel zu lang«, erklärte Mirjam, »da richten es sich die Regierungsparteien im Rathaus kuschlig ein, mauscheln alles untereinander aus und halten sich am Ende für kleine Könige von Gottes Gnaden, denen die Stadt gehört …«

»Freilich, Hase«, sagte Kastner und kramte die zerfledderte Wanderkarte aus seiner Manteltasche. »Guck mal, ich hab mir gedacht, wir machen einen Rundweg über Tabernackel und Kirchenrheinbach.«

Mirjam warf einen kurzen Blick auf die Karte. »Wow, Kastner, wie viele Kilometer sind das? Fünf? Und dafür die lange Anfahrt?«

»Na ja, wir könnten danach ja noch irgendwo ein Bier trinken«, schlug Kastner vor. »Und wenn es dir nichts ausmacht, würde ich kurz bei Jürgen Vogt vorbeischauen und zwei, drei Sätze mit ihm sprechen, falls er zu Hause ist.«

»Bitte?«, fragte Mirjam.

»Jürgen Vogt. Der Ermittler im Fall Dorsch, du erinnerst dich? Der wohnt in Tabernackel.«

»Also das ist ja der Gipfel!«, sagte Mirjam und knallte die Autotür zu. »Du bist dienstlich hier? Da muss ich wohl noch dankbar sein, dass du mir zuliebe diesen langen Fußmarsch auf dich nimmst und nicht direkt vor Vogts Haustür parkst?«

Kastner faltete die Wanderkarte wieder zusammen und küsste seine Lebensgefährtin besänftigend auf die Wange.

»Hase, das dauert doch nur ein paar Minuten«, beteuerte er. »Und wir können uns ja trotzdem einen schönen Tag machen?«

Mirjam knurrte, dann seufzte sie resigniert.

Während sie einem mit Blaustrich markierten Weg durch schneebedeckte Wiesen und Felder folgten, kam Mirjam auf die Lokalpolitik zurück. »Die GroKo tuschelt hinter verschlossenen Türen alles aus und drückt das dann in den Ausschüssen mithilfe ihrer Parteisoldaten einfach durch. Zur Belohnung gibt's Posten und Listenplätze fürs Fußvolk, und wer aus der Reihe tanzt, findet sich bei der nächsten Wahl unversehens auf Listenplatz 70 wieder. Da geht's nur um Geld und Einfluss und die sogenannten Sachzwänge. Weißt du was? Das regt mich am meisten auf, dass die Stadt gar nicht von den Bürgern und noch nicht einmal von den Politikern regiert wird, sondern von Unternehmern und Investoren!«

»Dein Unmut in allen Ehren, Hase«, sagte Kastner, obwohl Mirjams flottes Tempo ihm wenig Luft zum Sprechen ließ, »aber es wird ja niemand gezwungen, CSU oder SPD zu wählen. Wenn die Mehrheit der Bürger es so haben will …«

»Dann was?« Mirjam blieb stehen und funkelte ihn an. »Dann bin ich, Pech gehabt, eine Minderheit und muss mich mit Grünflächenmangel, irren Bauprojekten und Luftverschmutzung abfinden? Auch Minderheiten müssen atmen, wenn sie durch die Von-der-Tann-Straße gehen.« Mirjam schlug wieder ihren flotten Wanderschritt an. »Guck mal, da hinten sieht man schon Schloss Neidstein.«

Kastner legte die Hand über die Augen und musterte den Horizont, konnte aber nur tief hängende Wolken, kahle Baumwipfel und eine Hochspannungsleitung entdecken.

»Na da, direkt vor uns!« Mirjam zeigte mit dem Finger auf eine schneeüberzuckerte Waldkuppe. »Fünfhundert Meter, wie der Adler fliegt. Kann es sein, dass du eine Brille brauchst, Kastner? Das ist mir schon ein paarmal aufgefallen, dass du immer wie Winnetou selig die Hand über die Augen legst, wenn du nach etwas Ausschau hältst, das mehr als drei Meter weg ist.«

»Jetzt werd mal nicht frech«, sagte Kastner, »sonst mach ich mir einen Schneeball und lass ihn in dein Dekolleté gleiten.«

»Dazu müsstest du aber schneller laufen als ich«, grinste Mirjam und legte noch einen Zahn zu.

Nach einem zumindest für Kastner recht anstrengenden Aufstieg zum Schloss, bei dem natürlich die Nick-Cage-Sache erörtert wurde, und einem Abstecher zur wildromantischen Burgruine schlenderten sie durch den Wald nach Tabernackel hinunter. Kastner war zuletzt an einem warmen Sommertag vor fünf oder sechs Jahren hier gewesen – im Zuge eines Sonntagsausflugs mit Mirjam und deren Eltern –, und das zwischen bewaldeten Hügeln und blühenden Wiesen gelegene Dörfchen mit den alten Bauernhäusern war ihm recht pittoresk erschienen. Nun, im kalten Zwielicht grauer Wolken, wirkte es abweisend und verlassen. Die Schneedecke gab gelegentlich den Blick auf bröckelnde Bausubstanz frei, weder Mensch noch Tier waren zu sehen.

»Man fragt sich, wo die alle sind«, sagte Mirjam, als hätte sie seine Gedanken gelesen. »Hier bellt ja nicht mal ein Hund. Bist du sicher, dass Vogt hier wohnt?«

Kastner nickte. »Er geht wohl demnächst in Pension – vielleicht hat er sich hier einen gemütlichen Altersruhesitz eingerichtet?«

»Wohl eher ein Mausoleum«, konstatierte Mirjam und spähte über einen Jägerzaun auf einen verschneiten Kinderwagen, in dem ein leerer Bierkasten stand.

»Im Sommer ist es hier bestimmt nett«, brach Kastner eine Lanze für Tabernackel. »Man stellt sich einen Liegestuhl unter den Apfelbaum, lauscht dem Vogelzwitschern, trinkt ein Feierabendbier ...«

»... und geht dann mit den Hühnern ins Bett.« Mirjam schüttelte den Kopf. »Kastner, hier gibt es *nichts*: keinen Metzger, keinen Bäcker, keine Kneipe ... Die Einheimischen können damit umgehen, aber ich fürchte, du hättest nach zwei Wochen einen struppigen Bart und würdest im Bademantel über die Dorfstraße schlurfen.«

»Und du würdest in deiner Kittelschürze im Garten stehen und die Petersilie gießen«, ergänzte Kastner. »Das wäre wirklich romantisch, Hase.«

»Träum weiter«, schnaubte Mirjam. »Wo wohnt er denn jetzt, der Herr Vogt? Ich seh schon das Nachbarkaff.«

»Hier muss es irgendwo sein.« Kastner hatte sich Vogts Haus auf Google Maps angesehen – es lag etwas außerhalb und war eines der letzten vor dem von Mirjam despektierlich als Nachbarkaff bezeichneten Albersdorf.

»Gut, dann viel Erfolg. Ich schlendere so lange durch Albersdorf und sehe mich nach einem geeigneten Altersruhesitz für dich um. Bis dann!« Mirjam winkte zum Abschied.

***

Kastner fand Vogts Namen schließlich auf einem Blechbriefkasten, der an einen lückigen Jägerzaun geschraubt war. Das Gartentor war nur angelehnt. Eine geräumte Einfahrt mündete nach etwa zwanzig Metern in einen gepflasterten

Hof, in dem ein dunkelblauer Audi vor einem einstöckigen, weiß verputzten Häuschen stand. Jenseits des Hofes machte das Grundstück einen verwilderten Eindruck: struppige Sträucher, ein offener Holzschuppen voller Sperrmüll; ein verfallendes Sandsteinhaus, dessen blinde Fenster Kastner durch die Äste einer Gruppe dunkler Fichten anstarrten – vermutlich das frühere Wohngebäude.

Kastner stieg die drei Betonstufen zur Haustür des Neubaus hinauf, eines Ungetüms aus lackiertem Stahl und blau getöntem Milchglas, das zum Rest des Hauses passte wie Neuschwanstein ins Voralpenland. Er suchte vergebens nach einer Klingel und klopfte schließlich gegen die Glasscheibe.

Nach einer geraumen Weile öffnete Vogt die Tür und starrte ihn überrascht an. Er trug eine braune Hose, ein ordentlich gebügeltes Hemd und eine beige Wollweste; auf seiner hohen Stirn spazierte eine Fliege herum. »Herr Kastner?«, fragte er. »Was machen Sie denn hier?«

»Ich bin ganz zufällig in der Gegend – ein Samstagsausflug«, sagte Kastner, was ja nur halb gelogen war. »Und da sich ein paar Fragen ergeben haben, dachte ich mir ... Ich störe Sie doch nicht?«

»Stören? Ähm – nein.« Vogt bemerkte die Fliege und wedelte sie weg. Er spähte um Kastner herum auf die Einfahrt, als erwarte er, dort einen Streifenwagen und neugierig tuschelnde Nachbarn zu sehen.

»Also bitte, kommen Sie rein!«, sagte er schließlich. Er führte Kastner durch einen engen Flur in ein L-förmiges, von zwei winzigen Fenstern und einer Stehlampe notdürftig erhelltes Zimmer. Die Decke war so niedrig, dass Kastner unwillkürlich den Kopf einzog. Es roch nach Kaffee und Mäusedreck.

»Kann ich Ihnen etwas anbieten?«, fragte Vogt. »Ich hab gerade frischen Kaffee aufgebrüht.«

»Danke, gern«, sagte Kastner.

Vogt verschwand und klapperte irgendwo mit Tassen herum.

Kastner sah sich um. Es war sauber und aufgeräumt, auf dem Fußboden lagen braune Webteppiche, die Wände waren tapeziert: senfgrüne Wellen auf beigem Grund. Ein Esstisch aus dunklem Holz, um den sechs Lehnstühle mit gedrechselten Beinen standen. Eine beigefarbene Polstergarnitur. Ein höhenverstellbarer Couchtisch mit grün-braun gekachelter Tischplatte. Eine sanft tickende Wanduhr, vergilbte Spitzengardinen. Bücherregale – Klassiker der deutschen Literatur, ein Lexikon in zwanzig Bänden, Kriminalromane. Kastner trat an eines der Regale, auf dem eine gerahmte Fotografie stand: Jürgen Vogt mit mehr Haaren und weniger Falten, lächelnd, die Arme um eine grauhaarige Dame und einen schlaksigen jungen Mann mit Silberblick und Military-Käppi gelegt.

»Aber bitte, setzen Sie sich doch«, sagte Vogt. Er stellte ein Tablett auf den Couchtisch – zwei Tassen mit Rosenmuster, eine passende Zuckerdose und Kondensmilch. Silberne Löffel.

»Ich habe mit Herrn Sandmann telefoniert.«

»Ach ja?« Vogt setzte sich in einen der Polstersessel und löffelte Zucker in seine Tasse. »Bitte«, wiederholte er und deutete auf einen der anderen Sessel.

Kastner nahm Platz.

»Samstagsarbeit«, sinnierte Vogt lächelnd. »Ich erinnere mich an diese Phase eines Falls. Die Spuren verdichten sich endlich, und man findet am Feierabend und am Wochenende keine Ruhe mehr. Gibt es denn Neuigkeiten?«

»Ja. Aber ich fürchte, für Sie keine guten.«

»Wie meinen Sie das?«

»Wir glauben zu wissen, wer Karola Kampes Stalker ist – ihr Exfreund. Anscheinend gab es Schweinereien, die er ihr am Telefon nicht sagen konnte, ohne dass sie aufgelegt hätte, und deshalb hat er ihr anonyme Nachrichten geschickt.«

»Aber das ist doch wunderbar«, lächelte Vogt. »Also – dass Sie ihn geschnappt haben. Warum sollten das für mich keine guten Neuigkeiten sein?«

»Weil diese Spur weit von Wilhelm Dorsch wegführt.«

»Ach so.« Vogt nickte nachdenklich und trank einen Schluck Kaffee. »Sandmann. Was hat er Ihnen denn über mich erzählt? Dass ich ein Verrückter bin, einer, der keine Ruhe gibt? Dass ich gar kein Interesse daran habe, Ihnen bei Ihrem Fall zu helfen, dass es mir nur um Dorsch geht?«

»Er hat mir erzählt, dass Karola Kampe auf der Inspektion Mitte war, weil sie eine Anzeige gegen den Stalker erwogen hat.«

Vogt verzog keine Miene. »Ja, das ist richtig.«

»Sie haben am 5. Februar mit ihr gesprochen, Herr Vogt. Drei Tage später ist sie verschwunden. In der Vermisstenakte steht aber kein Wort über den Stalker, und Sie haben ihn auch nicht erwähnt, als wir neulich miteinander geredet haben.«

Vogt runzelte die Stirn. Dann lächelte er wieder. »Ah, jetzt verstehe ich – Sie denken, ich habe Ihnen das vorenthalten? Damit Sie sich bei Ihren Ermittlungen auf Igor Papp konzentrieren und nach weiteren Parallelen zum Fall Dorsch suchen? Ich bitte Sie, Herr Kastner. Einen Tag, nachdem Frau Kampes Vermisstenanzeige bei uns im System war, also am 9. Februar, habe ich einen Vermerk geschrieben und Frau Schwarz gebeten, das Präsidium über den Vorgang in Kenntnis zu setzen. Das ist den offiziellen Dienstweg gegangen.«

»Bei mir ist kein Vermerk angekommen«, stellte Kastner fest. Vogts gelassene Freundlichkeit brachte ihn allmählich aus dem Konzept. Vielleicht war alles nur ein Missverständnis?

»Nicht angekommen?« Vogt sah aufrichtig verwirrt aus. »Aber wie ... Hören Sie, das tut mir wirklich leid, aber ich bin ganz sicher, dass ich den Vermerk an Frau Schwarz mit der Bitte um Erledigung weitergeleitet habe – ich habe die Kopie der E-Mail in der Akte.«

»Hm«, machte Kastner. So eine Kopie ließ sich vermutlich leicht herstellen.

»Oje«, sagte Vogt kleinlaut. »Falls meine Kollegin das vergeigt hat, muss ich mich wirklich in aller Form bei Ihnen entschuldigen. Kein Wunder, dass Sie sich gefragt haben ...«

»Schon gut. Solche Dinge kommen vor, vielleicht lag der Fehler ja bei uns.« Das war nicht auszuschließen – es war ein weiter Weg vom Briefkasten des Präsidiums ins Postfach eines bestimmten Kriminalkommissars, und Menschen machten Fehler. Trotzdem hätte er den E-Mail-Verkehr zwischen Vogt und Frau Schwarz gerne einer genauen Prüfung unterzogen; etwas, das er natürlich nicht tun konnte, ohne einen altgedienten Kollegen der bewussten Täuschung zu bezichtigen. Und dafür brauchte es mehr als das vage Gefühl, vor einen Karren gespannt worden zu sein.

Während Vogt sich noch ein paarmal für Frau Schwarz entschuldigte, fiel Kastner die Stille im Hintergrund auf – kein Verkehrslärm, kein Radiogedudel, keine menschlichen Stimmen. Nur das leise Ticken der Uhr. »Es ist unglaublich ruhig hier«, sagte er. »Ich wohne in der Nürnberger Südstadt, da geht's ganz anders zu. Sie haben früher auch in Nürnberg gewohnt, nicht wahr? Ist es Ihnen hier draußen nicht zu einsam?«

Etwas verblüfft von dem plötzlichen Themenwechsel legte Vogt den Kopf schief und warf einen Blick aus dem kleinen Fenster, vor dem die kahlen Äste einer Birke im Wind hin- und herschwangen. »Es geht so«, erklärte er dann. »Ich habe meine Ruhe, und von Etzelwang kommt man mit dem Zug schnell in die Stadt. Aber wenn meine Mutter nicht gestorben wäre, wäre ich wohl kaum hier rausgezogen – mein Bruder ist ein bisschen eigen, man kann ihn nicht allein lassen. Das Haus hat meiner Mutter gehört, ich muss also keine Miete zahlen, aber die Heizkosten fressen diesen Vorteil wieder auf. Baujahr 1970, da war Wärmedämmung noch kein Thema.«

Kastner nickte zum Bücherregal hinüber: »Ich hab mir vorhin das Foto angesehen, während Sie in der Küche waren.«

»Ein Bild aus glücklichen Tagen«, seufzte Vogt. »Meine Mutter war immer eine kluge, geistig rege Person – sie war früher Naturkundelehrerin –, aber zuletzt war sie dement. Etwas, das man niemandem wünscht.«

»Und der junge Mann auf dem Foto ist Ihr Bruder?«, erkundigte sich Kastner.

Vogt nickte.

Kastner nippte an seinem Kaffee. Er war nur noch lauwarm. »Noch etwas anderes, Herr Vogt – könnte Hermann Rolfes bewusst gelogen haben, als er Ihnen den Tipp mit Dorsch und Marion Prohacek gegeben hat?«

»Gelogen? Warum hätte er denn lügen sollen?«

Um Sie vor seinen Karren zu spannen, dachte Kastner, sagte aber: »Seine Angaben haben die Ermittlungen in eine bestimmte Richtung gelenkt. Eine Geliebte, Frankreich – das Gerücht hat sich bis heute hartnäckig gehalten. Nachdem Igor Papp hinsichtlich der Entführung freigesprochen worden war, hat man die Vermisstenakte wieder zur Seite gelegt, anstatt weiter nach Hinweisen auf ein Verbrechen zu suchen. Was ist, wenn Rolfes genau das erreichen wollte?«

»Rolfes?«, wiederholte Vogt skeptisch. »Sie glauben, er hat etwas mit Dorschs Verschwinden zu tun? Aber das ergibt keinen Sinn. Rolfes war damals bei der SPD, er war jung und recht ehrgeizig; ich schätze, ein Regierungswechsel hätte seine Karriere flott vorangebracht. Wenn Dorsch die Seiten gewechselt hätte, wäre Rolfes doch am Ziel seiner Träume gewesen.«

»Das sehe ich auch so«, nickte Kastner.

»Dann verstehe ich nicht, worauf Sie hinauswollen?«

»Ich will auf gar nichts hinaus«, sagte Kastner. »Ich reibe mich nur an dem offensichtlichen Widerspruch. Die Aussagen von Rolfes und Frau Prohacek widersprechen sich zu einhundert Prozent. Rolfes hat mehr oder weniger behauptet, Dorsch und Prohacek hätten eine Affäre gehabt, Marion Prohacek leugnet jedoch eine Affäre. Einer von beiden muss also lügen. Für Frau Prohacek spricht, dass sie nicht mit Dorsch, sondern mit ihrem gut aussehenden französischen Ehemann und der gemeinsamen Tochter in der Provence lebt. Für Rolfes spricht meiner Ansicht nach nichts.«

»Hm. Aber das kann eine ganz banale Erklärung haben – wie schon gesagt, vielleicht hat Rolfes die beiden zusammen gesehen und die falschen Schlüsse gezogen? Ich habe Ihnen doch von meinem Verdacht erzählt, dass Dorsch sich über Frau Prohacek Informationen beschafft hat.«

»Ja, das haben Sie. Das kann auch so gewesen sein. Aber würde man für ein konspiratives Treffen nicht eher einen unauffälligen Ort und eine unverfängliche Uhrzeit wählen? Ein Treffen in der Mittagspause irgendwo an der Pegnitz, wo man sicher sein kann, weder beobachtet noch belauscht zu werden? Rolfes hat aber explizit von tiefen Blicken bei einem romantischen Essen gesprochen – in einem Restaurant in Rathausnähe, das vermutlich von Stadträten jedweder Couleur recht häufig besucht wird. Ein Tête-à-Tête, das Frau Prohacek ebenfalls leugnet; was in jedem Fall weit glaubhafter ist als Rolfes' Behauptung.«

Vogt nickte nachdenklich.

»Haben Sie Frau Prohacek eigentlich mit Ihrem Verdacht konfrontiert, für Dorsch spioniert zu haben?«, fragte Kastner.

»Nein«, sagte Vogt bedauernd. »Nein, diese These habe ich erst einige Zeit später entwickelt. Eben weil sie die Diskrepanz zwischen Prohaceks und Rolfes Aussage zu erklären schien ... Aber Sie haben natürlich recht: So oder so wäre es von Dorsch und Prohacek keine gute Idee gewesen, sich zusammen in der Öffentlichkeit zu zeigen. Das hätte mir auffallen müssen.«

»Keineswegs«, sagte Kastner.

»Bitte?«

»Es war nicht mehr Ihr Fall, Herr Vogt. Das alles hätte Ihnen völlig egal sein können. Egal sein müssen, genau genommen.«

Vogt lächelte verschmitzt, die Fältchen um seine blauen Augen vertieften sich. »Ja, meine Vorgesetzten waren nicht gerade erfreut über meine spezielle Art der Freizeitgestaltung. Man hat mich alles Mögliche genannt – Querulant war noch eine der freundlicheren Bezeichnungen. Aber Sie kennen das ja, Herr Kastner – Sie stehen auch nicht gerade in dem Ruf, handzahm zu sein.«

»Wie dem auch sei«, sagte Kastner, »Sie haben also keine Idee, warum Rolfes ein Interesse daran gehabt haben könnte, die Ermittlungen in diese bestimmte Richtung zu lenken?«

»Im Moment nicht. Aber ich werde natürlich darüber nachdenken.«

Das glaubte Kastner unbesehen. Vogt brachte ihn an die Haustür und schüttelte ihm zum Abschied die Hand, Kastner entschuldigte sich noch einmal für die Störung.

»Jederzeit«, sagte Vogt. »Und noch ein schönes Wochenende, Herr Kastner.«

In diesem Moment bog ein olivgrüner Lieferwagen in die Einfahrt. Er fuhr flott bis ans Ende des gepflasterten Hofes, wendete und setzte bis zu den dunklen Nadelbäumen zurück. Der Fahrer stieg aus und öffnete die Ladeklappe, ohne Kastner oder Vogt zu beachten. Er trug Tarnkleidung, Armeestiefel und ein Military-Käppi, hatte ansonsten aber nur noch wenig Ähnlichkeit mit dem Jungen auf dem Familienfoto in Vogts Bücherregal – er war deutlich in die Breite gegangen, wobei Kastner auf die Entfernung nicht erkennen konnte, ob Fett oder Muskeln daran schuld waren. Der Mann ging in den Holzschuppen und kam mit einer Schubkarre zurück. Er begann, den Lieferwagen auszuladen.

»Ihr Bruder?«, fragte Kastner Vogt.

Vogt zuckte entschuldigend die Achseln. »Äh – ja«, sagte er. »Das ist Klaus. Sie müssen ihn entschuldigen, er hat ein paar Defizite in puncto Höflichkeit und Kommunikation. Ich fürchte, er war schon wieder einkaufen. Er rechnet täglich mit einer Katastrophe – Erdbeben, Asteroideneinschlag, Atomkrieg, vergiftetes Trinkwasser. Deshalb legt er Wert auf eine ordentliche Vorratshaltung.«

***

»Ein Prepper«, sagte Mirjam.

»Ein was?«

»Das sind Leute, die sich auf den Zusammenbruch der Zivilisation vorbereiten. Aus dem Englischen – *to be prepared*, vorbereitet sein. Die bauen sich strahlensichere Bunker und horten Essen und Wasser und Medikamente, manchmal auch Waffen, um sich im Ernstfall gegen diejenigen verteidigen zu können, die nicht so vorausschauend geplant haben.« Mirjam stampfte gegen die Kälte mit den Füßen und blies sich warme Luft in die Fäustlinge. »Lass uns jetzt bitte weitergehen, Kastner«, sagte sie, »ich brauche dringend einen steilen Geländeanstieg, um wieder auf Betriebstemperatur zu kommen. Du warst locker ne Stunde bei diesem Vogt.«

»Du übertreibst, Hase, es war höchstens eine halbe.«

Mirjam schnaubte. »Für eine umfassende Dorfbesichtigung war die Zeit jedenfalls ausreichend – ich könnte dir von jeder rostigen Albersdorfer Landmaschine das TÜV-Datum sagen, wenn ich wollte.«

»Du Arme«, sagte Kastner, der nun doch Gewissensbisse bekam. »Also los, auf nach Kirchenrheinbach. Wenn mich nicht alles täuscht, gibt es da eine Wirtschaft – da kannst du dich bei einem Kaffee wieder aufwärmen.«

***

Felix Wernreuther hatte eine Drei-Zimmer-Neubau-Eigentumswohnung in Steinbühl, die seine Eltern ihm zu einer Zeit gekauft hatten, als Immobilien in Nürnberg noch halbwegs erschwinglich waren. Kastner war schon einmal dort gewesen, konnte sich aber, beim besten Willen, nicht mehr an den Grund erinnern.

»Ja, da schau her, der Herr Kriminalhauptkommissar, sogar mit Begleitung«, sagte Wernreuther und schüttelte Kastner und Mirjam die Hand. Er trug eng anliegende beige Leggings, die – unter anderem – seine durchtrainierten Oberschenkel betonten, und dazu ein gelbes Rüschenhemd mit roter Schärpe. Kastner tippte auf Stierkämpfer, Mirjam fiel die Kinnlade herunter. »Immer herein in die gute Stube! Die Party nimmt gerade richtig Fahrt auf.«

In dem quadratischen Flur – weiß gestrichene Wände, gerahmte Kunstdrucke mit abstrakten Motiven, eine Garderobe, an der zwei Mäntel hingen – standen auf einem Sideboard Gläser und Getränke. Kastner platzierte den mitgebrachten Zwetschgenschnaps diskret hinter einer Flasche Sherry und zwei Flaschen spanischem Rotwein. Er fing Mirjams besorgten Blick auf – eine Flasche Wein schaffte sie am Abend locker allein, wenn sie in Form war.

»Aber ihr habt ja gar nichts Spanisches an!«, rief Wernreuther enttäuscht, nachdem sie ihre Jacken ausgezogen und an die Garderobe gehängt hatten.

Kastner nickte entschuldigend. »Wir kommen quasi direkt von einer Wanderung«, erklärte er, »und hatten leider keine Zeit mehr, uns – äh – umzuziehen.« Er hoffte inständig, dass Wernreuther ihn nicht nötigen würde, seine Wanderschuhe auszuziehen: in seiner linken Socke klaffte ein fersengroßes Loch.

»Hm. Na ja. Und da sind wohl die Tapas drin?«, fragte Wernreuther mit gerunzelter Stirn und zeigte auf die blauweiße Tüte mit der Aufschrift *Metzgerei Kleinlein*, die Kastner in der Hand hielt.

»Genau«, sagte Kastner. »Wohin damit?«

»Das Buffet ist in der Küche«, erklärte Wernreuther. »Und Nobbi ist auch grad schon dabei, den Grill anzuwerfen. Kommt mit, ich stell euch erst mal vor.«

Das Wohnzimmer des jungen Streifenbeamten unterschied sich kaum von seinem Flur – weiß gestrichene Wände, gerahmte Kunstdrucke, ein glanzlackiertes Sideboard; ergänzt von einem unförmigen Fitnessgerät und einem grauen Polstersofa mit gläsernem Couchtisch. Jemand hatte sich wirklich Mühe gegeben, dem nüchternen Ambiente mediterranes Flair zu verleihen: Anstatt der üblichen Vorhänge hing eine mazedonische Flagge vor dem großen Nordfenster, neben den Kunstdrucken war mit Reißzwecken das DIN-A2-Poster eines unleugbar spanischen, wenn auch nicht sonderlich heiteren Motivs an die Wand gepinnt: Pablo Picassos Kriegsbild *Guernica*. Das Thermostat der Heizung stand auf achtundzwanzig Grad Celsius, und aus Wernreuthers Super-duper-schicki-Soundanlage dröhnte: *Una Paloma blancaaa – I'm just a bird in the sky …*

Zwei Frauen mittleren Alters saßen auf der Couch und pressten mit vor Anstrengung blauen Gesichtern Atemluft in rote und gelbe Luftballons.

»Das ist mein Kollege Kastner«, stellte Wernreuther vor. »Und seine, äh, Mirjam. Und das sind Moni und Babsi.«

»Hasta la vista, Baby«, sagte Moni, knotete einen Ballon zu und faustete ihn in die Luft. Sie trug Jeans und Matrosenshirt, hatte sich allerdings die spanische Flagge auf die Wange geschminkt. Babsi, im hellgrauen Business-Hosenanzug, sagte nichts, sie war kurz davor, ihren Luftballon zum Aufblähen zu zwingen. Kastner fielen weitere spanische Details auf: Vor Babsi standen eine halbleere Flasche Osborne und ein volles Halbliterglas mit einem Cocktailschirmchen in den Landesfarben.

»Hallo«, sagte er. Mirjam hob nur die Hand, sie kämpfte gegen einen plötzlichen Hustenanfall.

»Ja, das ist doch prima Stimmung hier«, sagte Wernreuther im Ton eines Kreuzfahrtanimateurs und wippte ein paar Takte *Paloma Blanca* mit, »und hier geht's in die Küche. Bitte folgen Sie mir!«

Während sie das taten, spürte Kastner, wie Mirjam ihn am Ärmel zog. Er ignorierte es.

»So, und hier ist das spanische Buffet«, erklärte Wernreuther und zeigte auf den Küchentresen. Neben Papptellern, Plastikbesteck und blau-weiß karierten Servietten standen dort zwei Gläser Oliven mit Paprikafüllung. »Und das ist Nobbi!« Er öffnete die Glastür, die auf seinen eineinhalb Quadratmeter großen Balkon hinausging. Ein Schwall beißenden Qualms stieg Kastner in die Augen, und Mirjam hatte endlich einen glaubhaften Grund für ihren Husten. »Nobbi ist unser Grillmeister«, sagte Wernreuther und schlug demselben kumpelhaft auf die Schulter.

»Ich bin gleich so weit«, erklärte Nobbi, ein Mittzwanziger mit Vollbart und unreiner Haut, der über seiner roten Daunenjacke einen gültigen Grillmeister-Lederschurz trug und fahrlässig mit einer Flasche Brandbeschleuniger herumwedelte. »Kann sich nur noch um Minuten handeln.«

Kastner war dankbar, als Wernreuther zwischen ihm und Nobbi wieder die Tür schloss. »Und wo sind Freddie und Corinna? Und äh – Herbie und Irmi?«, fragte er, um sich vor Mirjam als Eingeweihter der höchsten Ebene zu präsentieren.

»Oh, die haben überraschend abgesagt«, erklärte Wernreuther. »Bis auf Freddie, der wollte eigentlich noch kommen. Wollt ihr was trinken? Das Getränkebuffet ist im Flur, hab ich das schon erwähnt?«

»Ja«, hüstelte Mirjam, »das hast du schon erwähnt. Ich geh dann auch mal und hol mir was. Soll ich dir was mitbringen, Kastner?«

»Hm – gibt es auch Bier?«

»Bier?«, fragte Wernreuther zurück.

»Schon gut«, sagte Kastner. »Dann bring mir bitte ein Glas Wein mit, Hase.«

Mirjam verschwand geschmeidig im Flur und blieb sehr lange weg. Kastner packte die Tapas aus. Erfreulicherweise hatte die Verkäuferin die Häppchen schon auf verschiedenen Platten angeordnet und liebevoll garniert, er musste sie nur noch auspacken und auf den Tresen stellen.

»Ähm«, machte Wernreuther.

»Ja bitte?«

»Das sind doch keine Tapas.«

»Wie meinst du das?«, fragte Kastner verwirrt.

»Presssack, Rettich, Obatzter, saure Gurken – das sind doch keine Tapas.«

»Jetzt mach aber mal halblang«, riet Kastner seinem Kollegen. »Sind Tapas Vorspeisenhäppchen oder sind es Vorspeisenhäppchen? Und sind das«, er zeigte auf seine Einkäufe, »Vorspeisenhäppchen oder Vorspeisenhäppchen?« Er war kurz davor, die mazedonische Flagge zu erwähnen, verkniff es sich aber. Jemanden zu treten, der ohnehin auf dem Boden lag, verbot sich von selbst; und immerhin hatte er Wernreuther benutzt, um nicht in die Oper gehen zu müssen – er war also kaum in der moralischen Position, despektierliche Bemerkungen zu machen.

»Du glaubst nicht ernsthaft, dass Hausmacher Stadtwurst mit Musik in Spanien als Vorspeise gilt«, beharrte Wernreuther uneinsichtig. »Die essen Oliven und so Sachen wie ...«

Es klingelte an der Haustür, genau zur richtigen Zeit, wie Kastner fand.

»Ach, Claudia!«, sagte Wernreuther. »Na, so eine Überraschung! Was hast du denn mit deinen Kindern gemacht? Du hast sie doch nicht etwa dabei?« Er trat einen Schritt vor und spähte ins Treppenhaus.

»Keine Sorge, Felix. Sofie hat meine Handynummer, und Jannik übernachtet bei einem Freund.«

»Na, siehst du, geht doch!«, sagte er sichtlich erleichtert. »Ein bisschen Organisationstalent, schon kann man auch als junge Mutter am gesellschaftlichen Leben teilnehmen!«

Claudia sah aus, als ob sie am liebsten gleich wieder gegangen wäre, ließ sich aber von Kastners flehentlichem Winken aus dem Hintergrund erweichen. Sie folgte Wernreuther in den Flur, stellte zwei Flaschen Rotwein auf das Getränkebuffet – französischen, wie Kastner bemerkte – und zog ihren Mantel aus.

»Du siehst aus wie immer«, stellte Wernreuther fest.

»Ist das ein Kompliment oder eine Beleidigung?«, fragte Claudia.

»Weder noch«, sagte Wernreuther uncharmant, »ich stelle nur fest, dass dein Outfit nicht der Kleiderordnung entspricht. Wir hatten in der Gruppe einstimmig beschlossen ...«

»Ich habe einen roten Pulli an.«

»Und?«

»Und ich trage gelbe Socken«, behauptete Claudia.

Wernreuthers Blick wanderte zu ihren Füßen, die in kniehohen Stiefeln steckten.

»So«, sagte Claudia. »Falls ich die Aufnahmeprüfung bestanden habe, würde ich jetzt gern was essen. Ich hab einen Mordshunger. Spanisches Buffet in der Küche?«

»Ähm – ja. Mehr oder weniger spanisch. Und Nobbi ist auch schon dabei, den Grill anzuwerfen ...«

Freddie kam kurz nach elf. Er trug in der Tat das *Carmen*-Kostüm von Corinna F. und hatte einen Kasten Krug-Bräu und ein Spanien-Mix-Tape im Gepäck, das mit Kastners Tapas locker mithalten konnte – *Griechischer Wein, Drei kleine Italiener, Weiße Rosen aus Athen* und *Theo, wir fahren nach Lodz* ... Er warf sich zwischen Moni und Babsi auf die Couch und parkte den Bierkasten direkt zwischen seinen kräftigen, rüschenumspielten Unterschenkeln. »Ich hätte mir wohl besser die Beine rasieren sollen«, begrüßte er Babsi, die sich, mit ordentlicher Osborne-Schlagseite, an die Lehne von Wernreuthers Sofa krallte. Dann teilte er Bierflaschen aus. Kastner fand ihn auf Anhieb sympathisch.

»Ich bin gleich so weit«, rief Nobbi aus der Küche. »Da ist bloß so ein böiger Westwind.«

»Jaja, kein Stress«, sagte Mirjam, knüllte eine leere Zigarettenschachtel zusammen und zog eine neue aus der Hosentasche.

»Eigentlich ist das ja ein Nichtraucherhaushalt«, bemerkte Wernreuther zum wiederholten Mal.

»Jaja«, sagte Mirjam und zündete sich eine Zigarette an.

Babsi verfolgte mit glasigem Blick den durch das Öffnen der Balkontür und den böigen Westwind ausgelösten Tanz der roten und gelben Luftballons um Wernreuthers Fitnesstrainer.

Nach der dritten Flasche Bier begann Kastner, Gefallen an der Musik zu finden. Er stieß mit Freddie an. »Salut«, sagte er. »Tikki-takka«, sagte Freddie.

»Warum hängt hier eigentlich eine mazedonische Flagge?«, erkundigte sich Claudia.

»Jemand noch einen Zwetschger?«, fragte Freddie zurück und schwenkte Kastners Schnapsflasche.

»Du hättest dir die Beine rasieren sollen«, stellte Moni fest.

»Ich würde noch ein Bier nehmen«, sagte Kastner.

Wernreuther drehte am Lautstärkeregler seiner Anlage und sang im Duett mit Al Martino: »Say you and your *Spanish eyes* will wait for me ...«

Kastner klatschte anerkennend Beifall. »Hab ich gar nicht gewusst, dass Felix so eine Bombenstimme hat«, sagte er.

Freddie kippte sein Stamperl und nickte. »So glockenhell wie ein Regensburger Domspatz.«

Mirjam seufzte.

»Also, ich wär jetzt dann so weit«, rief Nobbi aus der Küche. »Wollt ihr zum Grillen nicht alle rauskommen? Das ist doch kommunikativer.«

»Geht ruhig«, sagte Babsi mit Märtyrermiene. »Ich bleib hier und behalte die Luftballons im Auge.«

»Das ist gut«, sagte Kastner – die Luftballons hatten sich inzwischen in einer Zimmerecke zusammengerottet und machten einen latent aggressiven Eindruck. »Danke, Babsi.«

Über den Balkon pfiff noch immer der böige Westwind. Kastner hatte vergessen, seine Jacke anzuziehen, und fror. Mirjams Ellbogen bohrte sich in seine linke Niere, er selbst stand irgendjemandem auf dem Fuß – der Balkon war definitiv zu klein für so viele Menschen.

»Noch ein bisschen weiter aufrücken, die Herrschaften, wir wollen auch mit raus!«, verlangte Wernreuther aus der Küche und schob Moni wie einen Rammbock vor sich her. Kastner wurde abgedrängt und fand sich Auge in Auge mit

Nobbi am mörderisch heißen Grill wieder, aus dem Schwärme glühender Funken in den Steinbühler Nachthimmel stoben.

»Jetzt geht's voran mit dem Pollo à la catalana«, versprach Nobbi, riss eine Plastikverpackung mit der Aufschrift *Wiesenhof* auf und drapierte zwei nackte Hähnchenschenkel auf dem Rost. »Die sind ruckizucki durch«, ergänzte er und fuchtelte mit der Grillzange herum, während die Haut des Geflügels Blasen warf und schwarz wurde.

»Du machst das ganz prima, Nobbi«, lobte Claudia ihn über Kastners Schulter hinweg und löschte dann einen Schwelbrand auf Freddies Rüschenkleid mit Rotwein. Aus dem Inneren von Wernreuthers Wohnung hörte man Babsis lautes Schnarchen und Freddies Mixtape: *Spaniens Gitarren verschönen uns die Stunden der Liebe mit Tönen*, sangen Cindy und Bert (also zumindest Cindy, bei Bert wusste man es ja nie so genau), und Wernreuther stampfte wie ein Flamencotänzer und fiel in den Refrain ein: »Es muss Nacht sein, es muss Nacht sein, dann kommt Spanien so spanisch dir vor!« Dann murmelte er etwas von den Nachbarn und schickte sich an, die Balkontür zuzuziehen.

»Lass um Gottes willen die Tür auf, Felix«, bat Moni, »sonst krieg ich einen klaustrophobischen Anfall.«

»Du hast doch nicht etwa ein Problem mit Nähe?«, fragte Wernreuther mit samtiger Stimme zurück und rückte noch näher an sie heran.

»Doch«, sagte Moni und trat ihm gegen das Schienbein.

Dann überschlugen sich die Ereignisse.

Karolas Augen hatten sich an die Dunkelheit gewöhnt.

Im Dämmerlicht, das tagsüber durch den schmalen Lichtschacht fiel, begann die Schüssel unter dem lecken Wasserrohr ein Eigenleben: Sie phosphoreszierte wie ein Tiefseewesen, vibrierte und pulsierte in allen Farben des Regenbogens; und wenn Karola sie lange genug anstarrte, begann sie zu schweben und im Takt des tropfenden Wassers auf- und abzusteigen. Sie dachte lange darüber nach, warum das Gefäß nie leer wurde und nie überlief. Ihr Gehirn fraß sich an dem Problem regelrecht fest. Sie trank einen ganzen Tag lang keinen Tropfen und fühlte hin und wieder mit den Fingern, ob das Wasser den Rand schon erreicht hatte.

Pling, pling, pling.

Als es dunkel wurde und sie es vor Durst kaum noch aushielt, kroch ein Schattenwesen aus der Wand, streckte schweigend seinen langen, zottigen Rüssel in die Schüssel und trank in tiefen Zügen. Hab ich dich erwischt, dachte Karola. Sie brach das Experiment ab, aber das Wesen blieb. Es drückte seinen haarigen Rücken in die Ecke neben der Heizung und ließ sie nicht aus den Augen.

Karola erinnerte sich an lange Flugreisen, an geschäftige Großstädte und sonnige Strände, an gesichts- und namenlose Menschen, die sich viel Mühe mit ihrem Haar und ihrem Make-up gaben. Jemand sagte: Du musst an deinem Ausdruck arbeiten, Karola.

Sie erinnerte sich an die Geburt ihres Sohnes. Jemand sagte: Pressen. Sie müssen pressen, Frau Kampe. Sie erinnerte sich an sein Gesicht, an seine ersten Schritte, an seinen Namen: Moritz.

Sie erinnerte sich an Thomas, an das Loft. Thomas sagte: Du musst deine Prioritäten anders setzen, Karola – es ist schon wieder kein Bier im Kühlschrank, so kann es nicht weitergehen.

Sie erinnerte sich an den Stadtrat. An die letzte Ausschusssitzung. Danach war alles dunkel. Das Licht war ausgegangen, und bis jetzt hatte sie den Lichtschalter nicht gefunden. Wie war sie hierhergekommen? Warum hielt dieser Irre sie gefangen?

Sonntag, 25. Februar: *Retrograde Amnesie*

Kastner sah sich erst gegen Mittag in der Lage, das Bett zu verlassen und eine mehr oder weniger aufrechte Haltung einzunehmen. Er schleppte sich ins Bad und duschte ausgiebig, was sein Gesamtbefinden geringfügig verbesserte. Als er in die Küche kam, saß Mirjam schon am Tisch und hielt sich an einem Glas Orangensaft fest.

»Du siehst aus wie Bastian Schweinsteiger nach dem WM-Finale 2014«, sagte sie zur Begrüßung.

Kastner strich über den Riss auf seinem rechten Wangenknochen, den der Notarzt noch vor Ort und ohne jede Betäubung zusammengetackert hatte. »Das ist nichts«, behauptete er, »nur eine Fleischwunde.«

»Na dann«, sagte Mirjam. Sie sah Kastner wortlos dabei zu, wie er die Kaffeemaschine befüllte, den Milchtopf auf den Herd stellte und nach dem Milchschäumer suchte. »Neben dem Herd links, oberste Schublade«, erklärte sie schließlich.

»Hm«, machte Kastner. »Vielleicht hab ich doch eine Gehirnerschütterung erlitten? Retrograde Amnesie, oder wie das heißt.«

»Das heißt: Ein Mann steht in der Küche und hat keine Ahnung, in welcher Schublade seit zehn Jahren der Milchschäumer liegt«, stellte Mirjam nüchtern fest und fügte ansatzlos hinzu: »Ich hoffe, das wird Konsequenzen haben.«

»Dass ich nicht weiß, wo der Milchschäumer liegt?«

»Dass Wernreuthers Balkon abgekracht ist! Es kann ja wohl nicht sein, dass wir drei mageren Hanseln ...«

»Sieben«, unterbrach Kastner. »Wir waren zu siebt. Wir beide, Claudia, Wernreuther, Freddie, Nobbi, Moni ...«

»Jaja, verschon mich«, sagte Mirjam.

»... und der Grill«, schloss Kastner. »Mitsamt den beiden katalanischen Hähnchenschenkeln.«

»Den beiden *angeblich* katalanischen Hähnchenschenkeln«, stellte Mirjam klar und schenkte sich Orangensaft nach, »die gewichtsmäßig wohl kaum den Ausschlag gegeben haben dürften. Im Ernst, Kastner: Stell dir mal vor, Wernreuther würde im dritten Stock wohnen anstatt im Hochparterre! Wir könnten alle mausetot sein!«

»Freilich, Hase«, sagte Kastner. »Aber es ist ja noch mal gut gegangen – nur ein paar Schürfwunden und blaue Flecken, und Wernreuthers gebrochener Zeigezeh natürlich. Auch einen Milchkaffee?«

»Danke nein, mir ist schon schlecht.« Mirjam seufzte. »Wir hätten in die Oper gehen sollen«, sagte sie, »dann wäre das alles nicht passiert.«

»Hm«, machte Kastner.

Karola

Während Karola eine Dose Ochsenschwanzsuppe trank, reinigte der Mann ihr Verlies. Er hatte einen infernalisch lauten Staubsauger mitgebracht, mit dem er wütend auf den muffigen Teppich einschlug, der den Boden bedeckte. Das zottige Schattenwesen floh von einer Ecke in die andere und stolperte über seinen Rüssel.

»Der reinste Augiasstall ist das hier«, schrie der Mann über den Staubsaugerlärm hinweg, »ein Bermudadreieck der Ekelhaftigkeit. Schaut es bei euch zu Hause auf Proxima Centauri b eigentlich auch so aus, oder lasst ihr nur hier unten bei uns die Sau raus? Hast du mal drüber nachgedacht, dass du weniger schmutzen würdest, wenn ich dir nicht jeden Tag was zu essen bringen würde?«

»Ich weiß nicht?«, sagte Karola, mit einem hörbaren Fragezeichen am Ende. Damit lief sie normalerweise gut.

»Das weißt du nicht?«, fuhr der Mann auf. »So blöd kann man doch gar nicht sein! Wie wär's mal mit ein bisschen Dankbarkeit, du Lebensform? Ich muss das hier nicht machen, kapierst du das eigentlich? Ich könnte ein schönes Leben haben, wenn du nicht wärst.« Er riss den Stecker des Staubsaugers aus der Steckdose und fluchte laut, weil das Kabel sich nicht aufrollen wollte.

»Ich bin gar kein Alien«, sagte Karola zu seinem gekrümmten Rücken, überrascht von ihrem Mut. »Ich heiße Karola Kampe. Ich bin Stadträtin und habe einen kleinen Sohn, der mich sicher vermisst.«

»Blödes Lügengeschwätz«, sagte der Mann und gab dem Staubsauger einen Fußtritt. »Was man sich von euch alles anhören muss!«

»Ich will Ihnen wirklich nicht zur Last fallen«, hörte Karola sich sagen. »Warum lassen Sie mich nicht einfach gehen?«

Der Mann floh aus ihrem Kerker und zerrte den Staubsauger am Kabel hinter sich her. »Du willst mich wohl für dumm verkaufen«, schrie er, ehe er von außen die Tür zuwarf und den Riegel vorschob.

»Wir sollten uns T-Shirts bedrucken lassen«, schlug Claudia bei der vormittäglichen Teambesprechung vor. *»I survived the Spanish Evening!«* Sie war beim Steinbühler Balkonsturz mit einem blauen Auge davongekommen und trug deshalb, trotz des trüben Winterlichts, eine dunkle Sonnenbrille.

»Witzig«, erwiderte Wernreuther. Sein rechter Fuß, in Binden gehüllt wie die Mumie von Tutanchamun und mittels eines Klarsichtbeutels gegen Wind und Wetter geschützt, ruhte auf einem der Besucherstühle.

»Gell?« Claudia musterte Kastners getackerte Wange. »Autsch. Du siehst aus wie Frankensteins Monster.«

»Da hab ich schon schmeichelhaftere Vergleiche gehört«, brummte Kastner. »Gibt's Neuigkeiten aus Bamberg?«

Claudia nickte. »Ja, die Kollegen waren übers Wochenende fleißig. Lauterbach ist definitiv Karolas Stalker. Er hat die E-Mails von einem Internetcafé aus geschrieben, aber brav seinen eigenen E-Mail-Account benutzt. Die Wohnungsdurchsuchung hat allerdings keinen Anhaltspunkt für eine Entführung ergeben. Lauterbach wohnt zusammen mit einem Untermieter in einer Zweizimmerwohnung im Bamberger Zentrum, da könnte er nicht mal ein Meerschweinchen ohne Käfig verstecken.«

»Hat er gestanden?«, fragte Kastner.

»Das Stalking, ja. Angesichts der Beweise wäre leugnen aber auch ziemlich albern gewesen.«

»Hat jemand einen Vaterschaftstest veranlasst?«

»Ja, läuft.« Claudia lugte über den Rand ihrer Sonnenbrille. »Allerdings unter der Hand – ich hab noch keinem von unserem Verdacht erzählt, dass Lauterbach Moritz' Vater sein könnte. Ich meine, wenn nichts dran ist, kann man den Beteiligten diese Aufregung doch ersparen?«

»Hm«, machte Kastner. »Lauterbach bestreitet also, Karola entführt zu haben?«

»Mit Vehemenz«, erklärte Claudia. »Er schwört, sie zu lieben und nur ihr Bestes zu wollen – sicher eine etwas eigenwillige Interpretation des Begriffs *Liebe*, wenn man sich den anonymen Schund durchliest, den er ihr über all die Jahre geschrieben hat.«

Wernreuther merkte auf. »Ach? Erzähl mal – was hat er denn geschrieben?«

»Den genauen Wortlaut möchte ich in Anwesenheit von Damen ungern wiedergeben«, zitierte Claudia Holger Lurz.

Wernreuther runzelte die Stirn.

»Lauterbachs Alibi für den 8. Februar ist lückenhaft«, fuhr Claudia fort. »Bis achtzehn Uhr war er wie Kevin allein zu Haus, danach will er bis Mitternacht eine Kneipentour gemacht haben – ein Rauchbier im *Schlenkerla*, eine Runde Kicker im *Schwarzen Schaf* ... Die Kumpels, die er dabei getroffen hat, sind allerdings große Freunde der Bamberger Bierkultur und können sich an den 8. Februar kaum noch erinnern.«

»Lauterbachs Wohnung scheidet also aus«, sagte Kastner. »Gibt es einen anderen Ort, an dem er Karola gefangen halten könnte?«

»Ja und nein«, sagte Claudia. »Lauterbachs Eltern haben ein Wochenendgrundstück im Bamberger Umland, aber auch da gibt es keine Spur von Karola. Die Bamberger Kollegen haben die Datsche vom Keller bis zum Dachboden gründlich untersucht – nichts. Kein Haar, kein Fingerabdruck.«

»Vielleicht haben die Kollegen an der falschen Stelle gesucht?«, warf Wernreuther ein. »Vielleicht sollte man unter dem Komposthaufen oder dem Hügelbeet nachsehen?«

Claudia nickte. »Freilich, so weit haben die Bamberger auch schon gedacht. Für morgen ist Tassilo von Lichteneiche für eine Grundstücksbegehung einbestellt.«

»Wer von was?«, fragte Wernreuther.

Claudia lächelte. »Der Leichensuchhund, Felix. So, und jetzt gibt's zum Schluss noch einen echten Knaller, Leute. Ich war heut Morgen nämlich schon aktiv: Ich habe Igor Papps Finanzen überprüft.«

Wernreuther rückte stöhnend seinen Fuß zurecht. »Ja, und?«

»Das Haus, in dem die WG wohnt, gehört Frau Dr. Hirsch, Martin Brandstetter, Alfred Merz, Gisela Hofreiter und, aufgemerkt, Igor Papp zu gleichen Teilen. Die haben sich das bald nach Papps Entlassung gekauft, Anfang 2004. Papp und Alfred Merz haben sich schon zwei Jahre vor Papps Verhaftung kennengelernt – Merz hat eine sozialkritische Fotoserie in der Spedition gemacht, in der Papp damals angestellt war, und anscheinend sind sie gleich dicke Freunde geworden.«

»Igor Papp ist Hausbesitzer?«

Claudia nickte. »Zumindest Fünftelhausbesitzer. Gut, die Hütte war renovierungsbedürftig und für eine Viertelmillion gewissermaßen ein Schnäppchen, aber trotzdem – man fragt sich, woher der Gelegenheitstaxifahrer Papp kurz nach seiner Entlassung plötzlich fünfzigtausend Euro hatte?«

»Na, einen Bankkredit wird er bei seinem Leumund wohl kaum bekommen haben«, gab Wernreuther zu. »Vielleicht Rücklagen von früheren kriminellen Geschäften? Oder was geerbt?«

»Papps Eltern waren Fabrikarbeiter und sind bei einem Autounfall gestorben, als er dreiundzwanzig war«, sagte Claudia. »Bei seiner Verhaftung war er arm wie eine Kirchenmaus. Aber passt auf, es geht noch weiter. Papp hat ein Girokonto, auf das er seit seiner Entlassung jeden Monat achthundert Euro in bar einzahlt. Davon gehen dann Fixkosten in Höhe von vierhundert Euro ab – Krankenkasse, Nebenkosten, Telefon –, und die übrigen vierhundert scheinen ihm zum Leben zu reichen.«

»Ein echter Spartaner«, sagte Wernreuther. »Und?«

»Woher kriegt er jeden Monat diese achthundert Euro?«

»Schwarzarbeit? Gaunereien?«

»Vermutlich macht er so was auch«, gab sie zu. »Aber diese Regelmäßigkeit ist schon auffällig – überleg mal! Seit fünfzehn Jahren jeden Monat, immer in bar, exakt achthundert Euro? Und dazu die fünfzigtausend fürs Haus?«

»Claudia hat recht«, mischte Kastner sich ein. »Das stinkt. Irgendjemand steckt Igor Papp anscheinend regelmäßig Geld zu, und interessanterweise hat er sein Herz für ihn gleich nach seiner Entlassung entdeckt.«

»Vielleicht auch schon bei seiner Verhaftung«, sagte Claudia. »Wenn man achthundert Euro im Monat über fünf Jahre zusammenrechnet, kommt man mit Zinsen ungefähr auf fünfzigtausend.«

»Ihr sprecht von Erpressung?«, riet Wernreuther. »Ihr meint – Dorsch führt kein schönes Leben in der Provence, sondern jemand hat ihn schon vor zwanzig Jahren um die Ecke gebracht? Und Papp weiß, wer?«

»Papp könnte Dorsch damals zusammen mit einem Komplizen entführt haben«, schlug Claudia vor. »Papp hat nach seiner Verhaftung dicht gehalten, und der Komplize bezahlt ihn seither für sein Schweigen.«

»Das klingt nach einer runden Erklärung«, nickte Kastner. »Ich bin schon sehr gespannt, was Papp dazu sagen wird. Holst du ihn bitte zu Hause ab, Felix? Und wenn er da nicht ist: Schreib ihn ruhig zur Fahndung aus. Um mit Hella Dorsch zu sprechen: Wir ziehen jetzt die Daumenschrauben ein bisschen an!«

***

Igor Papp bot nacheinander verschiedene Erklärungen für sein regelmäßiges Einkommen an, eine so absurd wie die andere: ein Lottogewinn, finanzielle Unterstützung durch entfernte ungarische Verwandte, Ersparnisse aus *besseren Zeiten*. Kastner zerpflückte die Märchen so schnell, wie Papp sie erfand, und konfrontierte ihn schließlich mit Claudias Hypothese: Er habe Dorsch mit einem Komplizen entführt und sich für sein Schweigen jahrelang bezahlen lassen. »Was ist mit Dorsch passiert?«, fragte er. »Hat er sich gewehrt, hat Ihr Komplize ihm eins über den Kopf gezogen und dabei zu weit ausgeholt?«

Papp ließ plötzlich jede Eloquenz vermissen. Er starrte Kastner nur entgeistert an und schüttelte den Kopf.

»Und bei Frau Kampe?«, fragte Kastner. »Das Gleiche? Haben Sie wieder mit Ihrem Komplizen zusammengearbeitet, oder haben Sie es diesmal allein durchgezogen? Warum haben Sie Mayerfeldt nicht angerufen, um eine Geldübergabe auszuhandeln?«

»Sie sind ja verrückt«, stöhnte Papp. »Ich kenne diese Frau nicht! Und ich habe Dorsch nicht entführt.«

»Dann erklären Sie mir doch, warum Ihnen jemand jeden Monat achthundert Euro schenkt.«

Papp fing an, auf seinen Fingernägeln herumzukauen.

»Na gut«, sagte Kastner. »Herr Papp, ich verhafte Sie wegen des Verdachts, Wilhelm Dorsch und Karola Kampe entführt und getötet zu haben, und wegen des dringenden Verdachts, für Frau Kampe eine Lösegeldforderung gestellt zu haben. Sie können gleich hierbleiben, wir haben hübsche Zellen im Untergeschoss – nicht sehr luxuriös, aber immerhin Einzelzimmer. Im Gefängnis wird das wieder anders sein, aber Sie kennen sich ja aus. Nur, diesmal werden Sie nicht nach fünf Jahren wieder rauskommen. Zwei Entführungen mit Todesfolge ...«

Papp wurde leichenblass. »Ich gehe auf gar keinen Fall wieder ins Gefängnis«, stellte er klar. »Auf gar keinen Fall! Das ist doch alles Wahnsinn – ich hab nichts getan! Ich will mit einem Anwalt sprechen.«

»Das können Sie gern tun«, nickte Kastner. »Aber wenn Sie nichts getan haben, können Sie mir auch einfach die Wahrheit über die achthundert Euro sagen. Dann dürfen Sie heute Nacht in Ihrem eigenen Bett schlafen.«

Papp schluckte trocken und dachte darüber nach. »Was ist mit einem Deal?«, fragte er schließlich.

»Das kommt darauf an, was Sie zu bieten haben. Und darauf, was Sie getan haben.«

Papp nickte und rief anschließend seinen Anwalt an, der keine Stunde benötigte, um seinem Mandanten die Vorteile einer Kooperation zu erklären und mit dem Staatsanwalt einen Deal auszuhandeln. Anschließend war Papp zu einer Aussage bereit.

»Ich hab nichts getan«, beteuerte er wieder. »Ich habe Dorsch nicht entführt, und ich weiß nicht das Geringste über diese Karola Kampe. Ich hab Dorsch nur im Taxi mitgenommen – vor zwanzig Jahren.«

»Was Sie damals bestritten haben«, sagte Kastner.

»Ich hab für einen Kumpel unter der Hand die Schicht übernommen«, erklärte Papp treuherzig. »Dem wollte ich keinen Ärger machen. Meine letzte Fahrt ging zur Lorenzkirche, und danach wollte ich eigentlich Feierabend machen – aber Dorsch hat sich nicht abwimmeln lassen.«

»Dorsch ist also am Hauptmarkt einfach in irgendein Taxi gestiegen, und es war zufällig Ihres?«

Papp nickte.

»Und wohin haben Sie ihn gefahren?«

»Er wollte in den Kleinreuther Weg.«

»Ach«, sagte Kastner. »Doch nicht etwa zu Hermann Rolfes?«

»Doch. Genau zu dem. Die meisten Kunden halten ja entweder die Waffel oder quatschen übers Wetter und die Bundesliga; aber manche glauben, es wär im Fahrpreis inbegriffen, dass ihnen endlich mal jemand zuhört. Dorsch – seinen Namen hab ich, ebenso wie den von Rolfes, natürlich erst später erfahren – war so einer. Er war aufgebracht, erregt, und er hat die ganze Tour lang gequasselt: Die Welt ist schlecht, die Menschen sind gierig, berechnend, rücksichtslos ... So ein Früher-war-alles-besser-Gelaber. Ich war froh, als wir endlich im Kleinreuther Weg waren, und wollte abkassieren; aber Dorsch sagte: Bitte warten Sie, es dauert höchstens fünf Minuten, ich mach jetzt reinen Tisch, ich will damit nichts mehr zu tun haben ...«

»Was hat er damit gemeint?«

Papp zuckte die Achseln. »Keine Ahnung – war mir auch völlig egal. Er ist durch den Torbogen zum Hinterhaus verschwunden, und ich hab gewartet. Und gewartet. Nach zwanzig Minuten kam's mir komisch vor; ich hab gedacht, der hat mich vergessen. Also bin ich ausgestiegen und hab da geklingelt, denn ich wollte ja immerhin meine

Kohle haben. Zuerst hat niemand aufgemacht, aber irgendwann ist dann Rolfes an die Tür gekommen und hat mich angestarrt wie ein Gespenst. Ich warte auf den Herrn im braunen Anzug, hab ich gesagt, ob der wohl noch kommt? Rolfes war weiß wie eine Wand. Nein, hat sich erledigt, hat er gesagt. Dann hätt ich gern meine zweiunddreißig Euro achtzig, hab ich gesagt, ich steh hier nämlich schon zwanzig Minuten rum. Rolfes hat mir das Geld gegeben, und das war der Anfang unserer Geschäftsbeziehung. Obwohl ich das damals ja noch nicht wusste.«

»Und wie ging es weiter?«

»Ein paar Tage später hat mich der unzuverlässige Fahrgast aus der Zeitung angegrinst. Wilhelm Dorsch, Stadtrat, seit dem Abend des 5. Februar spurlos verschwunden. Da dacht ich mir: Hoppla – das kann kein Zufall sein.«

»Und Sie sind nicht auf die Idee gekommen, zur Polizei zu gehen?«

»Hab ich durchaus erwogen«, sagte Papp. »Aber nachdem ich eine Nacht drüber geschlafen hab, ist mir eine viel bessere Idee gekommen: Ich bin in den Kleinreuther Weg gefahren und hab bei Rolfes geklingelt. Er macht auf, starrt mich an und fragt, was ich will; und ich behaupte frech, dass von der Taxifahrt noch Kosten offen sind. Er fragt: Wie viel?, und ich sag: Achthundert Euro – monatlich und in bar. Er hat diesen Vorschlag sofort akzeptiert, und damit war für mich alles sonnenklar. Ich hab keine Ahnung, was mit Dorsch passiert ist; aber ich bin mir sicher, dass Rolfes es ganz genau weiß.«

»Sie haben Rolfes also erpresst?«

»Das würde ich so nicht ausdrücken«, sagte Papp. »Ich hab ihm ja nie mit irgendwas gedroht – das war gar nicht nötig. Wir haben uns einfach einmal im Monat in der Stadt getroffen, und er hat mir ein Geldkuvert in die Hand gedrückt.«

»Ich verstehe«, sagte Kastner. »Und dann hatten Sie noch eine Idee – allerdings eine schlechte.«

»Stimmt«, gab Papp zu. »Das mit der Lösegeldforderung hätte ich mir sparen sollen. Aber inzwischen hatte ich Erkundigungen über meinen Sponsor eingezogen – braver Familienvater, kleiner Angestellter, Stadtrat mit Idealen –, und mir war klar, dass seine Schmerzgrenze bei achthundert Euro im Monat erreicht ist. Drum hab ich mir gedacht: Da kann man ja vielleicht noch andere Quellen anzapfen. Na ja. Ist gründlich schiefgegangen.«

»Und trotzdem haben Sie nichts gesagt?«, wunderte sich Kastner. »Die ganzen Vernehmungen, die Verhandlung, fünf Jahre Haft – Sie hätten doch schon damals mit der Staatsanwaltschaft einen Deal aushandeln können. Eine mildere Strafe gegen die Aufklärung eines Verbrechens ...«

»Ich hab eben an meine Zukunft gedacht«, sagte Papp. »Ich weiß schließlich, wie schwer sich ein Exknacki damit tut, wieder in Lohn und Brot zu kommen. Nach meiner Verhaftung war mir klar, was ich falsch gemacht hab: Ich war zu gierig, zu ungeduldig. Die fünf Jahre Knast waren kein Spaziergang, das dürfen Sie mir glauben, aber es hat mich getröstet, dass Rolfes für mich da sein wird, wenn ich rauskomm. Und so war es dann ja auch.«

»Das heißt, Sie haben ihn nach Ihrer Entlassung weiter erpresst?«

»Das klingt so negativ«, sinnierte Papp. »Ich empfinde das ganz anders. Rolfes hat sogar über die ganzen Jahre meine achthundert Euro in festverzinslichen Wertpapieren angelegt – freiwillig. Ein wirklich netter, zuverlässiger Mann. Wir haben wohl beide gewusst, was wir aneinander haben.«

***

Kastner ließ den netten, zuverlässigen Mann gleich von einer Streife festnehmen und ins Verhörzimmer bringen. Während Rolfes dort saß und die Wand anstarrte, verzehrte Kastner im Beobachtungsraum ein Leberkäsbrötchen mit Senf – ein weiteres Mal überschnitt sich ein Gespräch mit Rolfes mit seinem Mittagessen in der Rathauskantine, aber daran ließ sich nichts ändern.

Dann klärte er Rolfes über Papps Aussage und seine Rechte auf und schaltete das Aufnahmegerät ein. »Bitte, Herr Rolfes«, sagte er. »Ich bin sehr gespannt.«

»Ich brauche keinen Anwalt«, erklärte Rolfes, »denn ich habe Dorsch nicht umgebracht – für was halten Sie mich denn? Es war ein Unfall. Ein Unfall unter äußerst unglücklichen Umständen ...«

Die Welt ist schlecht, und schuld sind immer die anderen, dachte Kastner, nickte aber verständnisvoll. »Was ist denn passiert?«, fragte er.

»Wir waren ganz nah dran«, sagte Rolfes. »Dorsch hatte die Nase voll von seiner Partei – die Ehrenbürgerschaft für Diehl war für ihn der Tropfen, der das Fass zum Überlaufen gebracht hat. Und wir hatten den roten Teppich schon ausgerollt. Er hätte nur drübergehen müssen, und alles wäre gut gewesen.«

»Aber dann wollte er doch nicht über den roten Teppich gehen?«

Rolfes seufzte und schüttelte den Kopf. »Nein, das wollte er dann nicht mehr.«

»Warum nicht?«

»Marion Prohacek – die Aushilfsbürokraft. Sie hat irgendwelche Kontakte nach Frankreich gehabt, und Dorsch mit seinem Frankreichspleen ist dauernd um sie herumgeschlichen – hat ihr seine Urlaubsfotos gezeigt und sich Reisetipps und Rezepte für Knoblauchmayonnaise geben lassen. Die Prohacek war damals eine Art Klatschzentrum in der Gerüchteküche Rathaus: eine recht einfach gestrickte Person; leichtgläubig, neugierig wie ein Eichhörnchen und unfähig, etwas länger als drei Minuten für sich zu behalten. Leider haben sich ein paar selbst ernannte Strategen meiner damaligen Partei für besonders schlau gehalten … Anstatt einfach abzuwarten und geduldig um Dorsch zu werben, wollten sie den Machtwechsel auf Teufel komm raus beschleunigen und sind auf die Idee verfallen, Dorsch über die Prohacek gezielt mit Informationen über seine Parteikollegen zu füttern. Informationen, die zum Teil glatt erfunden waren – Fake News, gewissermaßen. Nun, Dorsch hat zwar an das Gute im Menschen geglaubt, aber dumm war er nicht – irgendwann hat er begriffen, dass er manipuliert wird.«

»Und das hat ihm nicht gefallen«, vermutete Kastner.

»Er war angewidert und enttäuscht«, nickte Rolfes. »Zu Recht. Von einem Wechsel zur SPD wollte er danach nichts mehr wissen.«

»Und damit war der Traum von einem Machtwechsel ausgeträumt«, ergänzte Kastner.

»Mir persönlich ist es nie um Macht gegangen«, stellte Rolfes klar. »Ich wollte nur eine Mehrheit für die Art Politik, die ich für die richtige halte. Mir hätte es genügt, wenn Dorsch die CSU verlassen und in einigen wichtigen Punkten mit der Opposition gestimmt hätte. Aber es kam schlimmer. Dorsch wollte ganz aus der Politik aussteigen …«

»… und hätte damit Platz für einen parteikonformen Nachrücker gemacht.«

Rolfes nickte. »Der Super-GAU, und schuld waren ein paar Idioten, die so wenig Vertrauen in ihre Argumente haben, dass sie wechselnde Mehrheiten fürchten wie der Teufel das Weihwasser. An diesem 5. Februar hab ich Dorsch zu einem Treffen bei mir zu Hause überredet – ihn angefleht, sich die Sache noch mal zu überlegen; ihm erklärt, dass integre Menschen wie er in der Politik dringend gebraucht werden, dass es letztendlich um die Ziele und Inhalte geht. Aber Dorsch hatte sich schon entschieden. Er wollte gehen, ich wollte ihn aufhalten, er hat das Gleichgewicht verloren und ist mit dem Kopf auf den Fliesenboden geknallt. Es war ein Unfall – bitte glauben Sie mir das, es ist die Wahrheit!«

»Fliesenboden?«

»Wir haben uns in der Küche unterhalten«, sagte Rolfes.

»Gibt es einen Zeugen, der das bestätigen kann?«, fragte Kastner. »War Ihre Frau zu Hause?«

»Nein«, sagte Rolfes und rieb sich die Augen, »nein, Gott sei Dank nicht. Es hat Komplikationen mit ihrer zweiten Schwangerschaft gegeben, sie war für ein paar Tage im Krankenhaus. Amelie war da, aber sie hat das alles zum Glück verschlafen.«

»Hat Dorsch nach dem Sturz noch gelebt?«

Rolfes schüttelte den Kopf.

»Wie können Sie da so sicher sein?«

Rolfes zögerte. »Ich habe seinen Puls gefühlt«, sagte er schließlich. »Da war nichts.«

»Haben Sie versucht, ihn wiederzubeleben? Herzmassage, Mund-zu-Mund-Beatmung?«

»Ich – nein. Nein. Ich stand unter Schock, ich war wie gelähmt. Und er war tot, ganz sicher.«

»Was ist dann passiert?«, fragte Kastner.

Rolfes atmete tief ein und wieder aus. »Dann hat jemand an der Tür geklingelt, wieder und wieder. Zuerst hab ich es ignoriert, aber dann – ich hatte Angst, dass Amelie aufwacht, dass sie mit ihrem Teddybär im Arm die Treppe runterkommt und Dorschs Leiche sieht. Also hab ich die Tür aufgemacht, und da stand dieser Taxifahrer und hat nach Dorsch gefragt. Ich dachte, das war's jetzt. Politische Karriere, Arbeit, Familie – alles futsch. Aber er wollte nur sein Geld, und ich habe es ihm gegeben.«

»Was haben Sie mit Dorschs Leiche gemacht?«

»Er hat ein schönes Grab im Pegnitztal«, erklärte Rolfes.

»Hm. Er wird umgebettet werden müssen, mit einem Zwischenstopp in der Gerichtsmedizin. Aber eigentlich wollte ich wissen, was Sie am Abend des 5. Februar mit ihm gemacht haben – nachdem Igor Papp wieder gegangen war.«

Rolfes schwieg und dachte nach.

Kastner wartete.

»Ich hab ihn in den Keller geschleppt, ihn in eine Plastikplane gewickelt und die Tür abgesperrt. Und dann hab ich den Boden in der Küche gewischt.«

»Hat Dorsch geblutet?«, fragte Kastner.

»Äh – nein. Nein. Aber trotzdem – ich wollte ...« Rolfes wedelte mit der Hand und verstummte dann.

»Sie wollten, dass alles wieder so ist, wie es vorher war?«, riet Kastner. »Als könnten ein sauberer Küchenboden und ein schönes Grab im Pegnitztal alles ungeschehen machen und Sie jeder Verantwortung entheben?«

»Aber ich konnte ja wirklich nichts dafür«, sagte Rolfes.

Kastner verkniff sich einen Kommentar. »Und wann und wie haben Sie dann die Leiche fortgeschafft?«, fragte er.

»Ich habe Dorsch in meinen Kofferraum geladen und weggefahren. In den frühen Morgenstunden.«

»Noch in derselben Nacht?«

Rolfes nickte.

»Und wer hat Ihnen geholfen?«

Rolfes verschränkte die Finger. »Wieso geholfen?«

»Sie sind ein kräftiger Mann. Schon möglich, dass Sie Dorsch alleine weggebracht und vergraben haben – trotzdem muss Ihnen jemand geholfen haben. Ich kann mir nämlich nicht vorstellen, dass Sie Ihre eineinhalbjährige Tochter mitten in der Nacht stundenlang alleingelassen hätten.«

Rolfes sortierte seine Finger neu.

»Vielleicht haben Sie Ihre alte Freundin Erika Rebele gebeten, so lange auf ihr Patenkind aufzupassen?«

»Bitte, lassen Sie Erika da raus, sie hat wirklich nichts damit zu tun. Ich ...«

»Hat Frau Rebele Ihnen geholfen, die Leiche in den Kofferraum zu heben?«

»Um Gottes willen, nein!«, rief Rolfes. »Sie hat wirklich nur auf Amelie aufgepasst!«

»Aber Sie haben ihr erzählt, was passiert ist«, sagte Kastner. »Frau Rebele hat sich wohl kaum in den frühen Morgenstunden aus dem Bett klingeln und zu einem spontanen Babysitten bestellen lassen, ohne nach dem Grund zu fragen?«

Rolfes wandte den Kopf ab und schwieg.

»Wie Sie wollen«, sagte Kastner. »Frau Rebele ist eine kluge Frau, angesichts der Fakten wird sie uns bestimmt die Wahrheit sagen. Sie haben also Dorschs Leiche ins Pegnitztal gefahren und vergraben. Doch sicher nicht im Dunklen und mit bloßen Händen?«

»Natürlich nicht. Es war eine abgelegene Stelle, ich habe im Licht der Autoscheinwerfer gegraben – und ich hatte einen Spaten dabei.«

Kastner nickte. »Und dann sind Sie wieder nach Hause gefahren und haben das Gerücht in die Welt gesetzt, Dorsch und Marion Prohacek seien ein Liebespaar gewesen und in Frankreich untergetaucht. Haben Sie wirklich gedacht, damit wäre alles erledigt und das Leben würde einfach weitergehen wie vorher?«

Rolfes runzelte die Stirn. »Na ja, bis der Taxifahrer wiedergekommen ist und mich erpresst hat.«

»Achthundert Euro im Monat für Ihre Zukunft – ein Angebot, das Sie im Großen und Ganzen akzeptabel fanden?«

»Für einen Erpresser war er sehr fair. Er hätte ja sonst was verlangen können, aber er hat nie mehr gewollt als seine achthundert Euro. Und er hat dichtgehalten, selbst nach seiner Verhaftung. Die achthundert Euro haben mir trotzdem wehgetan, aber irgendwie fand ich, dass ich das auch verdient hab – es war meine Art, Buße zu tun.«

»Ihre Art, Buße zu tun?«, wiederholte Kastner ungläubig. »Haben Sie eigentlich auch mal an Dorschs Familie gedacht? An ihre Ängste und die Nöte, in die sie das Verschwinden ihres Ehemanns und Vaters, ihres Ernährers, gestürzt hat? An die quälende Ungewissheit, mit der sie all die Jahre leben mussten? An die Menschen, die wegen Dorschs Verschwinden zu Unrecht verdächtigt und befragt worden sind, an die Behörden, die jahrelang in eine falsche Richtung ermittelt haben?« Bis auf Vogt, dachte Kastner. Vogt hatte letztlich den richtigen Riecher gehabt, aber niemand hatte auf ihn hören wollen.

* * *

Wernreuther hatte sich mit seinem gebrochenen Zeh entschuldigt; aber Kastner und Claudia waren vor Ort, als

Dorschs sterbliche Überreste geborgen wurden. Rolfes hatte ihnen die genaue Stelle gezeigt – ein Waldstück an der Flussschleife zwischen Artelshofen und Enzendorf, das an eine feuchte Wiese grenzte und über einen Feldweg zu erreichen war. Ein Streifenwagen brachte Rolfes in seine Zelle zurück, die Beamten der Spurensicherung krochen in ihren weißen Schutzanzügen durchs Unterholz und klaubten Kippen und Kaugummis aus der Laubstreu. Nach Reifenspuren und Fußabdrücken suchten sie vergebens – »Kein Wunder, nach zwanzig Jahren«, wie Martina Götz lakonisch bemerkte. »Am ehesten finden wir da noch Spuren an der Leiche.«

»Was für eine Leiche?«, fragte Claudia verblüfft. »Wir finden da doch höchstens noch ein paar Knochen, oder?« Sie deutete auf das abgesperrte Karree, in dem zwei von Martinas Leuten behutsam eine Bodenschicht nach der anderen abtrugen und sorgfältig untersuchten. Dr. Rendlick, die Gerichtsmedizinerin, stand entspannt daneben und rauchte eine Zigarette.

Martina zuckte die Achseln. »Wir sind hier sehr nah am Fluss, der Boden ist feucht und lehmig. Sauerstoffarm. Und ohne Sauerstoff dauert es unter Umständen Jahrzehnte, bis eine Leiche verwest. Die Hautfette werden zu Leichenlipiden umgewandelt, die sich im Gewebe ein- und auf der Haut ablagern und die Verwesung behindern. Manche Friedhöfe können ein Lied davon singen – die wollen nach zwanzig, dreißig Jahren die Gräber neu belegen und buddeln Leichen aus, die aussehen wie gestern begraben. Na ja – so ähnlich zumindest. Das Phänomen nennt sich Wachsleiche.«

»Hmpf«, machte Kastner. Eine halbe Stunde zuvor hatte er Claudia an einer Tankstelle anhalten lassen und sich ein überbackenes Schinken-Käse-Baguette einverleibt. Ein Umstand, den er jetzt bereute.

»Da«, sagte Martina. »Jetzt haben sie was.«

Die Gerichtsmedizinerin, eine immer tadellos gekleidete und sorgfältig frisierte Dame in den Fünfzigern mit einem ausgeprägten Damenbart, trat ihre Kippe aus und beugte sich über die Grube. Einer von Martinas Mitarbeitern seufzte leise und pulte den Zigarettenstummel mithilfe seiner Pinzette aus dem Lehm. Er steckte ihn in ein Tütchen und schrieb mit Folienstift *Rendlick* darauf.

»Ja, hübsch«, sagte Frau Dr. Rendlick in die Grube.

Kastner trat vorsichtshalber einen Schritt zurück.

»Sie können ruhig gucken, Kastner«, sagte Dr. Rendlick über die Schulter. »Bisher ist nur eine graue Plastikplane zu sehen. Was ein gutes Zeichen ist.«

»Plastik verhindert, zusätzlich zu den genannten Umständen, dass der Verwesungsprozess in Gang kommt«, flüsterte Martina Götz Kastner ins Ohr.

Kastner trat noch einen Schritt zurück. »Sehr beruhigend«, sagte er. »Ob ich wohl eins von diesen Tütchen haben könnte? Ich möchte die Spurenlage ungern mit Fremdmaterial kontaminieren.«

»Das haben Sie sehr schön gesagt«, nickte Dr. Rendlick. »Schmidt? Geben Sie dem Kriminalhauptkommissar bitte einen Beweismittelbeutel? XXL, wenn vorhanden.«

Schmidt nickte diensteifrig und tat, wie ihm geheißen.

Dr. Rendlick ging in die Knie, Kastner hörte Plastik rascheln. »Ja, da haben wir dich ja«, sagte die Gerichtsmedizinerin erfreut und ergänzte, an die Umstehenden gewandt: »Ä scheene Leich, wie der Franke sagt, auch wenn er damit was anderes meint. Frisch wie gestern verschieden. Ich würde vorschlagen, wir packen unser Geschenk erst in der Gerichtsmedizin aus, damit alles schön beieinanderbleibt.«

Claudia trat einen Schritt nach vorne und spähte in die Grube. »Oh, mein Gott«, sagte sie. »*Das* nennt ihr frisch? Nicht im Ernst, oder?«

Kastner benutzte den Beweismittelbeutel und rief dann Mirjam an. »Bei mir wird es heute sehr spät, Hase«, sagte er. »Warte bitte nicht auf mich.«

Karola

Karola war die Dosennahrung leid, und ein metallisch-säuerlicher Nachgeschmack nährte immer öfter ihren Verdacht, dass einige der Konserven ihr Haltbarkeitsdatum überschritten hatten. Sie sehnte sich nach frischem Obst und Gemüse, vor allem aber nach Kohlenhydraten, Fett und Zucker – ein flambierter Crêpe Suzette, ein Germknödel in zerlassener Butter, ein puderzuckerbestäubter Kaiserschmarren mit frischem Apfelmus wurden nacheinander zu ihrem Heiligen Gral, zur blauen Blume ihrer Sehnsucht.

Als der Mann ihr das nächste Mal eine Dose Bohnen in Tomatensoße hinhielt, fragte sie ihn, ob er ihr nicht ein Stück Brot dazu bringen könnte.

Der Mann beugte sich nach vorne. »Was?«

Karola versuchte vergeblich, unter der dunklen Kapuze sein Gesicht zu erkennen, ihm in die Augen zu sehen. Aber im Gegenlicht blieb der Mann strukturlos wie ein Schattenriss.

»Ich bekomme Sodbrennen von dem kalten Essen«, erklärte sie. »Könnten Sie es nicht wenigstens warm machen?

Oder mir zur Abwechslung mal eine Schinken-Champignon-Pizza mit doppelt Käse besorgen?«

»Mit doppelt Käse?«, rief der Mann empört. »Bescheidenheit ist nicht so dein Ding, was? Ich reiß mir hier den Arsch für dich auf, und du willst immer mehr und mehr und mehr. Kennt man bei euch da oben nicht die Geschichte vom Fischer und seiner Frau? Die war auch so ein gieriges Luder, und deshalb hat es kein Happy End für sie gegeben.«

»Außerdem würde ich mich gerne waschen«, sagte Karola mit fester Stimme – wenn schon, denn schon. Immer wenn der Mann die Fassung verlor, hatte sie für kurze Zeit das Gefühl, die Kontrolle zu haben – eine berauschende Empfindung, die leider sofort versiegte, wenn er von außen die Tür verriegelte.

»Ach ja?« Seine Stimme wurde schrill. »Soll ich dir ein schönes, heißes Schaumbad einlassen? Wie wäre es mit einem Vier-Gänge-Menü? Für was hältst du dich eigentlich?«

Karola nahm all ihren Mut zusammen und legte eine Hand auf seinen Arm. »Bitte«, beschwor sie ihn, »bitte, lassen Sie mich gehen! Ich werde auch niemandem etwas sagen ...«

»Geh bloß weg«, kreischte der Mann und fuchtelte hysterisch mit den Armen. Die Bohnendose landete auf dem Teppichboden und kippte um. »Lass mich sofort los, du Körperfresser, leg deine Saat des Grauens in jemand anderen!« Er hob eine Hand, als wolle er sie schlagen, aber dann versetzte er nur der Dose einen wütenden Tritt. Sie prallte dumpf gegen die Wand und blieb irgendwo im Dunklen liegen.

Dienstag, 27. Februar: *Schlechtes Timing*

Die Sektion ergab, dass Wilhelm Dorsch ein Schädel-Hirn-Trauma erlitten hatte. Nach Dr. Rendlicks Einschätzung konnte die Verletzung durchaus bei einem Sturz entstanden sein, wie Rolfes ihn geschildert hatte. Anzeichen für eine vorausgegangene Gewaltanwendung fanden sich nicht. Allerdings war Dorsch nicht an der mittelschweren Gehirnprellung gestorben, sondern erstickt – er hatte also noch gelebt, als Rolfes ihn in die Plastikplane gewickelt hatte. Kastner hoffte für Dorsch, dass er dabei bewusstlos gewesen war.

Rolfes bekam einen Nervenzusammenbruch, als er es erfuhr.

Kastner fand, dass ihm das ganz recht geschah.

»Und was haben Sie mit Karola Kampe gemacht?«, fragte er, nachdem Rolfes wieder vernehmungsfähig war.

»Bitte?«

»Ihre Fraktionskollegin Karola Kampe? Sie erinnern sich?«

Rolfes starrte ihn aus trüben Augen an. Er hatte in den letzten Tagen irgendwie an Substanz verloren, fand Kastner – sein massiger Körper wirkte eingeschrumpelt, und seine dunklen Augenringe hatten einen violetten Farbton angenommen.

»Ich habe keine Ahnung, was mit Karola passiert ist«, sagte Rolfes mit dumpfer Stimme.

»Hm«, machte Kastner. »Sie haben sicher Verständnis dafür, dass ich dieser Aussage mit Skepsis begegne – bis vorgestern haben Sie dasselbe von Wilhelm Dorsch behauptet. Die Kollegen von der Spusi graben gerade ihren liebevoll begrünten Innenhof um, Herr Rolfes. Haben Sie Karola dort vergraben? Oder liegt sie auch im schönen Pegnitztal?«

Rolfes schloss die Augen und schüttelte den Kopf. »Nein. Ich habe Ihnen alles gesagt.«

»Ach ja?«

»Ja. Ja! Ich war überzeugt, dass Dorsch tot ist, sonst hätte ich ihn ja nicht in Plastik gewickelt!«, schrie Rolfes. »Er hat sich stundenlang nicht bewegt, er hatte keinen Puls. Er war tot!«

»Er war bewusstlos. Ein Notarzt hätte das schnell festgestellt – wenn Sie denn einen gerufen hätten.«

Rolfes verbarg das Gesicht in den Händen und wimmerte.

»Erika Rebele hat inzwischen zugegeben, dass sie über Dorsch Bescheid gewusst hat. Sie hat zwanzig Jahre lang dichtgehalten – eine wirklich loyale Freundin. Aber dann haben Sie Karola Kampe in den Stadtrat gehievt, ihr den AfS-Sitz zugeschanzt – und Frau Rebele hat alles verloren. Eine Hand wäscht die andere, nicht wahr? Hat Frau Rebele gedroht, alles zu verraten, wenn Sie ihr Karola Kampe nicht aus dem Weg schaffen?«

»Das ist doch absurd«, sagte Rolfes tonlos.

»Nein«, sagte Kastner. »Das ist irgendwie naheliegend.«

»So etwas hätte Erika niemals von mir verlangt. Und selbst wenn, hätte ich Karola nichts angetan – für was halten Sie mich denn? Dorschs Tod war ein Unfall, ich war überzeugt davon, dass er tot ist. Erika war entsetzt, als sie es erfahren hat; sie wollte, dass ich die Polizei rufe. Sie hat gesagt: Du kannst einen Menschen doch nicht irgendwo vergraben wie ein totes Haustier! Ich hätte auf sie hören sollen, aber hinterher ist man immer klüger. Erika hat nur auf Amelie aufgepasst, während ich Dorsch begraben habe, sonst hat sie mit all dem nichts zu tun. Das müssen Sie mir glauben.«

»Ich muss gar nichts«, sagte Kastner.

Rolfes rang die Hände. »Erika hat diese Sache nie wieder erwähnt, kein einziges Mal. Egal, wie heftig wir uns wegen anderer Dinge in die Haare geraten sind.«

»Was ist dann mit Frau Kampe passiert?«

»Ich weiß es nicht«, wiederholte Rolfes müde. »Und was auch immer es ist, ich wünschte, es wäre nie geschehen! Denn wenn Karola nicht verschwunden wäre, hätte auch niemand den Staub aufgewühlt, der seit zwanzig Jahren friedlich auf Dorschs Grab gelegen hat.«

***

»Keine Spur von Karola Kampe«, sagte Claudia. »Weder auf dem Wochenendgrundstück der Lauterbachs noch in Rolfes' Innenhof. Und wir können Mayerfeldt von der Liste der Verdächtigen streichen.«

»Wieso jetzt das?«, fragte Wernreuther.

Claudia grinste. »Ich hab einen Berliner Kollegen bezirzt, in seiner Mittagspause an einem bestimmten Imbissstand eine Currywurst zu essen. Er hat dem Mann hinter dem Grill Mayerfeldts Häusler-Homepage-Foto gezeigt, und der hat ihn tatsächlich erkannt. Mayerfeldt fand die Wurst zu kalt, die Sauce zu fad und die Pommes zu labbrig, und er hat mit einem Fünfzigeuroschein bezahlt und kein Trinkgeld gegeben. Der Imbissbetreiber konnte sich zwar nicht mehr an den genauen Tag erinnern, aber an die ungefähre Uhrzeit: zwischen fünf und sechs Uhr abends. Da ist bei ihm am meisten los, und Mayerfeldt hat den Betrieb aufgehalten. Und da Mayerfeldt ja vor Donnerstagvormittag und nach Freitagmittag nachweislich nicht in Berlin war, sollte das als Alibi genügen, denke ich.«

»Schade eigentlich«, sagte Wernreuther. »Ich habe wirklich große Hoffnungen auf Mayerfeldt gesetzt.«

Claudia zuckte die Achseln. »Tja. Mayerfeldt ist raus, Lauterbach allerdings noch nicht. Der Vaterschaftstest war positiv, er ist tatsächlich Moritz' Vater. Vielleicht hat er Karola entführt, um sie zu einer Familienzusammenführung zu überreden? Oder sie zumindest zu zwingen, ihn als Vater ihres Kindes anzuerkennen, ihm ein Besuchsrecht einzuräumen, was auch immer?«

»Das würde voraussetzen, dass er von seiner Vaterschaft gewusst hat«, überlegte Kastner laut. »Was wiederum voraussetzt, dass Karola es ebenfalls gewusst und ihm aus irgendeinem Grund erst kürzlich auf die Nase gebunden ...«

»Warum *erst kürzlich*?«, unterbrach Wernreuther.

»Moritz ist fünf«, erklärte Claudia. »Wenn Lauterbach früher gewusst hätte, dass er der Vater ist, hätte er sich wohl kaum damit begnügt, nur zweimal im Monat mit seiner Angebeteten zu telefonieren und ihr ansonsten anonyme E-Mails zu schreiben. Er hätte sie doch komplett in der Hand gehabt – der Egomane Mayerfeldt würde Karola vermutlich sofort vor die Tür setzen, sobald er es rauskriegt.«

»Wieso Egomane?«, hakte Wernreuther ein. »Karola hat den armen Mann betrogen, hintergangen und ausgenutzt, da ist es nur zu verständlich, wenn ...«

»Jaja«, winkte Claudia ab. »Bitte erspar mir deine zynische neopatriarchale Weltsicht, Felix. Ich würde lieber rausfinden, was mit Karola Kampe passiert ist. Und je länger ich drüber nachdenke, desto weniger glaube ich, dass sie Lauterbach erzählt hat, dass er Moritz' Vater ist – oder sein könnte. Sie hat ihn verlassen, oder? Sie hat sich für

Mayerfeldt entschieden, aus welchen Gründen auch immer. Die beiden sind seit sechs Jahren ein Paar, und in sozialer Hinsicht ist Mayerfeldt Moritz' Vater – Punktum, und Schluss mit dem Gewinsel.«

Wernreuther schwieg beleidigt.

»Na gut«, sagte Kastner, »oder auch schlecht, je nachdem. Mayerfeldt ist raus, Sven Lauterbach leugnet hartnäckig und im Moment haben wir nichts weiter gegen ihn in der Hand. Und Rolfes und Rebele – tja. Beide hatten gute Gründe, Karola Kampe verschwinden zu lassen; aber wie sich nun herausgestellt hat, hatten sie einen noch viel besseren Grund, es nicht zu tun. Rolfes hat das richtig erkannt: Wenn Karola nicht verschwunden wäre, hätten er und Frau Rebele das Geheimnis um Dorschs Tod vermutlich mit ins Grab genommen. Im Grunde wissen wir also über Karolas Schicksal so wenig wie vor acht Tagen. Das ist, um es klar zu sagen, Mist.«

»Immerhin ist der Dorsch-Fall gelöst«, warf Wernreuther ein.

»Ja«, sagte Kastner. »Es ist sicher eine Erleichterung für Dorschs Familie, endlich Gewissheit zu haben. Aber Dorsch war Vogts Fall, und demnach ist Vogt auch der Einzige, der sich jetzt entspannt zurücklehnen kann.«

»Das sei ihm gegönnt«, sagte Wernreuther achselzuckend. »Der hat sich da ja Jahre seines Lebens mit beschäftigt, um nicht zu sagen: reingesteigert.«

»Da hast du ausnahmsweise recht«, stimmte Kastner zu.

»Wieso ausnahmsweise?«, fragte Wernreuther.

»Und diese Besessenheit gibt mir schon seit einer ganzen Weile zu denken«, fuhr Kastner fort. »Spätestens, seit die Information über Karolas Stalker versickert ist. Ich frage mich ...«

Claudia runzelte die Stirn. »Was?«

»Vielleicht bin ich ja komplett verrückt«, sagte Kastner. »Aber … Vogt ist von seinem ungelösten Fall doch genauso besessen wie Sven Lauterbach von Karola, meint ihr nicht?«

»Kann man so sehen«, gab Claudia zu. »Und?«

»Warum verdächtigen wir dann Lauterbach, aber nicht Vogt?«

Claudia schüttelte den Kopf. »Jürgen Vogt? Das ist doch Quatsch, Kastner. Vogt ist einer von uns.«

»Ja, genau«, sagte Kastner. »Vogt ist einer von uns. Obwohl er das Dezernat 1 schon vor achtzehn Jahren verlassen hat, ist er Ermittler geblieben, mit Leib und Seele. Und er ermittelt. Er entwirft Szenarien. Ist Dorsch das Opfer einer politischen Intrige geworden? Hat Igor Papp ihn auf dem Gewissen? Hat er selbst einen Fehler gemacht, etwas übersehen? Er macht sich Vorwürfe, kann nachts nicht schlafen. Er fährt sogar nach Südfrankreich, um mit Marion Prohacek zu sprechen! Zwanzig Jahre lang hört er nicht auf, über Dorsch nachzudenken, nimmt in Kauf, dass man ihn als unverbesserlichen Querulanten einstuft … Und dann spaziert am 5. Februar Karola Kampe in sein Büro, um Anzeige gegen ihren Stalker zu erstatten. Er recherchiert über sie, trifft ein paar Vorbereitungen …«

»Wovon redet ihr eigentlich?«, fragte Wernreuther.

»Bei aller Liebe, Kastner, das ist doch …«, fing Claudia an, dann stutzte sie. »Karola war am 5. Februar bei Vogt?«

Kastner nickte.

»Hm«, machte Claudia. »Dorsch ist am 5. Februar 1998 verschwunden. Also ist Karola direkt in den zwanzigsten Jahrestag hineinspaziert – ein vermutlich ausgesprochen schmerzhaftes Jubiläum, aus Vogts Warte.« Sie wiegte den Kopf hin und her, dann sagte sie: »Gut, lasst uns das mal durchdenken, es kostet ja nichts. Vogt schiebt als stellvertretender Dienststellenleiter in der Inspektion Mitte eine ruhige Kugel, ist aber geistig eher unterfordert; und der Fall Dorsch beschäftigt ihn, zum Leidwesen seiner Vorgesetzten, noch immer. Er sitzt also an diesem 5. Februar an seinem Schreibtisch und feiert den zwanzigsten Jahrestag seines Versagens mit trüben Gedanken.«

»Seine Pensionierung steht bevor«, ergänzte Kastner, »aber er hat das Gefühl, seine Arbeit noch nicht erledigt zu haben.«

Claudia nickte. »Karola Kampe hat einen Termin bei ihm – vielleicht recherchiert er vorab ein bisschen im Internet? Stadträtin, in allen Medien sehr präsent, in der eigenen Partei umstritten, Gerüchte über einen Parteiwechsel; und ausgerechnet Hermann Rolfes, einer der Zeugen aus dem Dorsch-Fall, ist ihr Fraktionsvorsitzender. Da kommen Erinnerungen hoch, die ihm an diesem besonderen Tag wie ein Hohn des Schicksals erscheinen müssen. Schließlich klopft Karola an seine Tür. Er hört ihr zu, stellt ihr Fragen, setzt die Anzeige auf und lässt sie unterschreiben – und irgendwann dämmert ihm, dass ihr Erscheinen vielleicht gar kein Hohn, sondern vielmehr ein Geschenk des Himmels ist. Seine letzte Chance ...«

»Ach was«, sagte Wernreuther. »Ihr glaubt doch nicht etwa, dass Vogt ...?«

»Wir überlegen nur laut«, erklärte Kastner.

»Seine letzte Chance, den Fall Dorsch noch vor seiner Pensionierung zu lösen«, beendete Claudia ihren Satz.

Kastner nickte. »Wenn nicht überhaupt seine letzte Chance – als Privatmann hätte er keinen Zugriff mehr auf Akten und Datenbanken, von den polizeiinternen Informationskanälen ganz zu schweigen.«

Wernreuther machte ein skeptisches Gesicht. »Ihr meint, Vogt hat Karola Kampe entführt? Damit sein alter Fall noch einmal aufgerollt wird?«

»Das würde immerhin einige Dinge erklären«, sagte Claudia. »Zum Beispiel, dass die Lösegeldforderung – wie im Fall Dorsch – genau elf Tage nach Karolas Verschwinden eingetroffen ist und auch auffallend ähnlich formuliert war. Dadurch hat Vogt uns förmlich gezwungen, Igor Papp noch einmal gründlich unter die Lupe nehmen.«

»Und es erklärt, warum wir nichts von Karolas Besuch bei der Inspektion Mitte erfahren haben«, ergänzte Kastner. »Wir sollten unsere Zeit ja nicht mit dem Stalker verplempern, sondern uns ganz auf die Parallelen zum Fall Dorsch konzentrieren. Dazu kennt Vogt alle Kniffe, wie man Spuren vermeidet – was erklärt, dass die Spusi im Parkhaus keine gefunden hat.«

»Er hat uns auf eine Fährte gesetzt, und wir sind brav losgedackelt. Hm – so betrachtet ist das eine ganz brauchbare Theorie«, gab Claudia zu. »Aber selbst, wenn du recht hast – wie willst du das jemals beweisen?«

»Wir müssen Karola Kampe finden«, sagte Kastner. »Und zwar bevor es bis zu Vogt durchsickert, dass sein alter Fall aufgeklärt ist.«

***

Erwartungsgemäß dachte Carsten Wismeth nicht im Traum daran, einen Durchsuchungsbeschluss gegen den stellvertretenden Dienststellenleiter der Inspektion Mitte zu erwirken und ein Sondereinsatzkommando samt Spurensicherung nach Tabernackel zu schicken. »Sonst noch was?«, sagte er kopfschüttelnd. »Was glauben Sie, was hier los ist, wenn ich einer anderen Krähe das Auge aushacke, und dann stellt sich raus, sie hat gar nichts getan? Die Kollegen würden mir jeden Morgen ein Glas Honig auf die Tastatur kippen, und zwar zu Recht! Ich hab noch ein paar Jahre bis zur Pensionierung, und die würde ich gerne in Frieden verbringen.«

»Das verstehe ich«, nickte Kastner. »Aber wenn wir mit unserer Vermutung richtig liegen, müssen wir sofort handeln. Jürgen Vogt hat Verbindungen – sobald ihm jemand steckt, dass wir Rolfes verhaftet haben, wird er Karola Kampe nach Hause schicken.«

»Der Mohr hat seine Arbeit getan – der Mohr kann gehen«, zitierte Wismeth einen bekannten deutschen Dichter und Denker.

»Äh, ja«, sagte Kastner. »Ganz genau. Und wenn ich Vogt richtig einschätze, wird Frau Kampe weder ihren Entführer noch ihren Aufenthaltsort beschreiben können – und das wär's dann gewesen. Vogt kann sich ins Fäustchen lachen und seinen Ruhestand genießen, und für die nächsten zwanzig Jahre wäre ich der Querulant, der allen mit seinem ungelösten Fall auf die Nerven geht.«

»Also mir gehen Sie jetzt schon auf die Nerven«, seufzte Wismeth. »Aber gut – warum machen Sie nicht einfach mit Wernreuther und der Wolfschmidt einen kleinen Ausflug aufs Land? Sehen sich da äußerst diskret ein bisschen um? Falls Gefahr im Verzug ist, können Sie ja Verstärkung rufen.«

»Danke«, sagte Kastner.

***

Der Mann brachte Karola tatsächlich einen Eimer mit warmem Wasser, dazu warf er ihr einen Waschlappen und ein

Handtuch hin, und sogar ein Stück Seife. »Wasch dich gefälligst«, sagte er, »du stinkst.«

»Oh«, sagte Karola, »vielen Dank, Sie sind sehr freundlich.« Nur zu gerne hätte sie dem Irren das Wasser über den Kopf gekippt und seine Überraschung ausgenutzt, um ihn mit dem Handtuch langsam zu erwürgen.

»Das stimmt«, sagte er – Ironie war nicht seine Stärke. »Eigentlich sollte man hart durchgreifen und euch alle vierteilen, und glaub bloß nicht, dass da ein Aufschrei der Empörung durchs Volk gehen würde!«

»Warum halten Sie mich gefangen?«, fragte Karola.

»Komm mir nicht wieder so«, rief der Mann empört. »Ich bringe dir Essen und räume deine Scheiße weg, du solltest mir auf Knien danken! Aber so seid ihr – man gibt euch den kleinen Finger, ihr wollt die Weltherrschaft.«

»Ich will es einfach nur verstehen. Warum bin ich hier? Was muss ich tun, damit Sie mich wieder gehen lassen?«

»Wasch dich, damit du nicht mehr so stinkst«, fuhr der Mann sie an und wandte sich zum Gehen. »Das wäre ein Anfang.«

»Ich hätte gerne eine Haarbürste«, sagte Karola zu seinem Rücken. »Und frische Wäsche – ich habe Kleidergröße vierunddreißig.« Das hasste er besonders: wenn sie ihn aufhielt, obwohl er eigentlich gehen wollte. Dann wurde seine Stimme schrill, und er begann mit den Armen zu wedeln, und sie stellte sich vor, wie sein Gesicht unter der dunklen Kapuze rot anlief und die Adern auf seiner Stirn hervortraten, und sie hoffte, eine davon würde platzen.

»Was du nicht sagst«, schrie er. »Vierunddreißig! Da geh ich am besten gleich los und kauf dir ein paar schicke Klamotten, damit du hier Hof halten kannst. Wer ist eingeladen? Der Satan persönlich, der mit Schwefelhauch durch

Wände geht?« Er polterte mit wütenden Schritten aus der Tür.

Karola tauchte beide Hände in den Eimer und genoss die Wärme des Wassers, zog sich aus und wusch sich von Kopf bis Fuß. Es war ein gutes Gefühl, sauber zu werden, sich mit dem Handtuch die Schichten aus Dreck und abgestorbener Haut abzurubbeln, und es kostete sie Überwindung, danach wieder in die schmutzigen, klammen Kleider zu schlüpfen. Sie wickelte sich in die Wolldecke, setzte sich auf das Feldbett und dachte nach. Offensichtlich lebte der Mann in einem Paralleluniversum voller Teufel und Aliens und hielt sie für das eine oder das andere, vielleicht auch für beides gleichzeitig. Offensichtlich war er komplett verrückt. Sie war in die Gewalt eines unberechenbaren Irren geraten, und nichts in ihrem Leben hatte sie auf eine solche Situation vorbereitet. Sie würde alt und grau werden, eine Lungenentzündung bekommen und sterben, ohne jemals erfahren zu haben, warum er ausgerechnet sie hier eingekerkert hatte. In diesem Augenblick der Trostlosigkeit bemerkte sie, dass ein schmaler Streifen Dämmerlicht durch die Tür fiel. Der Mann hatte vergessen, sie ins Schloss zu ziehen. Er hatte vergessen, den Riegel vorzuschieben.

Karola hielt den Atem an und lauschte den Wassertropfen – pling, pling, pling. Sonst war nichts zu hören. Das ist eine Falle, dachte sie, während sie sich aus der Wolldecke schälte, er will mich auf die Probe stellen. Sie ging hinüber und spähte durch den Türspalt. Er hat noch nie vergessen, die Tür abzuschließen, dachte sie, er steht irgendwo da draußen und wartet auf mich. Sie war nahe daran, zurückzugehen; sich auf ihr Lager zu kauern und zu hoffen, dass das dem Mann gefallen würde. Sie hatte Angst. Nein, Angst war ein zu freundliches Wort für das, was sie empfand. Sie schob die Tür ein Stück weiter auf. Ein kahler Kellergang, Steinboden, bröckelnde grob verputzte Wände. Gegenüber eine geschlossene Stahltür. Von irgendwoher musste Licht in den Keller fallen, denn ihre nachtgewohnten Augen erkannten jedes Detail. Karola ging ein paar Schritte, aus Gewohnheit gebückt und vor Schwäche ungelenk und tapsig. Ein Sicherungskasten. Rohre, die aus der Wand kamen und in der Decke verschwanden, vielleicht auch andersherum. Nach acht Schritten bog der Gang um eine Ecke. Da war die Treppe. Stählerne Stufen, ehemals blau lackiert, nun aber so abgelaufen, dass blankes Metall durchschimmerte. Pling, pling, pling – das Geräusch des tropfenden Wassers wurde leiser, während sie die Stufen hinaufstieg, die Helligkeit nahm zu. Am Ende der Treppe stieß Karola auf den Ursprung des Lichts: eine Holztür mit einem Fenster aus Riffelglas. Sie drückte die Klinke herunter, die Tür ließ sich widerstandslos öffnen.

Grelles Licht explodierte in ihrem Kopf zu leuchtenden Blitzen. Sie hielt sich die Finger vors Gesicht und blinzelte hindurch: eine Küche aus dem letzten Jahrhundert – Wände und Fußboden beige gefliest, ein altmodischer Spülstein neben einem Eisenherd, der mit Holz zu heizen war. An den Wänden lehnten Regale, in denen anstatt von Töpfen und Tellern staubige naturkundliche Exponate standen: ausgestopfte Vögel, der gehörnte Schädel einer Kuh, mit trüben Flüssigkeiten gefüllte Gläser, in denen schwarze Klumpen schwammen. Sieh einfach nicht hin, sagte sich Karola. Du willst nicht wissen, was das ist.

Das Licht fiel durch ein hohes Fenster neben dem Herd.

Es ließ sich öffnen, leicht und geräuschlos. Ein Schwall kalter, frischer Luft füllte Karolas Lunge und ließ den Staub über den ausgestopften Vögeln tanzen. Und tschüss, Psycho, dachte sie, in Zukunft kannst du deine abgelaufenen Konserven selber fressen.

***

Fünfzig Meter vor dem Ortsschild von Tabernackel trat Claudia auf die Bremse. »Du meine Güte«, sagte sie.

»Wieso, ist doch idyllisch«, sagte Wernreuther nach einem Blick aus dem Autofenster.

»Hm«, machte Claudia, »das ist vermutlich Geschmackssache. Im Moment beunruhigt mich allerdings eher die Frage, wie man sich hier unauffällig umsehen soll.«

»Eher als was?«, fragte Wernreuther.

Claudia ging nicht darauf ein. »Oder wo man die Verstärkung postiert«, ergänzte sie – Kastner hatte Wismeths Okay dahingehend interpretiert, die eventuell nötig werdende Verstärkung in Form zweier Streifenwagen gleich mitzubringen. »Wenn wir da mit unserer Flotte einfahren, hat sich's was mit diskret.«

»Claudia hat recht«, sagte Kastner. »Wir parken hier und gehen zu Fuß weiter. Vielleicht können wir uns über die Felder auf Vogts Grundstück schleichen – das ist im hinteren Teil recht verwildert, da haben wir Deckung. Und die Kollegen warten hier, bis wir sie rufen.«

»Ich auch«, sagte Wernreuther und deutete auf seinen Fuß. »Jetzt stell dich nicht so an«, sagte Claudia. Sie hatte das Problem noch im Präsidium erkannt, Wernreuthers Fuß aus seinem Plüschnest gewickelt und die gebrochene Zehe fachgerecht und platzsparend mit Gaffatape verarztet. Nach dieser Behandlung hatten Wernreuthers Mauken ohne Weiteres in die Zweitschuhe gepasst, die Kollege Moosfelder immer in seinem Spind hatte.

Kastner fügte Claudias aufmunterndem Appell ein paar Sachargumente hinzu: »Vogt lebt mit seinem Bruder zusammen, und wir müssen damit rechnen, dass er seine Dienstwaffe zu Hause aufbewahrt – falls die Situation eskaliert, sollten wir besser in der Überzahl sein. Warum machst du denn ständig Krafttraining und diese Yogaverrenkungen, wenn nicht für Tage wie diesen?«

»Ihr könnt ja einen von den Streifenkollegen mitnehmen«, schlug Wernreuther vor.

»Vergiss es, Felix«, sagte Kastner. »Bis ich denen erklärt hab, worum es geht, wird es Nacht über Tabernackel. Wir sind das Team, und wir gehen jetzt da rein!«

***

Karola blinzelte gegen das Licht und ihre Tränen an – das Küchenfenster war mit daumendicken Eisenstangen vergittert. Draußen war es so blendend hell, dass sie außer den vagen Schemen hoher Bäume nichts erkennen konnte. Sollte sie schreien, um Hilfe rufen? Nein. Nein, der Verrückte würde sie hören, er würde sie in den Keller zurückschleifen und verhungern lassen. Sie wischte sich die Tränen aus dem Gesicht und dachte nach. Es musste in diesem Haus doch noch andere Fenster geben. Eine Haustür!

Von der Küche führte ein schmaler Gang in einen düsteren Flur, von dem drei Türen abgingen. Der Fußboden war mit Steinfliesen ausgelegt, an den Wänden woben Schimmelpilze blaugraue Muster. Die Tür rechts von ihr, zweiflügelig und aus dunklem, massivem Holz, musste die Haustür sein – Karola rüttelte an dem eisernen Griff. Abgeschlossen. Sie spähte durch eine der anderen Türen, die nur angelehnt war – ein weiterer, kleinerer Flur, von dem aus eine schmale Holztreppe nach oben führte. Unter der Treppe hingen staubige Spinnweben, es roch nach Moder. Ob der Psycho hier lebte, in all diesem Dreck? Oder kam er nur zweimal täglich hierher, um sie zu füttern? Beides erschien Karola gleich verrückt, aber das war es ja immerhin, was der Mann war: verrückt. Sie wandte sich der letzten Tür zu, legte ihr Ohr an das Holz und lauschte eine Weile, ehe sie die Klinke herunterdrückte. Ein dunkler Raum. Aber Karolas Augen waren Dunkelheit gewohnt: Sie erkannte einen Tisch, Stühle. Einer der Stühle war umgekippt, ihm fehlte ein Bein. Links ein großer Schrank, rechts ein Sofa und ein altmodischer Ohrensessel. Als sie den Raum betrat, knarzten Holzdielen unter ihren Füßen – ein höllischer Lärm in dem totenstillen Haus. Nach und nach bemerkte Karola Details: ein Tischchen, auf dem ein wachsverschmierter Kerzenleuchter stand; ein zusammengerollter Teppich; ein Kamin, aus dessen rauchschwarzem Schlund eisige Kälte strömte. So lebt doch niemand, dachte Karola, was ist das hier? Ein Museum? Aber darüber konnte sie später nachdenken, im Moment hatte sie andere Sorgen. Fenster ...

Es gab drei Fenster, aber es fiel kein Licht herein. Hatte der Psycho sie zugemauert, damit die Aliens nicht hereinkamen? Oder nur die Jalousien heruntergelassen? Karola tastete über den ersten Fensterrahmen, griff in pelzige Dinge, die sich unter ihren suchenden Fingern bewegten. Kein Fenstergriff. Das Gleiche beim nächsten Fenster. Beim dritten Fenster fand Karola zumindest die Stelle, an der der Griff einmal gewesen war – eine abgebrochene Schraube steckte noch im Holz und schnitt ihr in die Hand.

Sie hatte gute Lust, vor Schmerz und Wut laut zu brüllen. Was sollte sie jetzt tun? Was *konnte* sie jetzt tun? Verlier nicht die Nerven, mahnte sie sich. Denk nach.

Die dritte Tür, die Treppe nach oben.

Oben ist schlecht, schrie ihre Angst. Der Mann ist nicht hier unten, also wird er wohl oben sein!

Vielleicht ist er aber auch ganz woanders, dachte Karola.

Er ist oben!, beharrte die Angst. Und selbst wenn er woanders ist: Du kannst dir beide Beine brechen, wenn du da oben aus einem Fenster springst. Oder den Hals.

Auch gut, dachte Karola.

Sie machte sich auf den Weg – zu eilig vielleicht, denn sie stolperte über den zusammengerollten Teppich. Eine Wolke Staub füllte ihre Lungen, sie musste husten – ein bellendes Röcheln, das im ganzen Haus widerhallte.

***

»Da komme ich niemals durch«, behauptete Wernreuther, nachdem ihm eine Brombeerranke die Polizeimütze vom Kopf gerissen hatte. »Ich bin schließlich gehbehindert!«

Vogts Grundstück war von einem hüfthohen Maschendrahtzaun umgeben, aber sie hatten eine Stelle gefunden, an der sie ihn herunterdrücken und darübersteigen konnten. Jetzt kämpften sie sich durch dichtes Gestrüpp und hohen Schnee.

»Warum klingeln wir nicht einfach und bitten Vogt höflich um ein Gespräch?«, murrte Wernreuther.

»Weil wir keinen Durchsuchungsbeschluss haben«, erklärte Claudia. »Vogt kennt sich aus, er würde uns einfach vor die Tür setzen. Und wenn er nervös wird, könnte das für Karola schlecht ausgehen ... Geht doch so mit dem Fuß, oder?«

»Dir tut's ja nicht weh«, maulte Wernreuther. »Moosfelder hat Schuhgröße dreiundvierzig, aber ich hab eigentlich dreiundvierzigeinhalb – je nachdem wie der Schuh ausfällt halt. Und die hier fallen klein aus.«

Claudia seufzte.

***

Nach ihrem Hustenanfall hielt Karola den Atem an und lauschte. Nichts. Er ist nicht hier, dachte sie erleichtert, aber dann hörte sie ein Rascheln, von oben, von der Holztreppe her.

Schlurfende Schritte.

Seine Schritte.

Sie huschte durch den Flur wieder in die Küche, sah sich verzweifelt nach einem Versteck um. Aber es gab kein Versteck. Die Holzstiegen ächzten unter dem Gewicht des Mannes, er murmelte: »Ich weiß genau, was läuft, Freunde, ich bin vorbereitet!« Sie hörte die Dielen knacken, als er in das dunkle Zimmer spähte. »Alle auf den Scheiterhaufen«, sagte er, schlurfte über die Steinfliesen und steuerte die Küche an.

Was blieb ihr übrig? Karola floh zurück in den Keller, die Metallstufen hinunter, um die Ecke, vorbei an den Rohren und dem Sicherungskasten.

»Hat keinen Sinn«, sagte der Mann von oben. »Ich weiß, dass ihr hier seid. Ich kann euch riechen. Haha, und ich kann euch auch sehen.« Mit einem Sirren wurde es taghell.

Karola kniff die Augen zusammen und blinzelte gegen das Licht der Neonlampe an der Kellerdecke, während er ohne Eile die Treppe herunterkam. Links war die Stahltür, danach war nichts mehr, nur noch ihr Kerker. Pling, pling, pling. Nein, dachte Karola, nein! Lebend kriegst du mich da nicht mehr rein. Sie tastete nach der Klinke der Stahltür und drückte sie ohne viel Hoffnung herunter.

***

»*Da* wohnt Vogt?«, fragte Claudia und deutete auf das verfallene Sandsteinhaus zwischen den dunklen Fichten. »Nicht im Ernst, oder?«

»Nein«, sagte Kastner. »Vogt wohnt vorne an der Straße, im Neubau. Also – im relativen Neubau. Aber sein Bruder Klaus scheint hier eine Art Vorratslager zu haben.«

Claudia hob fragend die Augenbrauen.

»*Klaus ist ein bisschen eigen*«, zitierte Kastner Vogt und ergänzte: »Er läuft in Armeeklamotten herum und fürchtet den baldigen Untergang der Zivilisation. Er hortet Vorräte.«

»Ach, ein Prepper«, sagte Claudia, als hätte sie mit so was täglich zu tun. Dann sah sie wieder zu dem Sandsteinhaus hinüber. »Das ist jedenfalls der ideale Ort, um jemanden verschwinden zu lassen«, stellte sie fest.

Kastner nickte. »Ja, ich denke, dort sollten wir mit unserer Suche anfangen.«

***

Die Stahltür war unverschlossen, der Raum dahinter angenehm dunkel. Karola hatte nichts Bestimmtes erwartet – vielleicht einen alten Heizungskeller, vollgestopft mit Gerümpel, vielleicht eine Möglichkeit, sich zu verstecken. Aber dies war eine Art Bunker oder Lagerraum mit Wänden aus glattem Beton, vor denen deckenhohe Metallregale standen, alles pieksauber und aufgeräumt. Sie sah ein Feldbett, auf dem zusammengelegte Armeedecken lagen; eine Chemietoilette, Gasflaschen, Campingkocher und Campinggeschirr, eine Gasmaske und mehrere Petroleumlampen. Mineralwasserkästen. Benzinkanister. Kartons und

Kisten, die bis zum Rand mit Konserven gefüllt waren. Es gab Werkzeug – Äxte, Schaufeln, Sägen, Hämmer – und Waffen. Große und kleine Messer, ein Gewehr. Etwas, das Karola für eine Armbrust hielt.

»Husch, husch«, murmelte der Mann, »gleich hab ich euch, dann geht's zurück durchs Wurmloch in den kosmischen Schwefelpfuhl, aus dem ihr gekrochen seid.«

Karola wagte es nicht, nach einer Axt oder einem Messer zu greifen, sie wusste nicht, ob das Gewehr geladen war, und sie hatte keine Ahnung, wie man damit umging. Die Schritte des Mannes kamen näher, und sie zog die Stahltür bis auf einen schmalen Spalt zu.

»Was, bei allen gevierteilten Teufeln, ist hier denn los?«, fragte er überrascht. Sie hörte ihn rascheln und murmeln und leise fluchen – er hatte wohl bemerkt, dass ihr Kerker offen stand –, und dann hörte sie ihn vor der Stahltür atmen. Sie duckte sich in die Schatten, als er die Tür aufschob und ein Lichtstreifen in den Raum fiel. Seine stämmige Gestalt im Gegenlicht, ein Anblick, der ihr für den Rest ihres Lebens Albträume machen würde. Sie sah seine Hand nach dem Lichtschalter tasten. »Wie ...«, fragte er, weiter kam er nicht. Karola griff nach dem erstbesten Gegenstand – einer Art Rohrzange –, riss ihn hoch und schlug zu.

Ihr Gegner griff sich an den Kopf und wankte zurück ins Licht, und Karola sah zum ersten Mal sein Gesicht: fahle, bartstoppelige Haut, wässrig blaue Augen, die überrascht auf die darunterliegende fleischige Nase starrten. Ein schmales Rinnsal Blut lief über seine Stirn und verlor sich in einer struppigen Augenbraue. Der Mann blinzelte, dann begann er, gellend zu schreien. Karola trat einen Schritt nach vorne und schlug erneut zu, und diesmal traf sie besser – der Mann kippte um wie ein nasser Sack.

Karola zählte zwanzig Wassertropfen ab, ehe sie es wagte, ihn zu berühren. Sie tastete über sein Sweatshirt, über die Taschen seiner dunklen Jeans. Kein Schlüssel.

***

»Ein Fenster ist vergittert, bei den anderen sind die Fensterläden zu«, stellte Claudia fest, nachdem sie einmal um das Sandsteinhaus herumgegangen waren. Sie hatte dabei vorsichtshalber ihre Waffe gezogen, was Wernreuther mit einem Kopfschütteln und dem Spruch *Lara Croft im Einsatz* kommentiert hatte. »Sorry«, sagte Claudia zu Kastner und steckte die Waffe zurück ins Holster, »aber wenn Vogt uns hier nicht die Tür aufsperrt, kommen wir auch nicht rein.«

»Wir könnten einen Fensterladen aufhebeln«, schlug Kastner vor. »Weiter vorne ist ein Holzschuppen, in dem allerhand Werkzeug liegt.«

»Einen Fensterladen aufhebeln fällt wohl kaum unter *sich diskret umschauen*«, wandte Wernreuther ein. »Wenn Vogt uns dabei ertappt, haben wir eine Anzeige wegen Hausfriedensbruch am Hals.«

»Das ist im Moment eigentlich meine geringste Sorge, Felix«, sagte Kastner.

***

Kein Schlüssel, dachte Karola, kein Schlüssel, kein Schlüssel. Pling, pling, pling.

Der Mann bewegte sich nicht, und falls er noch atmete, dann sehr flach. Karola pochte mit der Rohrzange gegen seine Stirn, er zuckte mit keiner Wimper. Es gab nur einen Grund, aus dem sie sein Gesicht nicht zu blutigem Brei schlug: Sie hatte ihre Prioritäten anders gesetzt. Sie wollte hier raus, so schnell wie möglich. Und der Weg war jetzt frei!

Im Obergeschoss stieß Karola zuerst auf ein Bad – olivgrüne Fliesen, eine Badewanne, rostige Armaturen. Am Rand des Waschbeckens stand ein Plastikbecher mit einer ausgefransten Zahnbürste. Ein Fensterchen in der Dachschräge, viel zu klein, viel zu hoch.

Das nächste Zimmer war ein Schlafzimmer.

Sonnenflecken tanzten über ein Doppelbett mit zerwühlten Decken und eine Kommode aus dunklem Holz. Vor dem Fenster hing ein nikotingelber Vorhang. Karola schob ihn beiseite – das Fenster war nicht vergittert, und seine Flügel schwangen von selbst auf, als sie den Griff herumdrehte. Kalter Wind blähte die Gardine, und Karola beugte sich über die Brüstung und spähte hinunter – zweieinhalb Meter bis zum Erdboden? Drei? Sie war nicht gut im Schätzen von Entfernungen, und die Helligkeit machte ihr immer noch zu schaffen. Schnee und kahles, wucherndes Gestrüpp bedeckten den Erdboden, sparrige Nadelbäume verstellten den Blick in die Ferne. Kein Mensch war zu sehen. Sie kletterte auf die Brüstung und spürte das schwindlige Flattern der Angst in den Eingeweiden, versuchte vergebens, sich am Fensterrahmen festzuhalten – sie war so schwach wie ein Neugeborenes, ihre Finger hatten keine Kraft. Der Aufprall kam schnell und war unerwartet sanft, eine Schneewehe vielleicht – Karola hielt sich nicht lange damit auf, darüber nachzudenken. Sie kämpfte sich aus dem Dornengestrüpp und lief los.

***

»Prepper-Klaus scheint jedenfalls zu Hause zu sein«, sagte Kastner und deutete auf den Lieferwagen, der neben dem Holzschuppen geparkt war.

»Na toll«, sagte Wernreuther. »Und was, wenn der gerade in seinem Vorratslager sitzt und die Konservendosen zählt? Was, wenn der so eine Art Reichsbürger ist und uns abknallt, sobald wir an seinem Fensterladen rütteln?«

Claudia durchstöberte inzwischen den Schuppen nach einem geeigneten Werkzeug. »Das da könnte doch gehen«, flüsterte sie und hob etwas hoch, das Kastner für einen Radkreuzschlüssel hielt.

»Das ist ein Radkreuz«, bestätigte Wernreuther Kastners Vermutung. »Damit kannst du keinen Fensterladen aufhebeln – höchstens eine Scheibe einschlagen. Ich habe allerdings noch nie gehört, dass man Fensterscheiben leise und diskret einschlagen kann.«

»Warum hörst du nicht auf, herumzuunken, und hilfst stattdessen beim Suchen?«, fauchte Claudia gedämpft.

»Weil ich eure Idee für schwachsinnig und gefährlich halte«, gab Wernreuther zurück. »Und weil es da drin zappenduster ist – ich hab keine Lust, mir den Fuß am Rasenmäher anzustoßen und aus meinem Zehenbruch einen komplizierten Zehenbruch zu machen.«

»Memme«, sagte Claudia.

»Aber nicht wissen, was ein Radkreuz ist«, sagte Wernreuther.

***

Karola zitterte, ihre Zähne schlugen klappernd aufeinander. Es war eisig kalt hier draußen, und sie trug keine Jacke und nur Wollsocken an den Füßen. Trotzdem weinte sie vor

Freude. Ich habe es geschafft, dachte sie, ich habe es wirklich geschafft! Sie taumelte ziellos und halb blind durch den Schnee, stolperte über vom Schnee verborgene Wurzeln und zerriss ihren Pulli an stachligen Ranken – egal. Nur weg von hier. Ein Zaun versperrte ihr den Weg, und sie wechselte die Richtung. Endlich wurde das Gestrüpp lichter – und dort vorne stand ein Haus! Ein Haus mit einem Hof und einer Einfahrt, in der ein Auto geparkt war; und neben dem Auto stand ein Mann mit einer blauen Mütze und kehrte den Schnee von der Windschutzscheibe.

»Hallo?!«, schrie Karola und erschrak – ihre Stimme war nur ein kraftloses Krächzen. »Ich bin hier! Bitte helfen Sie mir! Hier!« Sie wollte winken, aber ihr Arm gehorchte ihr nicht. Die Beine gaben unter ihr nach, sie sank in den Schnee. Sie konnte nicht mehr. Wenn der Mann mit der Mütze sie nicht gehört hatte, dann würde sie einfach liegen bleiben und schlafen. Sie war so müde.

Jemand hob ihr Gesicht aus dem Schnee, dann spürte Karola kräftige Arme, die sie hochzogen. »Danke«, hauchte sie. Ihr Retter hatte blaue Augen, um die kleine Fältchen zu knistern schienen. Irgendwie kam er ihr bekannt vor. »Da ist ein Verrückter«, flüsterte sie, »in dem Haus. Er hat mich eingesperrt.«

»Wie sind Sie rausgekommen, Frau Kampe?«, fragte der Mann.

Woher wusste er ihren Namen?

»Das ist ganz schlechtes Timing«, sagte der Mann und zerrte sie auf die Beine. »Verflucht noch mal, wie sind Sie rausgekommen? Wo ist Klaus?«

***

Wernreuther winkte. Er stand einen Steinwurf entfernt zwischen den Fichten – Kastner hatte ihn abkommandiert, die Einfahrt und den Hof des Neubaus im Auge zu behalten.

Claudia ließ widerwillig das Stemmeisen sinken, das sie an einem Fensterladen an der Rückseite des Sandsteinhauses angesetzt hatte. Wernreuther ruderte jetzt aufgeregt mit beiden Armen.

»Ich geh mal nachsehen, was er hat«, sagte Kastner. »Und du unternimmst hier inzwischen nichts auf eigene Faust, verstehen wir uns?«

»Hm«, machte Claudia.

Kastner lief zu Wernreuther hinüber. »Was ist denn los?«, fragte er und spähte durch die ausladenden Äste der Nadelbäume.

»Vor einer Minute ist ein Kerl mit einer blauen Mütze aus dem Haus gekommen und hat angefangen, den Schnee vom Auto zu kehren«, erklärte Wernreuther, »aber jetzt hat er aus irgendeinem Grund den Besen fallen lassen und ist losgerannt, nach links, hinter das Haus.«

»Das ist schlecht«, sagte Kastner. »Wir sehen besser nach, was da los ist – ich schleich mich am Schuppen vorbei zum Hof, und du versuchst, von hinten ans Haus zu kommen.«

***

Der Mann mit der blauen Mütze brachte Karola ins Haus und drückte sie auf einen Stuhl. Er legte ihr eine Wolldecke um die Schultern und sagte: »Sie bleiben bitte hier sitzen, Frau Kampe, ich bin sofort wieder da.«

Karola starrte auf das Wellenmuster der Tapete und versuchte, klar zu denken. Woher wusste der Mann, wie sie hieß? Wer war Klaus? Warum *schlechtes Timing*? Sie hatte das Gefühl, ihn schon einmal gesehen zu haben, aber sie konnte sich nicht erinnern, wann und wo. Auf einem Tischchen neben dem Sofa stand ein Telefon. Warum hatte er nicht die Polizei angerufen? Karola wollte aufstehen und zum Telefon gehen, aber ihre Knie zitterten so sehr, dass sie es aufgab. Und dann war der Mann auch schon zurück. Als er ihre Handgelenke mit einem Kabelbinder zusammenband, begriff Karola, dass sie einen Fehler gemacht hatte.

»Warum tun Sie das?«, fragte sie fassungslos.

»Ihnen wäre gar nichts passiert«, sagte der Mann, »nicht das Geringste. Aber jetzt ... Es tut mir leid, Frau Kampe, wirklich, das müssen Sie mir glauben.«

»Woher wissen Sie, wer ich bin?«, fragte Karola. Noch während sie sprach, fiel es ihr ein: Das war der freundliche Polizist, bei dem sie die Anzeige aufgegeben hatte! Der gesagt hatte: *Sie müssen sich keine Sorgen machen, Frau Kampe – wir kriegen den Kerl, der Ihnen diese E-Mails schreibt, und wir werden die Sache äußerst diskret behandeln.*

»Wie sind Sie herausgekommen, Frau Kampe?«, fragte der Mann wieder. »Und wo ist mein Bruder?«

Sie starrte ihn an. Sein Bruder?

»Der Mann, der Ihnen das Essen gebracht hat«, erklärte der Mann ungeduldig. Jetzt fiel ihr auch sein Name ein: Vogt. Jürgen Vogt.

»Es geht ihm gut«, behauptete Karola, obwohl sie hoffte, dass er tot war und in der Hölle von Teufeln und Aliens mit glühenden Zangen gequält wurde. »Ich bin durch ein Fenster geklettert.«

Vogt runzelte die Stirn. Er ging zu einer Kommode, zog eine Schublade auf und holte etwas heraus. Karola konnte nicht sehen, was es war, denn er wandte ihr den Rücken zu, aber sie kannte das Geräusch, das folgte, aus Fernsehkrimis: Vogt hatte ein Magazin in eine Pistole geschoben und die Waffe entsichert. Er drehte sich wieder zu ihr um, stöhnte und schloss für einen Moment die Augen. »Sie haben mich in eine grauenvolle Lage gebracht, Frau Kampe«, sagte er dann. »Sie haben sich selbst in eine grauenvolle Lage gebracht. Warum haben Sie nicht einfach gewartet, bis alles vorbei ist?«

Karola hatte keine Ahnung, wovon er sprach. Vielleicht war Vogt genauso verrückt wie sein Bruder?

»Ich will nach Hause«, sagte sie. »Sie sind doch Polizist – bitte bringen Sie mich nach Hause. Niemand wird erfahren, was passiert ist, ich verspreche es. Ich will einfach nur nach Hause zu meinem Sohn.«

***

Kastner duckte sich in die Schatten der Fichten, lief zurück zum Holzschuppen und spähte um Klaus Vogts Lieferwagen herum. Im Hof und in der Einfahrt war niemand zu sehen, die Fenster des Hauses spiegelten die Wintersonne. Eine schmale Rauchfahne kam aus dem Schornstein. Die Haustür stand sperrangelweit offen. Jenseits der Nadelbäume gab es keine Deckung – er konnte unmöglich näher herankommen, ohne gesehen zu werden. Er hielt Ausschau nach Wernreuther und entdeckte ihn schließlich an der seitlichen Hauswand – der junge Streifenbeamte war auf einen Blumenkübel gestiegen und spähte in ein Fenster. Die Polizeimütze leuchtete, weithin sichtbar, auf seinem Kopf. Das darf nicht wahr sein, dachte Kastner, und winkte seinem Kollegen zu, das zu unterlassen.

Wernreuther winkte zurück.

***

Vogt zog Karola mit der Linken vom Stuhl hoch. Mit der Rechten hielt er die Pistole auf sie gerichtet. »Kommen Sie, Frau Kampe«, sagte er.

»Was haben Sie vor?«, fragte Karola mit zitternder Stimme. »Wo gehen wir hin?«

»Wir gehen dahin zurück, wo Sie herkommen.«

»In den Keller? Nein. Nein, ich will nicht. Warum?«

»Tun Sie einfach, was ich Ihnen sage.«

Karola spürte Tränen über ihre Wangen laufen. »Wenn Sie mich töten wollen, können Sie es auch jetzt gleich tun«, schlug sie vor. »Aber ich gehe auf keinen Fall dahin zurück. Ich würde nur eines gern verstehen: Warum?«

»Es hat nichts mit Ihnen persönlich zu tun«, sagte Vogt. »Und jetzt kommen Sie, bitte.«

***

Kastner sah Vogt aus der offenen Haustür kommen.

Er schob eine Frau vor sich her, die der Karola Kampe von den Modelfotos nur noch vage ähnelte, und er hielt eine Waffe in der Hand. Buchstäblich in letzter Sekunde verstand Wernreuther die Intention von Kastners hektischen Gesten und zog sich hinter die Hausecke zurück. Kastner duckte sich hinter den Lieferwagen.

Vogt ging über den Hof, keine zwanzig Meter von Kastner entfernt, und schlug den Trampelpfad zum Sandsteinhaus ein. Karola Kampe stolperte immer wieder, aber Vogt schubste sie vorwärts.

Kastner holte sein Mobiltelefon aus der Manteltasche und rief die Verstärkung an. »Wir brauchen hier ein Einsatzkommando«, flüsterte er, »aber dass mir bitte niemand mit Sirene und Blaulicht vorfährt – es gibt eine Geisel.«

Vogt sah nicht nach links und rechts, während er dem Trampelpfad zu den Fichten folgte, er wähnte sich offenbar in Sicherheit. Kastner folgte ihm mit einigem Abstand und sah aus dem Augenwinkel, dass Wernreuther das Gleiche tat. Vor dem Sandsteinhaus klemmte sich Vogt die Waffe unters Kinn und kramte in seiner Hosentasche – nach dem Schlüssel, vermutete Kastner.

Das war die Gelegenheit.

»Herr Vogt?«, rief er laut. »Lassen Sie die Waffe fallen. Es ist vorbei. Das Grundstück ist umstellt, Sie kommen hier nicht mehr raus. Lassen Sie Frau Kampe gehen, dann können wir uns in Ruhe unterhalten!«

Darauf schien Vogt keine Lust zu haben. Er zog Karola an ihren gefesselten Armen vor seinen Körper und hielt ihr die Waffe an die Schläfe. »Sind Sie das, Herr Kastner?«

»Ja«, rief Kastner. »Und ich bin nicht allein. Sie haben keine Chance mehr, Herr Vogt.«

Vogt ließ Karola für einen Moment los, um die Tür aufzusperren. Sie sank in die Knie, aber er zog sie gleich wieder hoch und zerrte sie ins Haus. Die Tür fiel hinter ihnen ins Schloss.

Kastner fluchte und bereute es zum ersten Mal in seinem Leben, dass er nie eine Dienstwaffe trug.

»Lassen Sie sofort die Waffe fallen und heben Sie die Hände hoch!«, schrie Wernreuther in diesem Moment und brach neben Kastner durch das Fichtendickicht, die Pistole im Anschlag.

»Super, Felix«, sagte Kastner. »Wie Til Schweiger im *Tatort*, nur leider fünf Sekunden zu spät.«

***

Vogt verschloss die Tür von innen und rief nach seinem Bruder. »Klaus? Klaus! Wo, zur Hölle, bist du?«

Er erhielt keine Antwort, was Karola, trotz ihrer verzweifelten Lage, ein gutes Gefühl gab. Hölle, Hölle, Hölle, dachte sie, er ist in der Hölle, und genau da gehört er hin. Vogt ließ sie los, und sie sank auf den Boden und schloss die Augen.

Vogt warf einen Blick in das dunkle Zimmer, dann lief er die Holztreppe hinauf. Karola hörte ihn fluchen und das Fenster schließen, durch das sie entkommen war. Immer wieder rief er nach Klaus.

Hölle, Hölle, Hölle, dachte Karola.

Vogt polterte die Holztreppe wieder herunter. Er zog ihren Kopf an den Haaren hoch. »Was hast du mit ihm gemacht?«, fragte er.

»Nichts«, behauptete sie. Es gefiel ihr nicht, dass er sie plötzlich duzte, und sein Blick machte ihr Angst.

»Oh, mein Gott«, stöhnte Vogt. »Oh, mein Gott!« Er zerrte sie in die Küche und stieß mit dem Fuß die Tür zum Keller auf. »Klaus?«, schrie er hinunter.

Hölle, Hölle, Hölle, dachte Karola. Sie konnte und wollte nichts anderes mehr denken. Vogt zog sie die Stahltreppe hinunter. Die Biegung, der Sicherungskasten, die Rohre ... Gleich weiß er Bescheid, dachte Karola. Aber da, wo die blutige Rohrzange neben dem stämmigen Körper des Verrückten gelegen hatte, lag nichts und niemand mehr. Die Holztür zu ihrem Kerker stand noch immer offen, aber die Stahltür war geschlossen, was Karola seltsam vorkam – sie konnte sich nicht erinnern, die Tür zugemacht zu haben.

»Klaus?«, rief Vogt. Er ließ Karola los und spähte in den Kerker – pling, pling, pling. »Klaus?«

In diesem Moment schwang die Stahltür auf, und jemand stieß Karola unsanft zur Seite. »Legen Sie sofort die Waffe auf den Boden, Herr Vogt«, sagte eine energische Frauenstimme. »Ich werde nicht bis drei zählen, bevor ich schieße! Und jetzt die Hände hinter den Kopf …«

***

»Ich hatte nie vor, Frau Kampe etwas anzutun«, beteuerte Vogt zum wiederholten Mal. Er sah müde aus nach drei Stunden Verhör.

»Aber dann haben Sie es sich anders überlegt«, vermutete Kastner, ebenfalls zum wiederholten Mal. »Dass Frau Kampe Sie ohne Maske sieht und den Ort beschreiben kann, an dem Sie eingesperrt war – das war in Ihrem Plan schließlich nicht vorgesehen.«

»Nein, das war nicht vorgesehen. Trotzdem hätte ich eher mich selbst erschossen als Frau Kampe. Ich bin nur vorübergehend in Panik geraten, als sie da plötzlich vor mir stand – es war mir schleierhaft, wie sie herausgekommen ist, und ich habe mir Sorgen um meinen Bruder gemacht.«

Kastner schüttelte den Kopf. »Sie sind Polizist!«, brach es aus ihm heraus. »Wie konnten Sie das tun? Eine junge Frau entführen, sie in einem finsteren Loch einkerkern, sie mit einer Waffe bedrohen?«

»Ich wollte dieses Verbrechen aufklären«, sagte Vogt, »dieses ungelöste Verbrechen, für das sich seit Jahren niemand mehr interessiert hat.«

»… und haben dafür ein neues Verbrechen begangen«, stellte Kastner fest. »Das ist zynisch.«

»Um ein Haar wäre es gut gegangen«, behauptete Vogt. »Ich war ja schon dabei, mein Auto freizukehren! Ein alter

Bekannter aus dem Präsidium hat mich am Morgen angerufen und mir von Rolfes Verhaftung erzählt ... Wenn sich Frau Kampe nur eine halbe Stunde länger geduldet hätte, hätte ich sie mit dem Auto irgendwo hingefahren und freigelassen, und alles wäre gut gewesen.«

»*Gut*? Glauben Sie das wirklich? Frau Kampe ist schwer traumatisiert, sie wird das Ganze bis an ihr Lebensende nicht vergessen können ...«

»Aber Rolfes kommt hinter Schloss und Riegel«, beharrte Vogt wie ein störrisches Kind. »Und Hella Dorsch kann Blumen auf das Grab ihres Mannes legen, wenn sie will.« Er lächelte. »Sie haben gute Arbeit geleistet, Herr Kastner. Ich hatte nicht den Hauch eines Verdachts gegen Rolfes – für mich war er einfach ein Zeuge, der in Hinsicht auf Dorschs Affäre vielleicht etwas falsch verstanden hat.«

»Mit Igor Papp hatten Sie jedenfalls recht, wenn auch anders als gedacht. Ihre Zweifel, Ihre schlaflosen Nächte – vielleicht hätte er Ihnen erzählt, dass er Dorsch zu Rolfes gefahren hat, wenn Sie ihm härter zugesetzt hätten? Das hätte allen viel Leid erspart. Nicht zuletzt Frau Kampe.«

Vogt nickte. »Ja, das ist wahr. Das Gefühl, dass Papp mir etwas verschweigt, hat mich viele Jahre gequält. Sie müssen zugeben, dass Sie ebenso wenig aus ihm herausgebracht hätten wie ich, wenn Sie ihn nicht beschuldigt hätten, die Lösegeldforderung für Karola Kampe geschrieben zu haben. Mit Ende vierzig wollte er vermutlich nicht noch einmal ins Gefängnis, noch dazu für etwas, das er nicht getan hat.«

»Er wird trotzdem ins Gefängnis gehen – er hat Rolfes jahrelang erpresst und die Polizei in die Irre geführt«, sagte Kastner und verschwieg, dass Papps Anwalt einen für seinen Mandanten äußerst günstigen Deal mit dem Staatsanwalt ausgehandelt hatte.

Vogt lächelte wieder. »Wir haben Papps Finanzen vor zwanzig Jahren natürlich auch überprüft«, erklärte er, »aber da war nichts zu finden. Manche Spuren, wie zum Beispiel die einer fortdauernden Erpressung, nehmen eben erst mit den Jahren ihre konkrete Form an.«

Kastner hätte Vogt gern eine Ohrfeige verabreicht, damit er wenigstens das selbstgerechte Lächeln sein ließ. Vogt benahm sich, als hätte er Karola Kampe lediglich ein paar Unannehmlichkeiten bereitet; und das Einzige, was er aufrichtig zu bedauern schien, war, dass ihm sein Plan am Ende um die Ohren geflogen war. Kastner fühlte sich so müde, wie Vogt aussah, und er verstand im Nachhinein nicht mehr, warum er sich von der Maske des höflichen, sympathischen und allenfalls etwas schrulligen Ermittlers so lange hatte blenden lassen. »Fassen wir es also fürs Protokoll noch mal zusammen, Herr Vogt«, sagte er. »Frau Kampe ist ausgerechnet am zwanzigsten Jahrestag von Dorschs Verschwinden in Ihr Büro gekommen, um Anzeige gegen ihren Stalker zu erstatten. Eine Stadträtin, junge Mutter und recht schillernde Person des öffentlichen Interesses, deren Entführung mit Sicherheit für großes Aufsehen und intensive Ermittlungen sorgen würde. Hermann Rolfes, der im Fall Dorsch als Zeuge ausgesagt hat, war Frau Kampes Fraktionschef – eine direkte Verbindung zu Ihrem alten Fall. Wann haben Sie beschlossen, sie zu entführen? Schon während Sie mit ihr gesprochen haben? Oder erst, nachdem Sie zusätzliche Erkundigungen über sie eingezogen und ihre täglichen Routinen ausspioniert hatten?«

»Ich musste nicht spionieren«, erklärte Vogt. »Frau Kampe hat mir alles erzählt, was ich wissen wollte. Wo sie ihren Wagen abstellt, wenn sie im Rathaus ist. Dass sie sich nach den Sitzungen sputen muss, um es noch rechtzeitig zum Kindergarten zu schaffen ... Sie war überzeugt, dass der Stalker sie heimlich verfolgt und beobachtet, denn er hat Dinge über sie gewusst, die er nach Frau Kampes Ansicht anders gar nicht wissen konnte. Also hat es ihr eingeleuchtet, dass wir über ihre Tagesabläufe Bescheid wissen müssen, um ihn dingfest zu machen.«

»Ja«, sagte Kastner. »Wer kommt schon auf die Idee, nicht von einem fremden Verrückten belästigt zu werden, sondern von einem alten Freund, mit dem man regelmäßig am Telefon plaudert? Und wer würde vermuten, dass ein Polizist vertrauliche Informationen benutzt, um ein Verbrechen zu begehen, anstatt dazu, eines aufzuklären? Wenn Sven Lauterbach Frau Kampe verraten hat, was haben Sie dann getan? Sie doppelt und dreifach verraten?«

»Es war mir klar, dass Sie auf die Sache mit dem Stalker früher oder später kommen würden«, erklärte Vogt und zwinkerte Kastner zu. »Aber Frau Kampe hat mir versichert, dass niemand davon weiß, und deshalb wollte ich den kleinen Vorsprung nutzen.«

»Bitte ersparen Sie mir Ihre Hybris«, bat Kastner, »mir wird sonst schlecht. Bleiben wir bei den Fakten: Warum ist Frau Kampe eigentlich nicht auf die Idee gekommen, ihren Laptop bei der Polizei abzugeben, wenn sie schon Anzeige erstattet hat? War ihr nicht klar, dass man den Absender eventuell über die IP-Adresse identifizieren kann?«

»Sie hatte den Laptop dabei, als sie bei mir war. Aber ich habe sie nicht über die technischen Möglichkeiten aufgeklärt, gelöschte Nachrichten zu rekonstruieren. Ich habe ihr geraten, ganz ruhig zu bleiben und mich sofort anzurufen, sobald die nächste Botschaft des Stalkers eintrifft.«

»Und Sie haben darauf vertraut, dass Frau Kampe niemandem verrät, dass sie bei Ihnen war? Weil ihr diese Mails so peinlich waren, dass sie nicht einmal ihrer besten Freundin oder ihrem Lebensgefährten davon erzählt hat?«

»Ich habe sie sogar ausdrücklich gebeten, Stillschweigen zu bewahren. Denn wenn der Stalker von ihrer Anzeige erfahren hätte ...«

»... dann hätte er womöglich keine weitere E-Mail verschickt. Oder zumindest seine Tarnung überprüft.«

Vogt nickte.

»Ich verstehe. Also weiter: Sie haben sich bei der Spusi einen Schutzanzug besorgt und eine Skimaske getragen, als Sie ihr drei Tage später, nach ihrer Ausschusssitzung am 8. Februar, im Parkhaus aufgelauert, sie mit Äther betäubt und mit Kabelbindern gefesselt haben. Sie haben Frau Kampe in eine Decke gewickelt, im Lieferwagen ihres Bruders zu sich nach Hause gefahren und in den Keller des alten Sandsteinhauses gebracht. Während Sie sie die Kellertreppe hinuntergetragen haben, hat sie sich plötzlich gewehrt ...«

»Ich habe leider nicht verhindern können, dass sie mit dem Kopf gegen das Treppengeländer schlägt – das tut mir sehr leid«, erklärte Vogt.

»*Das* tut Ihnen also immerhin leid«, konstatierte Kastner. Er hatte genug von Vogt, er wollte nur noch, dass dieser das Vernehmungsprotokoll unterschrieb und ihm aus den Augen ging. »Sie haben Frau Kampe trotz ihrer blutenden Kopfverletzung im Keller eingesperrt und Ihren Bruder Klaus damit beauftragt, sie mit Essen zu versorgen ...«

»Klaus kann nichts dafür. Er ist seit seiner Kindheit psychotisch, und nach Mutters Tod hat er sich zunehmend in Wahnvorstellungen verstiegen. Ich habe ihm erzählt, dass Frau Kampe die Vorhut einer Invasion aus dem All ist, das hat ihm sofort eingeleuchtet. Und er hat sich wirklich rührend um sie gekümmert – er ist ein guter Junge.«

»Er hat sie mit den abgelaufenen Konserven aus seinem Vorratslager gefüttert«, relativierte Kastner. »Um zum Ende zu kommen, Herr Vogt: Elf Tage später haben Sie die Lösegeldforderung ausgedruckt und in Mayerfeldts Briefkasten geworfen – die Lösegeldforderung, die uns dazu bringen sollte, Ihren alten Fall und insbesondere Igor Papp noch einmal genau in Augenschein zu nehmen. Und auch danach haben Sie alles getan, um die Ermittlungen in eine Richtung zu lenken, die Ihnen genehm war.«

»Es hätte gut gehen können«, wiederholte Vogt, und er wiederholte auch sein Lächeln.

»Ihre Arroganz ist schwer zu ertragen, Herr Vogt. Sie haben ein schweres Verbrechen begangen, im strafrechtlichen Sinn ebenso wie im moralischen. Und wenn Sie dabei so genial vorgegangen wären, wie Sie zu sein glauben, dann würden Sie jetzt nicht hier sitzen. Glauben Sie wirklich, dass der Zweck jedes Mittel heiligt?«

»Das ist immer eine Einzelfallentscheidung, schätze ich«, sagte Vogt unbeeindruckt. »Herr Kastner – wie geht es meinem Bruder?«

»Er hat einen Schädelbruch erlitten und musste operiert werden. Claudia Wolfschmidt hat ihn sofort in die stabile Seitenlage gebracht und den Notarzt gerufen, als sie ihn gefunden hat – das allein hat ihn gerettet.«

Vogt lächelte erleichtert. »Bitte richten Sie Ihrer Kollegin meinen herzlichen Dank aus«, bat er.

»Ihr Bruder hätte sterben können, Herr Vogt. Frau Kampe hätte sterben können. Sie haben das Leben von unschuldigen Menschen aufs Spiel gesetzt, um Ihren Ehrgeiz zu befriedigen.«

»Ehrgeiz?«, wiederholte Vogt stirnrunzelnd. »Haben Sie mich so falsch verstanden? Mein Ziel war Gerechtigkeit!

Und zwar nicht für mich, sondern für Wilhelm Dorsch. Für seine Familie.«

»Sie sind Mephistos Gegenteil«, befand Kastner abschließend. »Ein Teil von jener Kraft, die stets das Gute will und stets das Böse schafft ... Was nicht weniger diabolisch ist als andersherum.«

Vogt lächelte wider.

Kastner schüttelte resigniert den Kopf.

***

»Du siehst nicht wirklich zufrieden aus«, stellte Mirjam am Abend fest. Sie saß am Küchentisch, hatte ein Glas Rotwein vor sich stehen und rauchte eine Zigarette. Kastner räumte das Geschirr vom Abendessen in die Spülmaschine.

»Das kann sein. Rolfes und Vogt sind geständig, sie werden sicher viele Jahre im Gefängnis verbringen ...«

»Aber?« Mirjam sah ihn fragend an.

Kastner zuckte die Achseln. »Keiner will ein Täter sein – Vogt sieht sich als moralisches Wesen mit hohen Werten, Rolfes als das Opfer tragischer Umstände. Sie sind zwar geständig, aber sie leugnen ihre Schuld.«

»Tja«, sagte Mirjam, »ich fürchte, es liegt in der menschlichen Natur, sich das eigene Handeln immer schönzureden. Du hast deinen Job gemacht, Kastner – du hast Karola Kampe lebend gefunden! Glaubst du, Vogt hat die Wahrheit gesagt, als er behauptet hat, er hätte eher sich selbst getötet als Karola?«

»Vielleicht«, sagte Kastner. »Vielleicht auch nicht. Wer weiß, was passiert wäre, wenn wir nicht vor Ort gewesen wären. Wer weiß, was passiert wäre, wenn Claudia sich an meine Anweisung gehalten hätte ...«

»Na, dazu braucht man nicht viel Phantasie«, schnaubte Mirjam. »Vogt und Karola drinnen, ihr und das Einsatzkommando draußen ... Die Zeit vergeht, Vogts Bruder stirbt, Vogts Nerven liegen blank. Stürmung, eine wilde Schießerei, Tote und Verletzte ... Du solltest Claudia auf Knien danken, dass sie da eingestiegen ist, ohne auf deine gnädige Erlaubnis zu warten.«

»Es war leichtsinnig und lebensgefährlich«, stellte Kastner klar. »Aber du hast recht, sie hat uns allen damit den Arsch gerettet.«

Mirjam nickte zufrieden. »Das mein ich aber auch.« Sie drückte ihre Kippe aus und nippte an ihrem Wein. »Wie hat Karola Kampe diesen ganzen Wahnsinn eigentlich überstanden?«, fragte sie dann neugierig.

»Sie ist körperlich sehr schwach, aber psychisch in einer erstaunlich guten Verfassung – sie hat das Krankenhaus schon nach einer Stunde verlassen und wollte nicht einmal mit einem Psychologen reden. Ob das klug war, wird sich zeigen. So ein Trauma kann Spätfolgen haben, von denen sie im Moment noch gar nichts ahnt.«

»Also ich muss sagen: Respekt!«, sagte Mirjam. »Dem Kerl eine Rohrzange über den Schädel zu ziehen und dann aus dem Fenster zu springen – das war mutig. Da steckt wohl doch mehr hinter der hübschen Fassade, als man auf den ersten Blick annehmen würde. Ähm – was ist eigentlich aus der Sache mit dem Kuckuckskind geworden? Habt ihr Mayerfeldt davon erzählt?«

Kastner schickte die Spülmaschine los und lächelte. »Welches Kuckuckskind?«, fragte er zurück. Claudia hatte sich durchgesetzt – dass Mayerfeldt nicht Moritz' Vater war, hatte mit dem Fall ja letztlich nichts zu tun gehabt. Niemand hatte davon erfahren, nicht einmal mit Karola Kampe hatten sie darüber gesprochen. Ohnehin hatte Karola in ihrem Kerker anscheinend über einiges nachgedacht – nach der ärztlichen Untersuchung im Krankenhaus hatte sie ihren Sohn abgeholt und war danach fürs Erste zu Michaela Korn gezogen. Vielleicht wusste sie, wer Moritz' Vater war, vielleicht auch nicht. Vielleicht würde sie zu Mayerfeldt zurückgehen, vielleicht auch nicht. Ihn ging das nichts mehr an. Mirjam hatte recht: Er hatte seinen Fall gelöst, und jetzt hatte er Feierabend. Er ließ sich seufzend auf einen Stuhl fallen und legte die Füße auf den Küchentisch. »Holst du mir bitte ein Bier aus dem Kühlschrank, Hase?«

»Na gut«, sagte Mirjam. »Ausnahmsweise.«

Samstag, 3. März: *Die Carmen*

»Das Klangbild war ja gut durchhörbar, geradezu plastisch, aber der Bariton ist intonatorisch etwas stumpf geblieben, finden Sie nicht?«

»Freilich«, sagte Kastner und wischte verstohlen über einen Meerrettichspritzer auf seiner Cordhose. Mirjam war anlässlich der Pause ins Foyer gegangen, um Getränke zu holen, und prompt hatte ein älterer Herr im Smoking Kastner in ein Gespräch verwickelt. Der Opernfreund unterstrich jedes seiner Worte gestenreich mit einem Lachskanapee.

»Die Carmen ist allerdings formidabel«, fuhr er fort. »Diese Expression wilder Leidenschaft durch erratische Phrasierung und rhythmische Schärfen – fantastisch auf die Bühne gebracht, nicht wahr?«

»Unbedingt«, nickte Kastner. Für seinen Geschmack hatte die Carmen eine allzu breite Taille, aber er würde den Teufel tun, das in die Diskussion zu werfen.

»Ein sehr farbiges Dirigat, alles in allem«, stellte der Herr zufrieden fest, knabberte an seinem Lachskanapee und erkundigte sich dann: »Was halten Sie von den Holzbläserepisoden?«

»Sie wollen wissen, was ich von den Holzbläserepisoden halte?«, fragte Kastner zurück. »Sind Sie sicher?«

»Sie haben recht«, sagte der Smoking. »Genrefremd – und ein eklatanter Mangel an Gravität, nicht wahr?«

»Ich hätte es nicht treffender ausdrücken können«, behauptete Kastner. Er entdeckte Mirjam in der wogenden Menge und winkte ihr zu, der Herr im Smoking zog sich diskret lächelnd zurück.

»Schau an«, sagte Mirjam strahlend, »du bist mit einem Fremden ins Gespräch gekommen – das war sicher eine wunderbare neue Erfahrung für dich!«

»Ja, es war ganz toll«, sagte Kastner.

Mirjam reichte ihm ein Fläschchen *Wie das Land, so das Dings* und schob ihm ein Lachskanapee in den Mund. »Teil's dir ein«, erklärte sie dazu, »ein Krug-Bräu und ein Leberwurstbrot gibt's hier beim besten Willen nicht.«

Kastner schluckte das Häppchen hinunter und seufzte.

Mirjam nippte an ihrem Prosecco und ließ den Blick über die hochkulturbeflissenen Damen in Abendkleidern und die Herren im Smoking schweifen. Sie trug ein schulterfreies Kleid und hatte die blonden Locken hochgesteckt. Sie sah umwerfend aus.

»Hase?«, sagte Kastner und strich ihr mit der freien Hand sanft über die nackte Schulter.

»Hm?«, machte Mirjam.

Kastner ließ seine Finger ein paar Herzschläge lang auf ihrem Schlüsselbein ruhen, ehe er fragte: »Was ist eigentlich deine Meinung zu den Holzbläserepisoden?«

»Bitte was?«

»Na gut«, sagte Kastner. »Wenn du den eklatanten Mangel an Gravität nicht bemerkt hast, müssen wir niederschwelliger anfangen. Wie findest du die Carmen?«

»Sie hat eine etwas breite Taille«, sagte Mirjam.

»Aber die Expression wilder Leidenschaft hat sie toll auf die Bühne gebracht«, gab Kastner zu bedenken. »Sind dir die rhythmischen Schärfen aufgefallen? Also mich hat das hungrig gemacht …«

»Von was zur Hölle sprichst du?«, fragte Mirjam.

»Hase – mal angenommen, wir würden uns die zweite Halbzeit nicht ansehen, dann könnten wir mit dem angebrochenen Abend doch noch was wirklich Sinnvolles anfangen?«

Anstatt ihm gleich gründlich den Kopf zu waschen, sah Mirjam ihrem Prosecco eine Weile beim Perlen zu – was Kastner äußerst ermutigend fand. »Also ich weiß nicht«, sagte sie dann. »Die Karten haben ein Vermögen gekostet. Und ich hab mich stundenlang umständlich aufgebrezelt, das wäre ja dann völlig umsonst gewesen?« Sie nippte an ihrem Prosecco und sah ihn über den Rand des Glases an.

»Das war ganz sicher nicht umsonst«, gurrte Kastner und ließ seine Augenlider dabei halb über die Pupille sinken – ein Blick, den er sich vom erkennungsdienstlichen Foto des jungen Igor Papp abgeschaut und für Gelegenheiten wie diese vor dem Toilettenspiegel im Präsidium eingeübt hatte.

Mirjam verschluckte sich und prustete einen feinen Strahl Prosecco heraus. Kastner klopfte ihr fürsorglich auf den Rücken. Der Pausengong ertönte, das Volk strömte nach und nach zurück in die Arena. Mirjam zögerte. »Hm. Die Expression wilder Leidenschaft hat dich also hungrig gemacht? Wie hungrig denn genau?«

»Sehr, sehr, sehr hungrig«, erklärte Kastner. »Ich könnte ein Schäufele vertragen, oder wegen mir auch einen Sauerbraten mit Kloß und Soß, und dazu ein oder zwei schöne fränkische Landbiere. Bitte, Hase! Und danach ...«

»... schläfst du bei den Spätnachrichten auf dem Sofa ein«, ergänzte Mirjam.

»Das wäre perfekt«, strahlte Kastner.

Zwei weitere Fälle für

ISBN 978-3-86913-630-1
€ 12,90 [D] · € 13,30 [A]

Kommissar Kastner

ISBN 978-3-86913-864-0
€ 14,00 [D] · € 14,90 [A]